뮌헨에서 시작된 대한민국의 기적

뮌헨에서 시작된 대한민국의 기적

한국 산업화의 설계자 김재관

홍하상 지음

백년
동안

故 김재관(1933~2017) 박사님께 바칩니다.

김재관 박사 기념관
http://zaequankim.org

한국경제 '기적의 역사'는 어디서 시작되었나

윤계섭
(서울대학교 경영대학 명예교수)

우리 세대는 대한민국이 최후진국에서 벗어나 선진국으로 진입하는 '한강의 기적'을 이룩한 역사의 참여자이면서 목격자였다.

대학에서 경제발전의 3대 요소로 자본·기술·노동을 배우면서 그 사례로 독일의 '라인강의 기적'을 배웠다. 그러나 20세기의 진정한 기적은 한강의 기적이다. 독일은 2차대전을 일으킬 정도의 선진국으로서 패전 후 다시 선진국으로 복귀하는 기적이었지만, 우리나라는 앞에서 말한 3대 요소 중 하나도 갖춘 것이 없는 나라로서 세계 10위권의 경제대국이 되었기 때문이다. 이는 총괄적인 기획가로서 박정희 대통령과 정주영 회장을 비롯한 기업인들의 경영능력이 결합되어 이루어 낸 결과이다.

최근에 국내외에서 한강의 기적에 관한 많은 연구와 저서가 나오고 있다. 그러나 간과하고 있는 사실은, 기업인들의 역할만 강조한 나머지 대한민국의 창업이라 할 수 있는 한강의 기적이 어디서 시작되었는지, 그 아이디어가 어떻게 나왔는지에 대한 설명이 없다는 점이다.

이번에 발간되는 고 김재관 박사 평전 『뮌헨에서 시작된 대한민국의 기적』은 창업의 제1 요소인 '훌륭한 기획'이 얼마나 중요한가를 알려주는 경영 사례이다. 한 개인의 평전이 아니라 한강의 기적이라는 퍼즐의 핵심 조각을 맞추는 역할을 하였다. "철강은 경제의 쌀"이라는 구호 아래 종합제철이 어떻게 생겼는지 본 적도 없는 연구원들을 지휘하여 포항종합제철(POSCO)을 만들어 낸 김재관 박사의 역량은 꿈을 현실로 만들었다.

필자는 한국과학기술연구소 경제분석실의 연구원으로서 포항제철 타당성 연구의 회계·재무 분야에 참여하였다. 경제타당성이 없다는 세계은행(IBRD) 보고서를 놓고 대한국제제철차관단(KISA)이 이를 긍정적으로 바꿔 포항제철을 세우게 된 것은 김재관 박사의 뮌헨에서의 꿈이 현실이 된 것이다. 최후진국으로서 없는 수요를 '창조'하기 위해서 조선, 특수강, 자동차산업 등 당시로서는 상상하기도 어려웠던 중공업을 건설한 결과 오늘의 한국이 되었다.

추정원가를 토대로 한 손익분기점 계산의 결과로 나온 '103만 2천 톤'과 LD전로 생산량을 토대로 한 금속공학연구실의 제1기 고로 용량 '100만 톤 이상'이 나오자 기뻐하시던 김 박사님의 얼굴을 잊을 수가 없다. 당시 세계 최대 용량의 포항제철 고로는 대량생산을 통한 원가 절감으로, 사양산업으로 내몰리던 선진국 철강산업을 제치고 세계 최고의 철강공장이 되었다.

『뮌헨에서 시작된 대한민국의 기적』은 김재관 박사의 평전일 뿐 아니라 한강의 기적, 나아가서 한국경제사의 빈틈을 메워 주는 주춧돌이다. 우리 모두, 기적을 만든 주인공으로서 어깨를 펴고 당당하게 나아갑시다.

김 박사님, 감사합니다. 편히 쉬소서.

차례

제1장

철에서 미래를 발견하다

6·25전쟁과 독일 유학 준비

1956년 9월 27일 여의도비행장.

28세[1] 김재관은 4발 프로펠러 비행기에 올랐다. 서독으로 유학을 떠나는 여정이었다.

비행장은 오늘날의 여의도공원 자리에 있었다. 비행기의 이착륙이 드문 시대였기에 활주로는 두 개뿐이었다. 어머니, 아버지, 남동생과 두 여동생이 배웅하러 나와 있었다. 당시에는 비행장 안에서 가족들이 송영하는 것이 가능했다. 송영객은 비행기 트랩 30미터 앞까지 접근이 허용되었다. 어머니의 손을 놓고 돌아서자 눈시울이 뜨거워졌다. 무거운 발걸음으로 트랩에 오르면서 어머니를 다시 한 번 돌아보았으나 어머

1 김재관 박사의 공부(公簿)상 생년은 1933년이지만 실제로는 1928년생이다. 이하 김 박사의 나이는 생월을 따지지 않고 1928년을 0세로 환산하여 쓴다.

1960년대 여의도[2]

니는 의외로 담담하게 손을 흔들고 있었다. 대학을 졸업했으니 직장에 취직해 부모님에게 용돈을 드리는 것이 장남의 도리였으나 부모님을 뒤로하고 타지로 떠나는 것이 가슴 아팠다.

한국 탑승객 대여섯 명과 (일본 도쿄에서 출발한 비행기였으므로) 일본인 승객 대여섯 명이 앉아 있었다. 비행기가 천천히 이륙했다. 공중에 뜬 비행기는 남서쪽으로 고도를 잡아 한반도 상공을 날았다. 창문 바깥으로 내려다본 조국은 폐허였다. 부서지고 망가진 건물의 잔해들이 사방에 널려 있었다. 불에 탄 건물과 집들이 아직도 복구되지 않은 채 서 있

2 https://m.blog.naver.com/PostView.nhn?blogId=shcor1&logNo=220451394999&proxyReferer=https:%2F%2Fwww.google.com%2F

었다. 가난하고 슬픈 나라였다. 그런 조국을 등지고 생면부지의 독일로 떠나는 것에 가슴이 무거웠다.

김재관은 독일 정부 초청 장학생이었으므로 독일 정부로부터 항공권을 지원받았다. 본인이 부담할 몫은 한 푼도 없었다. 항공사는 루프트한자. 1952년 5월에 최초로 유럽과 아시아를 잇는 항공 노선 운항을 개시하고 있었다. 기종은 영국 드 하빌랜드사가 만든 DH106 코밋 MK1, 수용 인원 최대 58명, 순항 속도 시속 805킬로미터였다. 모양이 하늘을 나는 플라밍고와 같다고 해서 '플라밍고'라고 불린 비행기는 홍콩, 인도 캘커타, 이탈리아 로마 등을 경유해 알프스산맥을 넘어간다. 당시에는 서울에서 뮌헨까지 직항이 없었으므로 경유 도시마다 1박을 해야 했다. 여의도에서 뮌헨까지 3박 4일이 걸리는 긴 여정이었다. 난생 처음 타 보는 비행기, 첫 해외여행이었지만 모든 게 신기해서 힘들 겨를이 없었다. 세상은 참 넓었다.

긴 여정 끝에 비행기는 뮌헨에 도착했다. 1956년 9월 30일의 일이었다.

대학 첫해에 찾아온 전쟁

1950년 서울대 기계공업과에 입학한 김재관은 대학 생활에 대한 기대로 부풀어 있었다. 그 당시 한국은 모든 것이 황폐하고 혼란스러운 상황이었다. 정부 수립으로부터 1년 남짓, 이제 막 새롭게 세운 국가의 청사진을 그려 나가는 상황이었다.

당시 남한의 경제력은 북한에 비해 절대적으로 열세에 있었다. 북한에는 일본이 1927년에 설립한 아시아 최대의 질소비료공장 흥남비료가 있었다. 종업원이 무려 4만 5천 명에 달했고, 가족을 포함해 18만 명을 먹여 살리는 공장이었다. 설비능력 또한 뛰어났다. 수전해설비(비료의 기초원료를 생산하는 설비)는 세계 1위, 황산암모늄은 연산 50만 톤으로 세계 3위였다.

수풍댐 또한 만주국 정부와 조선총독부가 수자원이 풍부한 압록강 본류를 공동 개발하여 건설한 7개의 댐으로, 무려 165만 킬로와트의 발전 설비를 가진 아시아 최대 규모였다. 1938년 당시 발전소로서는 세계 2위의 규모였다. 일본은 2기까지 설비를 완공한 후 연합군에게 항복하게 된다. 이러한 발전 설비를 북한이 고스란히 물려받은 것이다.

북한에는 제철소도 많았다. 김책제철소, 성진제강소, 청진제철소, 이포제철소, 황해제철소 역시 일본이 남기고 간 것이다. 이포제철소는 1917년 당시 세계 최고 수준의 미쓰비시제철이 건설한 것이다. 오늘날 신일본제철소의 한국공장에 해당한다.

이처럼 북한에는 세계 최대 규모의 공장들이 포진해 세계 10대 공업국에 들어갈 정도로 막대한 설비를 갖추고 있었다. 전기는 물론 비료, 화약 등을 북한보다 더 잘 생산하는 국가는 많지 않았다. 즉, 중공업을 일으킬 수 있는 모든 시스템을 갖추고 있었다. 반면 남한은 먹고살기에 급급했고, 산업을 일으키기 위해서는 기계공학 분야에 많은 투자가 필요했다. 그러다 보니 많은 인력이 필요했고 우수 인재들이 기계과에 많이 진출했다. 김재관도 그중 한 명이었다.

그러나 교정의 설렘은 오래가지 못했다. 1950년 6월 25일, 첫 학기를 마치기도 전에 전쟁이 터진 것이다. 때마침 미국 대사관에 근무하는 초등학교 동창 박진윤으로부터 연락이 왔다. 부산으로 내려가는 트럭이 있으니 얼른 와서 타고 내려가라는 동창의 연락에 부랴부랴 짐을 싸서 급하게 부산으로 피난을 가게 되었다. 그때 내려갈 기회를 놓쳤더라면 인민군에게 잡혀 총살을 당하거나 포로로 잡혀갔을지도 모른다. 실제로 그의 많은 동기들이 인민군에 징집되어 목숨을 잃었다.

대구로 피난을 간 김재관은 대구 전시연합대학을 다니게 되었다. 근처에서 하숙을 했는데, 당시 류홍 국회의원의 큰딸 내외가 선뜻 하숙을 받아 주었다. 이 집에서 김재관은 훗날 한국의 학계를 이끌게 될 많은 인재를 만나 교류하게 되었다. 이때 친분을 쌓게 된 류홍의 동생 류준은 세브란스의대 출신으로 나병환자를 돌보는 일을 했는데 그때 나서서 도와준 사람이 있었으니 바로 훗날 퍼스트레이디가 되는 육영수였다.

부산 전시연합대학

정부는 전쟁 발발 직후인 1950년 7월 부산으로 이전했다. 이승만 대통령도 부산으로 내려갔다. 수도가 이전한 것이다. 피난민 행렬 또한 부산을 향했다. 인구 40만 명 도시에 무려 100만 명이 몰려들었다. 도시는 피난민으로 가득 차 아수라장이 되었다. 그래도 그나마 남한에서 안전한 곳은 부산밖에 없었다.

이승만 정부는 여기서 특단의 결단을 내렸다. 비록 전쟁 중에도 학생들의 학업은 계속돼야 한다는 것이었다. 이승만 대통령은 교육 문제에 관해서는 신념이 확고했다. 본인 스스로 미국에서 교육의 중요성을 체험한 배경이 있어, 인재 육성은 단 하루도 중단되면 안 된다는 것이 그의 철학이었다. 그래서 전시임에도 불구하고 조국의 미래를 위한 인재를 양성하기 위해 특별법을 만들어 대학생들을 등록시킨 것이다. 그렇게 해서 탄생한 것이 역사상 전례가 없는 전시연합대학이다. 문교부령 제19호 「대학교육에 관한 전시특별조치령」 제4조 "단독으로 수업을 실시할 수 없는 대학은 정상적인 수업이 가능할 때까지 전시연합대학의 명칭으로 문교부장관의 승인을 얻어 합동수업을 실시할 수 있다"라는 규정에 의해 설립된 것이다.

전시연합대학에서 강의를 한다는 소식에 김재관도 부산으로 내려갔다. 서울의 여러 대학 학생들도 학업을 계속하기 위해 부산으로 몰려왔다.

전시연합대학은 1951년 2월에 개교했고 무려 4,680명의 학생이 등록했다. 학장은 고려대 법대 교수이자 대한민국 건국 헌법을 기초한 유진오 교수, 부학장은 윤인구·방종현 교수였다. 학부는 이공학부, 문학부, 의학부, 법정경상학부, 농수산학부, 예술학부, 체육과 등이 있었다. 부산 광복동 입구에 있는 부민관(일제강점기 시민회관)에서 첫 강의가 시작되었다.

수업은 4월이나 되어 시작되었다. 그때부터 1952년 3월 말까지 부민관에서 합동강의가 이뤄졌다. 학과별 강의는 교수 사택 혹은 다방 등 장소를 불문했다. 1인당 한 학기에 30학점 이상을 취득할 수 있었다. 힘닿는 데까지 최대한 많이 공부할 수 있도록 가능성을 열어 놓은 것이다.

서울대 공대는 추가로 동대신동의 적산敵産 2층 건물을 수리해 강의장으로 사용했다. 김재관은 부민관과 동대신동 강의장을 오가며 기계과 수업을 들었다. 전쟁통에도 가르치는 교수나 배우는 학생 모두 열심이었다.

1952년 부산 전시연합대학의 주 강의장이던 부민관에서 열린 강연 모습(국가기록원)

부산 동대신동의 서울대 공대 임시교사

병역도 큰 문제였다. 김재관은 호적상 1933년생이었으므로 군에 입대해야 될 나이가 다가오고 있었다. 그러나 운이 좋게도 또 하나의 특단 지시가 내려왔다. 우수한 학생은 군 징집을 면제한다는 방침이 그것이다. 물론 "못 배운 핫바지들만 전쟁터에 나가 총알받이가 되란 말이냐?" 하는 비난이 쏟아졌지만, 이승만 대통령은 이 부분에 대해서 끝까지 물러서지 않고 특별입법을 추진하였다. 이승만 대통령은 전쟁 이후 국가를 세워 가려면 우수한 인재를 전쟁으로부터 지켜야 한다고 판단했다. 교육에 대한 이승만 대통령의 열의가 김재관과 같은 대학생들을 전쟁에서 지켜 냈고, 이들은 훗날 대한민국 경제성장의 초석을 닦게 된다.

이렇게 군 문제도 해결되었다. 이제 남은 과제는 먹고사는 문제였다. 어디서 잠을 자고 어디서 먹을 것인가, 그것이 가장 시급한 문제였다. 부산은 낯선 땅이었다.

미군 통역하다 특수강에 눈떠

6·25전쟁은 2차 세계대전 이후 가장 큰 국제전이었다. 무려 16개국이 자원하여 전쟁에 참전했다. 한국군 59만 911명과 미군 30만 2,483명을 포함해 16개국 연합군 100만 명이 한반도에서 싸웠다.

1950년 당시 부산에 '캠프 하야리아'[3]라는 군부대가 있었다. 전쟁 발발 직후 미군이 설치한 극동사령부 산하의 기지다. 군수품 보급과 관련된 기지사령부로서 유엔 한국위원단 등 주요 국제기구 요인을 위한 숙소, 통신과 우편물 집적, 후방 기지 병원의 역할도 담당했다. 주로 대전

1952년 부산 하야리아 부대의 정문 모습(부경근대사료연구소 김한근)

이남의 미군 부대에 필요한 군수품을 보급하는 것이 가장 큰 임무였다. 하야리아 부대 내에는 관사와 군인 숙소 외에도 교회, 병원, 영화관, 체육관, 세탁소, 자동차 정비공장, 빵공장 등 다양한 부속시설들이 많았고, 많은 한국인 군속과 노무자들이 그곳에서 일하고 있었다.

어느 날 하야리아 부대에서 영어 통역원을 모집했다. 영어를 할 수 있는 사람이 거의 없던 때였고, 미군은 의사소통이 가능한 통역원이 절실히 필요했다. 당장 먹고살 돈이 필요했던 김재관은 이 소식을 듣고 곧

---

3 부산 부산진구 범전동 및 연지동에 걸쳐 있던 약 543,360m² 규모의 주한 미군 군영이다. 일제강점기에 일본의 경마장이었던 지역으로, 해방 후 1945년 유엔 기구, 1950년 한국전쟁 이후 주한 미군 부산사령부의 기지로 쓰이다가 2006년 8월 10일에 공식적으로 폐쇄되었다("부산 미 하야리아부대 내일 공식 폐쇄", 문화일보 2006. 8. 9).

바로 부대로 달려가 면접을 보았다. 중고등학교 때 친구들과 등하굣길에 영어단어를 외우는 등 공부를 열심히 했고, 어학에 소질이 있어서 영어를 곧잘 하는 편이었기 때문이다. 결과는 합격. 통역원에게는 일정액의 월급이 지급되었다. 생각보다 꽤 많은 돈이었다. 빵이나 햄, 통조림 같은 식품도 일부 지급되었다. 일단 먹는 문제는 해결되었다.

다음 문제는 숙박을 해결하는 일이었다. 수중에 들어온 약간의 돈으로 달동네에 방 한 칸을 얻어 기숙했다. 힘든 피난 생활과 학업이었지만, 급한 문제는 일단 간신히 해결되었다.

김재관은 전공을 살려 기계 관련 통역을 했다. 당시 하야리아 부대는 태평양을 건너온 미국의 각종 병장기들의 집합소였다. 총과 대포는 물론 박격포, 장갑차 등이 전선으로 나가기 위해 대열을 지어 기다리고 있었다. 김재관은 그러한 병장기들을 유심히 살펴보았다.

특히 대구에는 미군 기지가 여러 개 있어, 대구 인근 지역으로 출장을 다닐 일이 많았다. 대구시 남구에 캠프 개리슨이라는 미 육군 제19전투지원단이 있었고, 대구와 인접한 칠곡군에는 캠프 캐롤, 캠프 조지, 캠프 헨리, 캠프 워커 등 별도의 지원단이 있었다. 김재관은 미군들과 함께 중화기들을 이동시키면서, 영어로 적힌 각종 화기의 사용설명서 내용을 한국군 장교들에게 가르쳐 주었다. 자연스럽게 중화기들을 살펴볼 기회가 많았다. 박격포부터 장갑차, 탱크까지 모든 중화기를 꼼꼼히 관찰했다. 어떤 철로 만들어졌는지, 왜 각 부위가 다른 철로 구성돼 있는지, 왜 포들과 철갑은 기존에 보던 철과 다른지….

그렇게 중화기 관찰을 반복하던 중 놀라운 발견을 하게 됐다. 미군 중화기는 모두 특수강으로 제작한다는 단순한 사실이 눈에 들어온 것이다. 이때의 경험은 그가 훗날 서독에서 철강, 특히 특수강을 전공하는 계기가 되었다. 대한민국이 일반 철강이 아닌 특수강을 생산할 수 있는 종합제철 국가로 발전해야 한다는 생각은 이때 싹튼 것이다.

다시 서울로

1953년 7월 27일, 드디어 전쟁이 끝났다. 대학도 다시 서울로 돌아왔다. 9월에 태릉의 서울공대(지금 공릉동 서울과학기술대)가 다시 문을 열었다. 학교는 엉망이었다. 학생들은 부서진 건물을 복구하고 청소를 하면서 학업을 시작했다. 학부 과정 중에 전쟁이 터져 부산에서 3년의 피난 생활을 겪고, 폐허가 된 서울에 돌아와 대학 생활을 이어 나간 비운의 세대였다. 김재관도 그 비극을 온몸으로 겪으면서 격랑의 시대를 헤쳐 나가고 있었다.

한국전쟁 3년간 남한 인구 200만 명이 죽거나 부상당했다. 전 국민의 10퍼센트에 해당한다. 그뿐만 아니라 공업시설, 도로 등의 사회간접자본이 60퍼센트나 파괴되었다. 또한 주택의 36퍼센트, 학교의 32퍼센트가 파괴되어 야외에서 수업을 진행했을 정도다. 한국은행의 집계에 따르면 6·25전쟁으로 인한 남한의 피해액은 30억 달러로 추산된다. 이것은 당시 남한 정부의 2년치 국민총생산에 해당하는 금액이다. 1945년 8월부터 1950년 12월까지 물가가 50배나 올랐다. 예를 들어 1946년에 656원이었던 쌀 한 말 가격이 1953년 1월 무렵에는 무려 9만 1,200원이었다.

1953년 여름 서울 풍경(조선일보)

이승만 대통령은 6·25전쟁을 겪으면서 철강의 필요성을 절실히 느꼈다. 북한이 사용한 소련제 탱크뿐만 아니라 각종 병기가 남한의 것을 압도했기 때문이다. 전쟁이 끝나면 전후 복구와 공업 발전을 위해 반드시 철강공장을 세워야 한다고 생각한 이승만은 그 무렵 종합제철 5개년계획을 수립하고 인천에 국영기업 형태의 대한중공업공사(지금의 현대제철)를 설립하기로 했다. 문제는 비용이었다. 철강산업 육성은 막대한 돈이 드는 일이었다. 한국은 국가 전체가 초토화돼 있었고, 미국의 원조에 의존해서 먹고사는 상황이었다.

이승만의 철강산업 육성 구상을 들은 미국의 경제고문관은 거세게 반대했다. 먹고사는 문제를 해결하는 것이 우선이라고 미국은 주장했다. 미국의 반대에도 아랑곳없이 이승만 대통령은 정부가 가진 모든 달

초창기의 대한중공업공사

러를 긁어모아 철강공장 건설에 170만 달러를 투자하는 파격적인 결정을 내렸다. 그리고 비협조적인 미국을 제치고 서독에 접촉을 시도했다. 당시 서독은 마셜 플랜에 기반해 도쿄를 거점으로 제3세계에 물자를 팔고 있었다. 바로 그 무렵 이승만 대통령의 부인 프란체스카 여사와 같은 유대인 출신인 무역상 아이젠버그가 한국에 오게 됐다. 이승만은 아이젠버그에게 독일의 철강회사와 연결해 달라고 부탁했다.

독일, 스위스, 미국 등의 철강회사들이 대한중공업 공사에 입찰했다. 최종 선정된 회사는 서독 굴지의 철강회사 데마크(DEMAG AG)였다. 이렇게 한국과 데마크의 인연이 시작되었다.

대한중공업공사는 1954년에 공사를 시작해 1956년에 공장이 완공되었다. 이어 1959년에 압연공장 건설도 완공됐다. 이 과정에서 서독의 기술자들이 한국에 들어와 철강 기술을 전수해 주었고, 동시에 우리나라 기술자들과 학생들이 서독으로 유학을 가는 계기도 마련되었다.[4]

서울로 돌아온 김재관도 중앙중고등학교 동기 민만식으로부터 당시 유명한 과학자인 장극 박사에 대한 이야기를 듣고 유학의 꿈을 키우고 있었다. 민만식의 매형인 장극 박사는 독일에 유학한 항공우주공학 분야의 세계적인 과학자였다. 김재관은 그때부터 독일 유학 장학생 시험을 준비하기 시작했다. 옷이 없어서 군복을 물들여서 입고, 독문과에조차 독일어 교재가 없어서 중고책을 유인油印 등사한 것으로 공부를 하던 시절이었다. 김재관은 서울 동숭동에 있는 SLI라는 당시 유일한 독일어 학원을 다니며 꾸준히 유학을 준비했다.

산업은행과 독일 유학 시험 동시 합격

1956년 4월, 대학을 졸업한 김재관은 산업은행 입사 시험을 치르러 을지로의 산업은행 본사를 향했다. 전쟁이 끝난 지 불과 3년도 채 되지 않아 피난민과 실업자가 들끓던 시기였다. 좋은 대학을 나와도 먹고살 길이 막연하기는 마찬가지였다. 한국은행이나 산업은행 같은 국책은행은 당시 가장 선망받고 경쟁률이 치열한 직장이어서 들어가기가 보통 어려운 일이 아니었다. 한국은행은 주로 경상계열 졸업생을 뽑았고, 산업은행은 국가 산업 발전을 위해 설립된 은행으로서 공대 출신을 선호했

4 "이승만에서 시작된 '한독 경제협력'", 미래한국 2017. 1. 6.

다. 10명을 뽑는데 지원자가 2천여 명, 무려 200 대 1의 경쟁률이었다.

같은 시기에 김재관은 문교부의 서독 정부 초청 장학생 선발시험에도 응시했다. 몇 년간 품어 온 독일 유학의 꿈이었다. 기계공학을 전공하면서 세계에서 금속공학이 가장 발달하여 매우 우수한 기계와 철강을 생산하는 독일에서 제대로 한번 공부해 보고 싶다는 열망이 있었기 때문이다. 하지만 큰 기대는 하지 않았다. 경쟁률은 5 대 1 정도에 불과했어도 응시생 중에는 교수나 의사가 많았고 대학을 갓 졸업한 사람은 김재관을 포함해 네 명에 불과했다.

시험에 독일어 과목이 있었는데, 시험지를 받아 보고 처음에는 눈앞이 캄캄했다. 그래도 1년이나 공부했는데…. 그러나 마음을 가다듬고 하나씩 천천히 다시 읽어 보니 Strohdach(초가집), Dach(지붕), Yalu(압록강) 등 아는 단어들이 하나씩 눈에 들어왔다. 지문이 한국문학 작품인 것 같았다. 아는 대로 차근차근 답을 써 내려갔다. 훗날 알게 된 일이지만 지문은 독일로 망명한 한국인 소설가 이미륵(1899~1950)의 『압록강은 흐른다』라는 소설이었다.

얼마 후, 합격자 공고를 보기 위해 김재관은 초조한 마음을 안고 중앙청으로 갔다. 중앙청 뜰 안에 여러 명이 서성거리며 게시판을 들여다보고 있었다. 게시판에 합격자 명단이 붙은 게 보였다. 김재관은 기대 반 긴장 반으로 한 걸음 한 걸음 게시판을 향해 다가가 숨을 고르고 천천히 들여다보았다. 강○○, 고○○, 아! '김재관'이라는 이름이 보였다. 믿을 수가 없었다. 장학생 합격자 네 명에 든 것이다. 일단은 기뻤다. 그렇게 가고 싶던 독일 유학 아니었던가.

발길을 돌려 산업은행으로 갔다. 두 시험의 합격자 발표일이 공교롭

1950년 명동 산업은행

게도 같은 날이었다. 산업은행은 사실 보험 드는 셈 치고 본 시험이었기에 크게 기대하지는 않았다. 산업은행 역시 뜰 안에 합격자 명단을 붙여 놓았다. 이미 서독 국비유학생에 합격했기에 몸도 마음도 한결 가벼웠다. 뜰 안은 뜻밖에 조용했다. 그래도 여전히 마음은 초조했다. 김재관은 차분히 다가가 합격자 명단을 차근차근 살펴보았다. … 아! 여기에도 김재관의 이름이 있었다! 거리에 실업자가 넘치고 경쟁률도 이렇게 높은 시험에 김재관은 같은 날, 한 군데도 아니고 두 군데에 모두 합격한 것이다. 기대 이상의 행운에 어리둥절했으나, 마음을 가라앉히고 일단 산업은행에 입사했다. 이날 김재관의 두 가지 행운은 훗날 대한민국의 행운이기도 했을 줄 누가 알았겠는가.

"산업은행 월급 받으며 유학 가라"

산업은행에 출근하기 시작한 지 며칠 안 되어 산업은행의 초대 총재인 구용서가 김재관을 불렀다. 구용서는 일본 도쿄대 상학부를 졸업하고 조선은행 도쿄지점 근무를 시작으로 금융계에 발을 들인 엘리트였다. 1953년에는 대한석탄공사 총재가 되었고 1954년에는 산업은행 총재, 1958년부터 1960년까지 상공부장관을 역임한 초대 정부의 유능한 관료였다.

구용서 총재는 김재관이 서독 유학생에 선발되었다는 것을 알고 그를 부른 것이었다.

"독일 유학 시험에도 붙었다면서요?"

"네."

김재관은 다소곳한 목소리로 대답했다. 이어진 말은 김재관을 깜짝 놀라게 했다.

"김재관 씨는 독일에 유학 가도 우리 은행에서 월급을 지급할 것입니다. 유학 기간 내내 봉급이 나오니까 부모님에게 보내드리면 됩니다."

1950년 부산 피난 시절 구용서 산업은행 총재(왼쪽)와 최순주 재무장관

조만간 독일 유학을 갈 것은 무척 기쁜 일이었지만 내심 고향에 계신 부모님을 걱정하고

있던 차에 뜻밖에 고마운 제안을 받은 것이었다.

김재관은 당시 이 사실을 몰랐지만, 산업은행이 서독 유학생에게까지 봉급을 지급하기로 한 것은 구용서 총재 개인의 결정이 아니라 이승만 대통령의 '인재육성 프로젝트' 때문이었다. 이승만 대통령은 독학으로 미국의 프린스턴 대학에서 정치학 박사학위를 취득한 사람으로서, 국가 발전에 인재가 얼마나 중요한지를 미국에서 몸소 깨달았다. 그는 하버드 대학 석사과정에서 공부할 때 근처에 있는 메사추세츠 공과대학(MIT)에 종종 놀러 갔었다. 미국 최고의 공대는 어떻게 학생들을 가르치고 인재를 육성하는지 알기 위해서였다. 거기서 그는 공학 인재 육성이 국가 발전의 지름길이라는 것을 깨달았다.

이승만은 미국뿐 아니라 독일에도 많은 국비유학생을 보냈다. 이승만 정부가 보낸 독일 유학생은 1천 명이 넘었고, 미국 유학생은 약 2천 명이나 되었다. 이 유학생들의 상당수는 10년이 지나 공부를 마치고 한국으로 돌아와서 우리나라 공업 발전의 초석이 되었다. 이승만이 뿌린 씨앗이 박정희 시대에 꽃을 피운 셈이다.

독일에서 원하는 공부를 하면서 산업은행에서 봉급도 받을 수 있다니 한마디로 최고의 행운이 찾아온 것이다. 구용서 총재는 한 술 더 떠 김재관에게, 유학 가기 전에 사무실에 앉아 근무하기보다 우리나라 산업시설을 돌아보라고 지시했다. 김재관은 구용서 총재의 지시대로 울산을 비롯한 영남 등지의 조선소와 철강공장들을 시찰했다. 전쟁으로 폐허가 된 대한민국의 산업 현장을 돌아다니며, 대한민국을 다시 일으키려면 무엇에서부터 시작해야 하는지 고민을 거듭했다. 전쟁 때 미군 통역을 하며 탱크 등 각종 중화기에서 보았던 특수강이 떠올랐다.

'공업 발전의 기초는 철강이다. 철강 없이 다른 산업을 일으키는 것은 불가능하다.'

그리고 산업이 고도화될수록 특수강의 필요는 더욱 높아진다. 김재관의 마음은 특수강 생각으로 가득 찼다.

그렇게 반년, 그해 가을 드디어 김재관은 서독행 비행기에 몸을 실었다.

제2장

대한민국의 100년 미래를 준비하다

독일 유학과 박정희와의 첫 만남

DAAD 장학 프로그램

함께 독일 유학길에 오른 사람은 김재관까지 총 네 명이었다. 두 사람은 의사, 다른 한 사람은 독문학자였다.

3박 4일의 긴 비행 끝에 뮌헨에 도착했다.

여기 오기까지 오랜 시간이 걸렸다. 대학 재학 중 6·25전쟁을 만나 피난 생활을 했고, 서울에 돌아와 간신히 대학을 졸업했다. 그리고 산업은행에서 잠깐 직장 생활까지 했다. 어려운 격랑의 시대, 고달픈 세대였으나 가슴속에는 뜨거운 열망이 있었다.

뮌헨 아르치스슈트라세(Arcisstraße) 21번지. 드넓은 잔디밭에 우람한 석조건물들이 늘어서 있는 뮌헨 공대에 드디어 도착했다. 리셉션 데스크(입학사무실)에 들어섰다. 곧 면담이 시작되었다. 독일 정부는 유학생

선발에 엄격한 기준을 가지고 있었다. 당시 독일 정부의 유학생 선발 기준은 다음과 같았다.

1) 친독 인사 양성을 위한 독일 유학과 연수를 증진시킨다.
2) 독일인의 국제 경험과 해외문화 경험을 확대하기 위해 국외 유학과 연수를 증진시킨다.
3) 고등교육기관의 국제화를 증진시키며 독일에 대한 이해를 증진시킨다.
4) 독일 외 국가에서 독일어와 독일학을 공부할 수 있는 방안을 찾고 진행한다. 특히 개발도상국과 유럽 중동부 지역 국가들과의 교육 협력을 진행시킨다.
5) 각종 프로그램은 우수한 학업 및 연구성과를 기준으로 지원자를 선발하고, 연구과제보다는 연구의 자질, 기관보다는 개인의 가능성을 우선한다.
6) 학문 분야나 지역별 안배를 하여 상호성, 지속성, 신뢰성을 중시한다.
7) 유학 수혜자 사후관리를 지속적으로 추진하여 해당 국가와의 교류를 증진시킨다.
8) 해당 국가에서 독일에서 공부한 대학 졸업생이나 석박사학위 취득자들이 참여하는 지역별 연례 세미나를 개최하고 지원한다.
9) 전 세계에 120여 개 동창회(DAAD 클럽)를 조직하여 지원하며, 소식을 알리는 팸플릿(DAAD 레터)을 무료로 발송한다.
10) 소규모 연구개발 설비나 자료 구입을 지원하고, 재초청 사업

등은 경제협력개발부가 학술교류처에 위탁하여 지속적으로 운영한다.

이것이 독일의 유학 프로그램 '데아아데(DAAD)'이다. 지금도 독일 정부는 한국 내에 DAAD 장학 프로그램을 계속하고 있다. DAAD 장학 프로그램은 2차 세계대전을 일으켰다가 패전한 패전국으로서 전쟁을 일으킨 책임에 대한 배상의 한 방식이었다. 자금, 즉 물적 지원뿐만 아니라 심적 부채를 해소하려는 의도도 있었다. 그러한 의도로 만든 DAAD 장학 프로그램은 한국은 물론 아시아, 유럽, 아프리카 등 세계 각국의 젊은이들에게 혜택을 주었다. 그러나 독일도 2차대전에서 패한 지 얼마 안 된 무렵이었으므로 자금이 넉넉하지 않아 국가별로 학생 수가 할당돼 있었다. 재정 상태가 좋을 때는 항공료까지 부담해 주었으나 형편이 어려울 때는 유학생이 자비로 항공료를 부담하는 경우도 있었다.

독일의 철강산업

프로이센의 빌헬름 1세 황제는 비스마르크를 재상으로 임명하고, 1871년 처음으로 독일을 통일하여 독일제국을 선포한다. 비스마르크는 "철과 피만이 독일을 살린다"라는 명연설로 '철혈鐵血 재상'으로 불린다. 철은 철강, 피는 국민의 피와 땀을 가리키는 것이다.

1870년대에 세계적으로 가장 필요한 금속은 철강이었다. 철강이 곧 근대화로 나아가는 지름길이었다. 독일에는 철강을 생산할 수 있는 세

1851년 런던 박람회에 출품된 크루프사의 주강 대포[5]

계적인 회사인 크루프(Krupp) 철강이 있었다. 크루프사는 1811년 프리드리히 카를 크루프(Fredrich Carl Krupp)가 에센 지역에 주강鑄鋼공장을 설립한 것을 시작으로 한다. 그러나 말이 공장이지 초기에는 사내수공업 수준이었다. 창업주 프리드리히 크루프는 공장을 경영하다 문을 닫게 된다. 물건이 팔리지 않아 빚더미에 올라앉은 것이다. 결국 회사가 임금을 지불할 수 없게 되자 모든 종업원이 나가고 직원은 단 한 사람, 프리드리히의 아들 알프레트 크루프(Alfred Krupp)만 남았다. 알거지가 된 아버지 프리드리히는 병상에 누워 지내다가 굶어 죽었다.

---

5 https://www.alamy.com/stock-photo-krupp-exhibit-1876-centennial-exhibition-philadelphia-print-147581657.html

아버지의 비극적인 죽음을 목격한 알프레트 크루프는 비장한 각오로 사업을 이어받았다. 그리고 1851년 주강 대포, 즉 철강으로 주조한 대포를 만들어 세계 각국이 과학기술을 선보이는 런던 만국박람회에 출품했다. 크루프의 주강 대포는 세계의 과학자들을 충격에 빠트렸다.

당시는 대포를 강철이 아니라 청동으로 만드는 게 일반적이었다. 청동 대포는 탄소가 함유된 주강에 비해 재질이 무르기 때문에 포탄을 몇 발 쏘고 나면 포신 내벽에 나선형으로 팬 강선이 뭉개져 정확도가 형편없이 떨어진다. 그런데 주강 대포는 금속의 강도가 훨씬 강했기 때문에 포격전에서 청동 대포보다 월등히 뛰어날 것으로 예상되었다. 특히 영국의 금속 기술자들이 큰 충격을 받았다. 장차 독일과 전쟁을 하게 되면 영국의 패배로 이어질 것이 뻔하기 때문이었다.

이때부터 독일이 금속학에서 영국을 추월하기 시작했고, 실제로 훗날 1, 2차 세계대전에서 독일은 영국을 괴롭히게 된다. 특히 히틀러 정권은 대포, 전차, 군함, 잠수함 등의 무기를 생산하면서 독일의 전쟁 능력을 과시했다.

크루프 철강은 19세기 후반부터 세계적인 기업으로 성장했고, 3대째 들어 세계적으로 철판 수요가 증가하자 더욱 가파르게 성장했다. 이후 크루프 철강의 철강 기술은 오늘날 독일의 철강, 자동차산업, 중공업 등을 견인하는 원동력이 되었다. 크루프 철강은 2차대전 후 연합군에 의해 해체되어 훗날 티센 철강에 합병되었지만 크루프 가문이 경영할 당시에는 전 세계 철강산업을 쥐락펴락하는 엄청난 영향력을 지닌 기업이었다.

그 크루프 철강이 해체되고 나서 독일의 철강을 대표하는 회사로 떠

오른 것이 대한중공업 공사를 맡은 데마크 철강이다. 데마크 철강은 1819년에 설립된 독일의 철강 및 기계회사로 1950~60년대에 세계 철강 및 기계 분야의 선도 기업이 된다. 그리고 이 데마크 철강은 한국, 그리고 김재관과 깊은 인연을 맺게 된다.

뮌헨 공대

뮌헨은 서독 제일의 문화도시다. 살기 좋고 인심도 후한 곳이다. 김재관이 처음 살게 된 곳은 뮌헨 공대에서 그리 멀지 않은 '영국공원' 근처의 기숙사였다. 기숙사의 이름은 '마리아의 별'. 수녀들이 운영하는 하숙집이었는데 20명의 학생을 수용했다. 하숙비는 다른 곳의 절반 수준이었다. 수녀들은 외국 유학생들이 독일어를 빨리 터득하도록 독일인 학생과 한 방을 쓰게 해 주었다. 수녀원이어서 취침 및 기상 시간 등은 엄격한 규율을 따라야 했다. 방에는 세면대가 없었고 대신 수녀들이 취침 전 대야에 물을 담아 침대 밑에 공손하게 갖다 놓았다.

기숙사는 형편이 어려워서 음식 찌꺼기를 먹여 돼지를 기르고 있었다. 당시 독일은 2차대전에서 패전한 지 불과 11년밖에 안 되어 국가 형편이 넉넉하지 못했지만 식사는 그런 대로 괜찮았다. 항상 감자튀김이 기본으로 마련돼 있었고 메인 요리가 따로 나왔다. 금요일은 주로 생선과 스테이크였고, 월~수요일은 때마다 달랐다.

뮌헨 공대는 1868년 바이에른 왕국의 루드비히 2세 왕이 창립한 유서 깊은 대학으로, 독일 안에서도 명문 대학으로 유명하다. 1927년 하

2차 세계대전 직후 독일 거리

인리히 빌란트가 노벨 화학상을 받은 이래 현재까지 총 17명의 노벨상 수상 동문을 배출했다. 그 밖에 유명한 졸업생들로 세계적인 냉동기기 회사 린데의 설립자이자 압축냉동기를 발명한 카를 폰 린데, 디젤 엔진을 발명한 루돌프 디젤, 삼각플라스크를 고안한 에밀 에를렌마이어, 2차대전 때 맹위를 떨친 독일 공군의 주력 전투기 '메서슈미트 BF109'를 설계한 빌리 메서슈미트가 있고, 『마의 산』을 쓴 문호 토마스 만도 뮌헨 공대 출신이다. 이 외에도 뮌헨 공대 출신의 세계적인 인사는 헤아릴 수 없이 많다.

19세기 말~20세기 초만 해도 독일은 과학기술에서 미국과 영국보다 앞서 있었고, 미국은 2차대전 이후 독일의 수준을 따라잡기 시작해 1953년이 되어서야 노벨상 수상자 수에서 독일과 같은 수준이 된다.[6] 1956년 당시 과학기술 분야 세계 최고의 공과대학에, 이름도 생소한 세계 최빈국의 보잘것없는 학생이 합격한 것이다.

1960년대의 뮌헨 공대

1차로 서류 전형을 통과하고 이어서 면접을 보았다. 면접관은 꼼꼼하고 치밀하게 김재관을 파악하기 시작했다. 면접의 목적은 학생의 목표는 무엇이고 어떤 학문을 공부하려는지, 그리고 학생의 적성은 어떠한지를 파악하는 것이었다. 질문과 답이 끝없이 이어졌다. 면접도 무난하게 통과했다.

보르헬스 교수가 지도교수가 되었다. 보르헬스 교수는 철강학의 권위자였고 그의 부친은 스테인리스를 발명한 세계적인 석학이었다. 명문 대학답게 학생의 적성, 자질, 미래 희망 등을 종합적으로 고려해 최적의

---

6 Ashley Kirk, "Nobel Prize winners: Which country has the most Nobel laureates?", *The Telegraph*, Oct. 12, 2015.

지도교수를 배정한 것이다. 종합대학인 뮌헨 공대를 대표하는 학과는 공대이며, 그중에서도 단연 기계공학부이다. 기계를 공부하러 온 김재관에게 기계공학의 기초가 되는 금속학을 동시에 공부할 수 있도록 학교가 배려한 것이다.

김재관은 한국에서 취득한 학부 학점이 부족해 곧바로 대학원에 입학할 수 없었다. 학교에서는 학부를 2년 더 다닐 것을 권하고, 대신 2년에 한 번씩 6개월 단위로 기업에서 실습을 하는 조건으로 학부가 끝나면 석사·박사학위 과정을 동시에 밟도록 해 주겠다고 했다. 석사·박사 동시 진행은 한국에서는 낯선 시스템이었지만 당시 독일에서는 우수한 학생에 한해서 가능했다.

김재관은 뮌헨 공대에서 박사학위를 취득하기까지 네 가지 학문을 연구했다. 첫 번째는 기계공학이다. 학부에서 기계공학을 전공하였으므로 기계공학에 대해서는 나름대로 알고 있었다. 하지만 독일에 건너와 기계공학을 공부해 보고, 기계공학이 발전하려면 철강학이 바탕이 되어야 한다고 결론을 내렸다. 이때부터 김재관은 철강학에 몰두하기 시작했다. 그러나 그게 끝이 아니었다. 철강학의 뿌리에는 더 광범위한 분야인 금속학이 있었다. 철강을 이해하기 위해 금속학을 파고들었다. 마지막으로 자동차공학으로 눈을 돌렸다. 기계, 철강, 금속학의 꽃은 제철소와 자동차공장 설립이라고 할 수 있었다.

학업은 쉽지 않았다. 공과대학 수업은 아침 7시부터 시작했다. 모든 이공계 학과가 마찬가지였다. 반면에 인문계열 학과는 오전 10시부터 수업을 시작한다. 학업은 힘들었으나 독일 정부는 유학생들에게 남다른 배려를 제공했다. 알프스산맥과 인접한 뮌헨은 매우 수려한 자연 풍

김재관 박사가 공업경영을 공부한 쾰른 대학

광을 자랑한다. 정부 지원으로 유학 온 학생들은 바이로이트 축제나, 바로 남쪽 국경 너머 오스트리아 잘츠부르크에서 열리는 모차르트 축제를 보러 갈 수 있었다. 무료 학비에 책값도 지원되었으며, 야유회나 공연 등의 문화생활을 위해 매달 400마르크의 돈이 지원되었다.

이곳 뮌헨 공대에서 김재관은 석박사과정을 마치기까지 5년을 보냈다. 서독의 공과대학 학생들도 공대를 졸업하기까지 걸리는 시간이 평균 6년 반이었고, 5년 만에 박사학위까지 취득하는 경우는 매우 드물었다. 김재관은 이어 쾰른 대학에서 경제학(공업경영)을 1년 더 공부해, 서독에서 총 6년의 대학 생활을 하게 되었다.

독일의 교육 시스템은 다른 나라와 비교해 특이한 점이 있다. 고등학교 졸업시험인 아비투어(Abitur)를 통과하면 누구에게나 대학 교육을 받을 기회가 주어진다. 독일 전국의 37개 종합대학과 8개의 공과대학 중 원하는 곳을 선택할 자격을 얻는다. 대학은 지원한 학생을 의무적으로 일단 받아들여야 한다. 그뿐만 아니라 학생들은 자신이 원하는 다른 학교로 언제든지 전학할 수 있으며, 수강 과목 선택, 휴학, 심지어는 시험 과목 신청까지도 자유롭게 할 수 있다. 즉, 공부하는 데 최대한의 자유가 보장되는 것이다.

고학년이 되면 2년에 한 번씩 공장에서 현장실습을 해야 하고 학점에도 반영된다. 김재관은 1957년부터 공장 실습을 다녔다. 첫 번째로 루르 공업지역에 있는 회슈 제철회사(Hoesch AG)에서 6개월간 제철제강 기술을 배웠다. 두 번째는 린데에서 냉동 시스템을, 세 번째는 뒤스부르크에 있는 독일 최대의 철강회사 데마크에서 제철소 건설계획을 다루었다.

세계적인 석학을 놀라게 한 박사학위 논문

김재관은 1961년 12월 22일 「연강조직 재결정에 대한 질화알루미늄의 영향에 관한 연구」로 박사학위를 취득했다. 6·25 휴전 3년 만인 1956년 폐허가 되다시피 한 조국을 떠난 지 5년 만이었다. 장차 한국의 재건에 필요할 특수강뿐만 아니라 공업경영과 기획까지 공부하고, 한국에서는 감히 꿈꾸지 못할 세계적 철강공장에서 현장실습을 병행하며 잠시도 쉬지 못한 끝에 이룬 성취였다.

김재관의 박사논문은 연강軟鋼을 더 강하게 만드는 질화알루미늄의

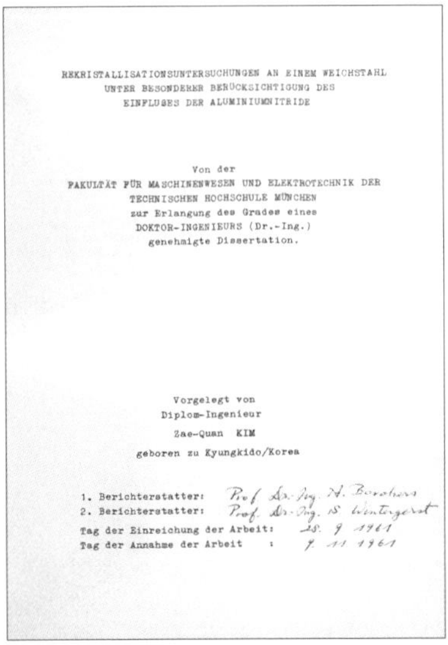

REKRISTALLISATIONSUNTERSUCHUNGEN AN EINEM WEICHSTAHL
UNTER BESONDERER BERÜCKSICHTIGUNG DES
EINFLUSSES DER ALUMINIUMNITRIDE

Von der
FAKULTÄT FÜR MASCHINENWESEN UND ELEKTROTECHNIK DER
TECHNISCHEN HOCHSCHULE MÜNCHEN
zur Erlangung des Grades eines
DOKTOR-INGENIEURS (Dr.-Ing.)
genehmigte Dissertation.

Vorgelegt von
Diplom-Ingenieur
Zae-Quan KIM
geboren zu Kyungkido/Korea

1. Berichterstatter: Prof. Dr.-Ing. H. Borchers
2. Berichterstatter: Prof. Dr.-Ing. S. Wintergerst
Tag der Einreichung der Arbeit: 28. 9. 1961
Tag der Annahme der Arbeit : 9. 11. 1961

김재관 박사의 박사 논문 표지

영향을 분석한 논문이다. 통상적으로 특수강은 강철에 텅스텐, 아연, 크롬, 망간 등을 혼합한 것으로, 일반 철강보다 강도는 높으면서 재질은 유연한 것이 특징이다. 그래서 '탄력강'이라고도 불린다. 김재관의 연구는 질화알루미늄이라는 새로운 소재로 철강의 조직을 변화시키는 내용을 담은, 새로운 발견이었다. 알루미늄에 질소를 투입하는 것이 질화인데, 이렇게 하면 알루미늄의 표면 강도가 훨씬 강화된다. 김재관은 강화된 질화알루미늄을 연강조직과 혼합하면 어떤 결과가 나오는지를 실험해 본 것이다. 논문의 제목이 그가 철강학과 금속학뿐만 아니라 재료공학까지 섭렵했다는 것을 보여 준다. 이때 이미 특수강에 관한 지식을 쌓은 것이다.

바로 이 특수강이 오늘날 자동차 생산에 쓰이는 재료다. 2000년대 이후 자동차회사들은 무게는 가벼우면서 강도 높은 알루미늄강을 주로 사용한다. 그런데 무려 1961년에 이러한 실험을 해 논문을 썼다는 것은 그가 금속재료에 대한 과학적 지식뿐 아니라 철강의 쓰임새에 대한 통찰이 있었다는 것을 말해 준다. 특수강 분야의 최첨단 세계에서도 남들이 가 보지 않은 길을 걸어가고 있었던 것이다.

김재관이 연구한 질화알루미늄은 1990년 이후 수요가 많아진 반도체에도 필수 재료로 꼽힌다. 열전도율이 뛰어나 컴퓨터, 반도체에 없어서는 안 되는 물질이기 때문이다. 또한 가장 비싼 금속물질이기도 하다.

이런 물질을 선구적으로 다뤄 본 경험은 훗날 제철소 설립에 관한 일본과의 협상이나 국산 대포 개발, 자동차공업 발전계획, 한국표준연구소 설립 등 한국의 과학기술 및 산업 발전에 중대한 영향을 미치게 된다.

뮌헨 공대 최초의 한국인 학생인 김재관은 이 논문으로 이 학교 최초의 한국인 공학박사가 되었다. 당시 뮌헨 공대에서도 명논문으로 손꼽힌 이 논문은 스테인리스 분야의 세계적인 석학인 지도교수 보르헬스를 놀라게 만들었다. 국내 언론에서도 지대한 관심을 보였다.

> 서독에 유학 중인 김재관 씨는 12월 5일 뮌헨공대에서 공학박사 학위를 받았다. 당년 33세인 김재관 씨는 서울공대 기계과를 졸업하고 1956년 서독정부 초청 장학생으로 가서 뮌헨공대 기계과를 거쳐 과내 금속연구소에서 연구한 바 있다. (경향신문 1961. 12. 26)

> 서독 뮌헨 공과대학 기계과를 거쳐 과내 금속연구실에서 연구 중이던 김재관 씨(33)가 동대학으로부터 공학박사학위를 받았다. 서울공대를 졸업하고 1956년 서독정부 초청으로 도독하였던 동씨

뒤스부르크 시내의 옛 데마크 본사 자리

의 학위 논문은 「연강조직 재결정 질화알루미늄의 영향에 관한 연구」였다. (동아일보 1961. 12. 23)

김재관은 박사학위를 받은 이듬해인 1962년 데마크의 종합기획부에서 직장 생활을 시작했다. 실험과 실습으로 톱니바퀴 돌아가듯 꽉 짜인 연구 생활의 종지부를 찍고 드디어 한 사회인으로, 그것도 '공학박사(Dr.Ing.) 김재관'이라는 타이틀을 딴 귀한 인재로, 사회 역군으로서 보람을 만끽하고 있었다.

데마크는 당시 세계 최대의 철강 생산 지역인 루르에서도 가장 대표적인 철강회사였다. 세계 철강산업을 견인하는 그곳에서 김재관은 철강 생산 기술부터 제철소 기획 및 건설 노하우, 특수강 생산 기술 등 어디서도 배우지 못할 최첨단 철강 지식과 경험을 접하게 되었다. 이러한 세계 최고의 철강회사, 그것도 외국인은 꿈도 못 꿀 종합기획부에 변방의 작고 가난한 나라에서 온 유학생이 입사했다는 것은 기적과도 같은 일이었다. 역사는 이미 김재관에게 한강의 기적의 밑그림을 그리는 임무를 기대하고 있었는지도 모른다. 그리고 이는 김재관이 뮌헨 공대를 다니면서 얼마나 탁월한 능력과 학문적 역량을 가졌었는지를 또한 보여 준다. 뮌헨 공대에서 연구실 동료와 선후배들이 붙인 별명을 통해서도 알 수 있다. '천재 김재관'.

뮌헨에서의 만남 그리고 결혼

데마크사는 뮌헨과는 달리 한적하기 짝이 없는 뒤스부르크에 있었다. 아는 사람도 없는 공업도시에서 홀로 외로운 생활이었지만, 오히려 모처럼의 여유와 행복을 느끼고 있을 때쯤이었다.

이 무렵 뮌헨에 있는 동기동창 조선휘,[7] 김휘재,[8] 그리고 그를 따르던 여러 후배들이 갑자기 연락을 해 왔다. 혜성같이 뮌헨에 나타난 멋진 한국 여자 유학생이 있으니 만나 보라는 것이었다. 주말을 이용해 뮌헨으로 내려와 그 여학생을 배필로 삼으라는 편지도 보내고, 그 비싼 장

---

7 김재관의 서울공대 기계과 10회 동기동창으로 뮌헨 공대에서 공부하고 서울공대 기계과 교수로 부임한다.

8 김재관의 서울공대 기계과 10기 동기동창. 한국 최초의 기계공업회사 대한중기 창업자의 맏아들이며 뮌헨에서 김재관의 절친이었다.

뮌헨 대학 게슈비스터 숄 광장
분수대(2018)

뮌헨의 영국공원(2018)

거리전화까지 하며 뮌헨으로 오라고 마구 졸라 대는 것이었다.

김재관은 그전에도 한국 유학생을 몇 번 소개받은 적이 있으나 마음에 들지 않았고, 이번에도 썩 마음이 내키지 않았다. 그냥 오랜만에 정든 뮌헨도 보고 동창, 후배나 만나고 와야겠다고 마음먹고 있는 중이었다. 그런데 이번엔 당시 독일에 와 있던 고등학교 때 독일어 선생님 박종서[9] 고려대 교수와 서울대 문리대 독어독문학과 주임교수를 지낸 이회영[10] 교수까지 적극적으로 나서서 권하는 바람에, 내심 '기대를 걸어 봐도 되려나' 하는 반신반의의 마음으로 뮌헨으로 향했다.

뮌헨에서는 이미 두 교수님과 두 동창, 그리고 몇몇 후배들이 잔뜩 기대에 부풀어 기다리고 있었다. 김재관 박사도 덩달아 마음이 부풀어 기대를 키워 가고 있음이 느껴졌다.

뮌헨 도착 다음 날 저녁 5시, 뮌헨 대학 인문학부가 위치해 있는 대학의 중심가, 그 유명한 '백장미' 반反나치 운동을 하다 목숨을 잃은, 그러나 영원히 살아 있는 자유를 위한 투쟁의 화신 한스 숄과 조피 숄 남매를 기리는 게슈비스터 숄(Geschwister Scholl) 광장 벤치. 김재관은 기대에 부푼 마음으로 그 '출중하다'는 여학생을 기다리며 앉아 있었다. 그곳은 건너편 영국공원과 맞닿아 있어 낭만과 학문, 그리고 문화가 공존하는 아주 독특한 분위기와 넉넉한 편안함을 주는 장소다. 또한 그가 처

---

9 김재관의 중앙고등학교 시절 독일어 교사. 서울대 문리대에 출강하다 독일에 유학해 고려대 독어독문학과 교수로 귀국 후 전국 독어독문학과 중심의 '프라이에 뷔네(Freie Bühne)'라는 연극단체 설립을 준비했다.

10 서울대 문리과대학 독어독문학과 교수로 1960년대 초에 독일 마르부르크와 뮌헨에서 유학 겸 연구 생활을 하다 귀국했다.

음 뮌헨에 도착하여 학교 기숙사로 들어가기 전에 머물렀던 수녀원에서 관리하는 기숙사 근처여서 더욱 정답게 느껴졌다.

드디어 맞은편 길 건너 영국공원 쪽에서 나타나 분수대 쪽으로 걸어오는 여학생이 보였다. 보기에도 발랄하고 범상치 않게 다가왔다. 여학생은 두 교수님과 조선휘, 김희재 두 공대 동창, 그리고 김재관 본인까지 다섯 남자가 모여 앉은 자리까지 오는데도 주뼛주뼛함 없이 당당하게 다가왔고, 김재관은 그 모습이 마음에 와닿았다. 당당하고도 발랄한 모습, 그러면서도 수줍은 듯이 쳐다보는 눈길에 김재관은 마음이 뛰고 있었다.

여섯 사람은 음악과 음식, 그리고 분위기 모두 좋은 헝가리 식당으로 가서 저녁을 먹으며 얘기를 나누기로 했다. 얌전하면서도 명랑한 목소리, 당당하면서도 수줍은 듯한 그녀의 미소에 김재관은 '아, 이 여자다. 천생의 배필로 손색이 없다. 놓치면 안 되겠다'고 마음을 먹었다. 그리고 다른 동행을 물리치고 혼자 그녀의 기숙사까지 바래다 주기로 마음먹었다.

한눈에 마음을 빼앗긴 황홀감에 잠을 설친 채 다음 날 아침 7시가 되기가 무섭게 그는 장미 세 송이를 사 들고 그 여학생이 있는 금남의 기숙사로 갔다. 어렵사리 수녀에게 허락을 받고 복도를 지나 설레는 마음으로 그녀의 방문을 두드렸다. 예상치 않은 시각에 외간 남자가 왔으리라고는 생각지도 못한 그녀는 아침 어학 코스에 함께 등교하는 인도 여학생인 줄 알고 머리를 감다 말고 방문을 열었다. 의외로 어제 그 남자가 손에 꽃을 들고 온 것을 보고 그녀는 너무 놀랐지만 내심으로는 기뻤다. 김재관은 조심스럽게 점심 식사를 제안했고, 그녀는 오전 어학 코

뮌헨의 영국공원에서 김재관 박사와 양혜숙 박사

스를 끝내고 오후 뮌헨대 강의를 듣기 전 멘사(Mensa, 학생식당)에서 만나자고 했다.

얼마나 다행인가! 거절당하지 않았음에 한숨을 돌리고 김재관은 영국공원 벤치에 앉아 두 가지 생각에 골몰했다. 청혼을 어떻게 해야 OK를 받아 낼 수 있을까? 그녀가 곧 슈투트가르트를 거쳐 튀빙겐으로 공부하러 간다는 소리를 들었는데, 나와 같은 방향으로 가니 어떻게 하면 동행의 허락을 받아 낼까? 그는 행복한 궁리를 하고 있었다.

오전 시간은 생각보다 빨리 갔다. 약속대로 학생식당 멘사로 가니 의외로 그녀는 여러 명의 남녀 외국 학생들과 어울려 배식 순서를 기다리고 서 있었다. 김재관을 보고는 반갑게 인사를 하고 다른 외국 학생들을 소개시켜 주며 함께 밥을 먹자고 했다. 분위기가 하도 밝고 명랑하여 김재관 본인도 다른 학생들과 함께 다시 학생이 된 기분이었고 인도, 스페인, 독일 학생들과 어울려 즐거운 멘사에서의 점심을 보냈다. 그녀가 오후 2시 강의에 들어가기 전에 생각했던 두 가지 목적을 달성하려면 시간이 촉박했다.

그는 자연스레 영국공원으로 그녀를 안내했다. 오전 시간에 잡아 놓은 경치 좋은 자리에 나란히 앉아 우선 자기 집안 소개를 했다. 자신은 5남매의 맏이이며 두 남동생과 두 여동생이 있고, 바로 밑의 남동생은 서울대 의대를 나와 미국의 워싱턴으로 가서 의사로 취직했고 등등. 하지만 한 가지, 6·25 피난 당시 아버지 혼자 피난 가셔서 만난 작은어머니가 계신 것이 마음에 걸린다는 실토를 했다. 오히려 속이 후련함을 느꼈다. 집안의 약점이라고 생각한 사실을 토로하고 나니 오히려 마음이 가벼워졌다.

어렵게 집안의 약점을 실토했건만, 표정을 살피니 그녀는 무덤덤했다. 초조한 마음으로 두 번째 제안, 뮌헨을 떠나 튀빙겐으로 돌아갈 때 자기도 뒤스부르크로 가는 길이니 동행을 해도 되겠느냐고 물었다. 어렵게 실토한 집안의 약점에 반응이 없는 데 긴장한 나머지 두 번째 제안도 거절당할까 긴장하면서 그녀를 쳐다보았다. 아, 다행히도 돌아가는 기차 여행 동행은 괜찮다는 승낙을 받았다. 김재관은 떨 듯이 기뻤다.

그는 이틀 후에 함께할 기차 여행을 생각하며 그녀에게 줄 작은 루비가 박힌 금 브로치를 사서 곱게 싸 두었다. 약속한 그날, 함께 트렁크를 끌고 기차에 올랐다.

슈투트가르트까지는 3시간 남짓 걸리는 거리다. 마침 슈투트가르트에는 남산타워처럼 세계적인 타워가 지어지고 있었고, 여행객들을 유혹하는 행사가 있었다. 김재관은 기차 안에서 곱게 싼 브로치를 선물하며, 슈투트가르트에서 그 새로운 타워를 보고 가자고 권해 보았다. 다행히 그녀도 좋은 생각이라고 흔쾌히 승낙하는 것이 아닌가!

'아~ 다행이다. 내가 싫은 건 아니구나!?'

안도와 함께 갑자기 뛸 듯이 기뻤다.

그녀에게 앞으로의 계획을 물어보고, 그녀가 지금 막 시작한 공부가 끝나려면 몇 년의 시간이 더 필요하다는 것을 알았다. 자기처럼 쉽지 않은 독일 정부 장학금을 받아 온 한국의 귀한 인재를 그대로 집안의 규수로만 두기에는 아까운 존재라는 생각에, 그녀가 학업이 끝날 때까지는 기다려 주어야겠다는 결심을 했다. 당장 결혼하고 싶은 마음을 접고 그녀가 공부를 마칠 때까지 기다려 줄 것을 약속하고 연인 관계로 지낼 것을 허락받았다.

슈투트가르트에서 그녀와 헤어진 후 뒤스부르크로 다시 돌아간 그는 저녁마다 근무가 끝나면 튀빙겐 기숙사로 전화를 걸었다. 통화료만 해도 아마 그의 월급의 반 이상은 날아갔으리라. 김재관은 자기도 모르게 그녀에게 빠져 있음을 깨달았다. 그녀의 어렸을 때 모습을 상상하며 그녀가 어떤 유년 시절을 보냈을까 궁금해 하기도 하고, 그녀의 생각으로 머리가 꽉 찬 자신을 보며 오히려 행복했다.

멀리 북부 독일 뒤스부르크에 있는 김재관은 남부 튀빙겐에 있는 그녀를 보고 싶어 견딜 수가 없었다. 그는 여름이 오기를 기다려 4~5일 휴가를 받아 단걸음에 튀빙겐으로 내려가 그녀를 만난다. 그녀의 기숙사도 방문하고, 그녀와 가족처럼 지내는 친한 독일 가정이 있는 빌트바트에도 가서 그 가족들과도 만났다. 그녀가 사는 모습을 둘러보고 그녀가 행복하게 유학 생활을 하는 것을 보며, 김재관은 행복한 마음으로

김재관 박사, 양혜숙 박사 결혼식(1965)

그녀를 기다렸다.

주위에서는 서른을 훌쩍 넘은 그의 나이를 지적하며 결혼을 서두르라고 채근했다. 그녀는 반대로 스물다섯의 발랄한 성격의 소유자로 동양 여자답지 않게 호불호가 분명하며 개성이 뚜렷했고, 서양 남성들의 관심과 흠모를 받고 있는 여유로운 상황이었다. 김재관은 가끔 불안한 생각도 들었지만, 그녀를 믿고 그녀가 방해받지 않고 학업에 열중할 수 있도록 가능한 한 많은 배려를 했다.

그녀 양혜숙은 깊이 매료되었던 시인 라이너 마리아 릴케의 시대관을 연구로 한국에서 학사과정을 마치고, 당시 독일 대학에 새로 도입된 석사(Magister)과정을 다시 밟으며 연구 분야를 시에서 연극으로 바꾸고 당시 독일에서 막 시작된 표현주의 연극을 연구하는 중이었다. 그녀의 지도교수는 반나치 운동을 하다 투옥된 세 명의 학자 중 한 분으로 학계에서 거인(Gigant)이란 별명을 가진 유명한 클라우스 치글러(Klaus Ziegler) 교수이다. 폭넓은 학식과 넉넉한 인품으로 온 독일에 소문이 자자한 교수였다.

김재관은 양혜숙이 석사를 마치는 해인 1963년에 약혼하고 1965년 결혼식을 올렸다. 튀빙겐과 뮌헨을 오가며 만나던 삶을 정리하고, 뮌헨에서 결혼식을 올리고 비로소 신혼 살림을 차린 것이다. 부인 양혜숙은 박사논문 주제 외에도 틈틈이 새로운 주제로 논문을 준비하면서, 많이 참고 기다려 준 김재관 박사가 정말 고마웠다. 김재관은 부인 양혜숙이 하는 모든 일이 훌륭하게 보였고, 아주 행복한 결혼 생활을 보냈다. 독일에 올 때 기대하지 않았던, 인생의 가장 행복한 시간들이었다. 이렇게 그들의 결혼 생활은 학업과 행복으로 가득 차 있었었고 당시 많은 유학생들의 선망의 대상이 되기도 하였다.

퇴수회와 재독한인회의 탄생

김재관은 비로소 신나고 행복한 삶을 만끽할 수 있었다. 신혼집인 반지하방의 당시 월세는 120마르크 정도였지만, 독일 정부에서 한국 학생들에게 매월 1인당 400마르크씩 지원해 주어 월세와 생활비는 크게 부족하지 않았다. 덕분에 그는 뮌헨 유학생 사회의 터줏대감 노릇을 하며 방문 오는 한국의 명사나 지인을 안내하고 대접하며 바쁘게 지냈다. 때때로 고향 생각이 나면 유학생들끼리 모여 한국식 요리를 만들어 먹

1964년4월 남독 바이에른주의 슈타인베르거 호수에 모인 퇴수회 회원들. 맨 뒷줄 원 안이 김재관 박사

1965년 10월 25~30일 라인란트팔츠주의 이다르오버슈타인에서 열린 퇴수회 모임.
뒷줄 원 안이 김재관 박사

1966년 10월 24~29일 이저론에서 정기총회 없이 가진 퇴수회 모임. 맨 뒷줄 원 안이 김재관 박사

기도 했다. 꼬리곰탕을 자주 끓여 먹었는데, 독일인은 소꼬리를 먹지 않아 값이 쌌다. 김재관은 특별히 닭곰탕을 좋아했다. 독일 시절에 제일 많이 먹은 음식이었다.

서독 전체에는 한인 유학생이 약 700명 있었고 그중 뮌헨에 80명 정도가 있었는데, 독일 정부에서는 1년에 한 번씩 버스를 수십 대 동원해 이들에게 베를린, 라인강, 슈바르츠발트 등으로 관광을 시켜 주기도 했다. 그때가 독일 전역의 한인 학생들이 한자리에 모이는 유일한 날이었다.

당시 독일 유학은 매우 소수의 학생에게만 주어지는 기회였다. 그중에서도 가장 초기에 온 김재관은 유난히 고향을 그리워했다. 행복함 속에서도 한편으로는 폐허가 된 고향에서 어머니는 잘 지내시는지, 일자리도 없는 곳에서 동생들은 어떻게 끼니를 해결하고 있는지 걱정이 될 때가 많았다. 고국을 생각하면 잠이 오지 않았고, 고생하고 있을 부모님과 동생들 생각에 눈시울이 붉어지며 공부에 집중이 안 될 때가 많았다. 그럴수록 김재관은 어떻게 대한민국을 일으켜 세워야 할지를 더욱 깊이 파고들었다. 무엇이 가장 중요한가? 어디서부터 시작해야 하는가?

가만히 있을 수 없었다. 김재관은 유학생 선배로서 유학생 모임을 만들었다. '물러나서 조용히 수양한다'는 뜻으로 '퇴수회退修會'라는 이름을 지었다. 1년에 한 번 열리는 퇴수회에 모여 독일 맥주를 곁들여 한국 음식을 만들어 먹곤 했다. 퇴수회는 단순히 유학생들이 정보를 교환하고 향수를 달래기 위한 친목 모임이 아니었다. 김재관은 훗날 이들이 함께 대한민국을 일으키는 데 큰 힘이 되기를 기대하며 이 모임을 만든 것이다.[11] 박종서(1922~1984, 훗날 고려대 독문과 교수)가 퇴수회 초대 회장을 맡았고, 김재관은 간사장으로서 모임을 이끌었다. 퇴수회 모임 장소는 대체로 뮌헨 근처에 있는 슈타인베르거 호수(Starnberger See)나 중북부 지역의 전원마을인 존트라(Sontra)였다. 뮌헨에서 존트라까지는 기차로 3~4시간 걸리는 거리였다. 세 번의 학술모임 이후 퇴수회는 점차 독일 전역에 알려졌고 1964년 이후에는 독일에 파견된 광부와 간호사들도 퇴수회에 참여하기 시작했다.

조직의 규모가 커지면서 자연스럽게 재독한인회를 결성하자는 의견이 나왔다. 1963년 10월 26일, '재독한인회' 결성을 위한 퇴수회 자리가 마련되었다.[12] 독일에 있는 모든 한인의 동의를 얻은 다음 결성하자는 1안과, 일단 한인회 결성부터 한 다음 인준을 받자는 2안을 표결에 부친 결과 13 대 12로 1안이 가결되었다. 회칙을 토의하고, 이에 따라 박종서를 회장, 김재관과 김웅을 부회장으로 재독한인회가 결성되었다. 작곡가 윤이상이 제2대 회장이 되었고, 회원 중에는 훗날 유명한 정신과 의사가 된 이부영, 독문학자 김여수(훗날 한국 유네스코 사무총장), 김희재(대한중기 사장 아들)와 그의 부인 황정자, 조선희 박사 등이 있었다.

「한국의 철강공업 육성방안」

퇴수회의 유학생들은 서로 토론하고 언쟁도 하면서 한국의 발전에 대한 대화를 나눴다. 어떻게 한국을 발전시킬 것인가? 결론은 항상 두

---

11 송재열, "'재독 한인총연합회'의 모태에 관하여"(Aug. 1, 2009. www.eurasiatour.info/index.php/en/europe/170-wine-tours-in-germany-2?tmpl=component&print=1).

12 위의 글.

파로 나뉘었다. 한쪽은 한국이 가진 게 없으니 경공업을 추진해야 한다는 입장이었고, 다른 한쪽은 경공업은 다른 나라와의 경쟁이 심하기 때문에 중공업으로 가야 한다는 의견이었다. 김재관은 후자에 속했다.

"독일이나 미국과 같은 부강한 국가를 만들기 위해서는 우선 모든 산업의 기초인 철강이 있어야 한다! 자동차, 조선, 중화학 등 선진국들이 차지하고 있는 모든 산업은 철강에 그 기반을 두고 있다. 그리고 그냥 철이 아니라 이들 산업에 쓰일 수 있는, 고부가가치를 창출하는 특수강을 만들어야 대한민국은 설 수 있다."

토론을 통해 김재관은 중공업의 중요성에 대한 확신을 굳히게 되었다.

김재관은 세계 최고 회사인 데마크 종합기획부에 근무하며 회사의 지원하에 독일에서 자리를 잡아 가고 있었다. 독일인도 부러워하는 최고의 직장에서 가정을 꾸리고 편하게 멋지게 살 수 있었지만, 김재관은 고국 생각을 떨치지 못했다. 가만히 있을 수 없었다. 산업은행에서, 하야리아 부대에서 대한민국을 일으키기 위해 꼭 필요하다고 생각했던 일을 실천에 옮기기로 했다. 바로 종합제철계획이다.

산업은행에 근무하며 전국의 산업단지와 공장을 돌아다니던 기억을 되짚어 가기 시작했다. 데마크의 철강 라인에도 가 보았다. 데마크가 만든 종합제철공장 설계도를 하나하나 다시 살펴보았다. 조강粗鋼공장에서 요구되는 제철설비의 하나부터 열까지 꼼꼼히 다시 살펴보았다. 그렇게 해서 한국 철강산업의 첫 태동이 되는 마스터플랜을 준비하기 시작했다. 한국 산업화의 첫 신호탄이자 그 기반이 되는 계획안을 준비한 것이다. 바로 「한국의 철강공업 육성방안(Development of the Steel Industry in Korea)」이다.

결혼 전 하숙집은 회사에서 걸어서 15분 거리에 있었다. 집과 회사를 오가며 쳇바퀴 같은 나날을 보냈다. 당시 독일은 2차대전의 후유증으로 경제가 피폐했다. 골목길에서는 어린아이들이 진흙 위에서 바람 빠진 공을 차며 놀았다. 폭격으로 부서진 건물 잔해가 시내 도처에 흉물처럼 남아 있었다. 김재관의 삶은 하숙집에서 나와 정면의 성 요제프 성당을 바라보며 회사로 걸어가는 것이 전부였다. 김재관은 집과 공장을 오가면서 철강산업 육성 방안 작성에 매진했다. 김재관은 생전에 술 담배를 입에 대지 않았다. 일과를 마치고 펍(pub)에서 맥주를 마시며 고된 하루를 마무리하는 평범한 일상은 남의 일이었다. 시간을 아끼고 또 아꼈다. 철강 연구는 필생의 주제이자 인생의 목표를 넘어 그의 삶 자체였다. 늘 시간에 쫓겼다. 대한민국 철강산업을 일으켜야 한다는 일념으로 하루하루 준비에 몰두했다.

김재관은 대학에서 배운 철강 이론과 현장 상황을 비교하면서 끊임없이 공부했다. 그렇게 해서 「한국의 철강공업 육성방안」이 완성되었다. 김재관은 1964년 1월 한국에 있는 장기영 경제부총리 앞으로 이 계획안을 보냈다.[13]

---

13 조갑제, “50년 전 박정희 대통령의 부자 나라 독일 방문기”, 조선뉴스프레스 2014. 3. 31.

무산된 종합제철소 프로젝트

그즈음 공기업 인천중공업공사를 불하받기 위해 이동준과 원형묵의 주도로 인천제철 설립이 추진되었다. 이들은 회사 설립 준비와 동시에 정부에 제철공장 사업계획서를 제출하고, 독일의 데마크와 루르기(Lurgi)사와 접촉해 설비도입 차관계약에 관한 협의를 시작했다. 이를 위해 이동준은 앞선 1964년 1월 서독의 데마크·크루프·구테호프능 3개사로 구성된 제철그룹 컨소시엄과 한국에서의 종합제철소 설립 사업에 대한 논의를 시작했다.

데마크사 회장 볼프강 로이터가 어느 날 김재관을 불렀다.

"김재관 박사, 서독의 데마크·크루프·구테호프능 3개 제철회사가 한국과 종합제철소 설립을 위한 사업을 추진하고자 합니다. 김재관 박사가 한국 출신이니 이 사업을 담당했으면 합니다."

교섭이 성공적으로 이뤄져 데마크가 한국의 협상 파트너로 선정되자 한국 출신인 김재관에게 한국의 제철소 건설 사업을 맡아 보라고 제의한 것이다. 놀라운 일이었다. 조국을 위해 혼자서 공부해 온 김재관에게 갑작스레 기회가 찾아온 것이다. 벅찬 감격이 치밀어 올라왔다. 폐허가 된 대한민국을 뒤로하고 독일로 온 지 8년 만의 일이었다. 드디어 고국을 위해 일할 기회가 온 것이다.

인천중공업을 좀 더 확장하고 싶었던 이동준 사장은 1964년 12월 독일을 방문했다. 대한중공업공사에서 인천중공업공사로 사명을 변경한 후였다. 그 당시 인천중공업이 갖고 있었던 연산 5만 톤의 평로 제강과 중소형 압연시설도 오래전에 데마크가 건설한 것이었다. 그러나 종합

볼프강 로이터 데마크 회장, 김재관 박사, 이동준 인천제철 사장(왼쪽부터)

제철소 건설은 여간 어려운 일이 아니었다. 막대한 자금과 기술이 요구되었다. 일단 데마크 경영진과 이동준 사장을 비롯한 한국 측 대표자들이 협상을 시작했다. 당시 인천중공업은 조강 생산능력이 떨어질 뿐 아니라 노후화돼 있었기에, 이것을 현대화된 방식으로 보강, 확장할 필요가 있었다.

협상이 진행되었다. 우선 첫 번째 당면한 문제로 이동준 사장 측이 전기로 방식을 채택하고 싶어 했다. 그 이유는 다음과 같다.

1) 전기로는 고로高爐 공장처럼 넓은 부지가 필요 없다.

2) 전기로는 건설 비용이 고로의 10~20퍼센트 수준이다.

3) 철 스크랩(고철)이 주원료인데 한국에는 6·25전쟁 때 버려진

고철이 많다.

4) 전기로는 이산화탄소 발생량이 많지 않다.

5) 전기로 제품은 고로 제품보다 가격이 30퍼센트 낮다.

말하자면 이동준 사장은 경제적인 이유에서 전기로 방식을 염두에 두고 협상에 임한 것이다. 반면 김재관의 데마크 측은, 전기로는 철광석을 녹여서 철강을 만드는 것이 아니라 길가에 버려진 고철을 사용하는 방식이기에 언젠가 고철 수집량이 떨어지면 그때는 대책이 없다며 반대 의견을 제시했다. 그리고 전기로는 생산량이 많지 않아 이제 막 근대화 초기 단계에 있는 한국 내 수요도 감당할 수 없을 것이라고 덧붙였다. 일관제철소 방식, 즉 철광석을 수입해서 철강 완제품을 만드는 방식으로 진행해야 장차 수요 증가에 대응할 수 있다고 본 것이다.

그러나 이동준은 비용이 적게 드는 전기로를 고집했다. 그에게는 경제성이 가장 중요한 요소였다. 물론 일관제철소는 전기로 공장보다 수십 배 큰 부지가 확보되어야 하고, 막대한 양의 철광석을 운반해 와야 하므로 대단위 투자가 이뤄져야 하고, 이는 현실적으로 큰 부담이기는 했다. 그러나 김재관은 한국은 일관제철소를 건설하지 않으면 안 되는 상황이라고 판단했고 이는 데마크의 입장과도 같았다.

이견은 끝내 좁혀지지 않았다. 사실은 이동준이 전기로 방식으로 공장 건설을 이미 진행하고 있었기에 애초에 답이 정해져 있던 협상이었다. 결국 이동준은 전기로 방식을 채택했고, 전기로 제철소는 일사천리로 완공됐다.

처음에는 잡음이 없었으나 얼마 지나지 않아 문제가 발생했다.

인천중공업공사 평로

1970년 10월 29일, 인천중공업공사에서 대사고가 발생한 것이다. 섭씨 1,500도나 되는 쇳물이 폭발해 10명이 현장에서 사망하고 8명이 중상을 당했다. 폭발은 대화재로까지 이어져 경제적 손실은 물론 사회적으로 큰 문제가 되었다.

전기로 폭발의 원인은, 중간상이 수집해 온 고철 속의 산소통(봄베)이 고열에 폭발한 것이었다. 강철 산소통의 폭발력은 수류탄보다 강하다. 오늘날에도 종종 전기로 폭발사고가 발생하는데, 고철 더미 속에 들어 있는 강철 산소통이 그 원인인 경우가 많다. 선별 작업에서 강철 산소통을 제거해야 하나 하루에 들어오는 물량이 4톤 트럭으로 수십 대씩 되어 일일이 검사를 할 수 없는 게 현실이다.

인천중공업은 그 전해에도 폭발사고가 나서 5명의 사망·부상자가 발생한 바 있었다. 이 사건으로 이동준은 재계에서 은퇴했고, 인천중공업은 산업은행의 관리하에 들어갔다가 훗날 인천제철로 명칭이 바뀌었다. 이동준의 경제논리가 김재관의 기술논리를 배척한 결과였다. 오늘날 전 세계의 종합제철공장은 고로가 73퍼센트, 전기로가 27퍼센트이다. 그리고 폭발 위험과 고철에 의지하는 한계로 인해 전기로는 점점 사양화되고 있다.

이렇게 김재관과 데마크의 첫 번째 한국 종합제철소 프로젝트는 무산되었다. 한국 정부가 추진하던 종합제철공장 건설 계획도 제1차 5개년 계획의 대표적인 실패 사업이 되면서 대한민국 종합제철계획과 산업화는 점점 더 요원해지고 있었다.[14] 그러나 김재관은 희망을 잃지 않았다.

박정희 대통령 독일 방문

5·16 군사혁명 2년여 뒤인 1963년 12월 17일, 대한민국 제5대 박정희 대통령이 취임하며 제3공화국 시대를 열었다. 군 시절부터 한국을 잘사는 나라로 만들겠다는 꿈을 가졌던 박정희는 대통령이 된 뒤에도

---

14 1963년 3월에 제출된 「종합제철공장 건설에 관한 건」을 보면, 한국 정부는 종합제철공장 건설을 위해 미국의 블로 녹스(Blaw Knox)사와 1962년 11월에 기본협약서를 체결했고, 1963년 3월에 국내 사업자를 선정하고 본격적인 사업을 추진하기 위해 경제각료회의에 이 안건을 상정하였다. 그러나 경제성과 기술성이 없다는 이유로 미국에서 자금 지원을 해 주지 않아 이 사업은 결국 포기할 수밖에 없었다(국가기록원, "기록으로 보는 경제개발 5개년 계획", http://theme.archives.go.kr/next/economicDevelopment/primary.do).

주변에 "나는 배고프다는 게 뭔지 알아"라는 말을 자주 했다고 한다. 그런 그가 국가재건최고회의 의장 시절부터 의지를 갖고 추진한 일이 잘사는 조국을 만드는 것이었다. 그 첫 번째 발걸음이 1962년의 '경제개발 5개년계획'이었다.

문제는 돈이었다. 경제를 개발하려면 자금이 필요했다. 그 자금을 어디서 어떻게 구할 것인가? 6·25전쟁의 폐허로만 기억되는 나라에 돈을 빌려주려 하는 국가는 세계 어디에도 없었다. 박정희는 고민했다.

그가 내린 결론은 독일(서독)이었다. 그 당시 독일은 '라인강의 기적'으로 알려진 전후 복구를 통한 경제 재건이 한창이었기에 노동력 부족에 처해 있었고, 한국은 6·25전쟁 후 파괴된 산업과 농업에 머물러 있는 경제 상황에서 인력이 남아돌고 있었기 때문이다. 그 외에는 대안이 없었다.

1964년 12월 6일, 박정희와 관료들은 차관을 얻으러 독일행 루프트한자 비행기에 올랐다. 보잉기는 독일의 본과 일본의 도쿄 사이를 운행하는 노선이었다. 독일 정부는 이 여객기의 1등석과 2등석 절반을 비우고 그 중간에 커튼을 친 다음 서울을 경유하게 하여 한국 대통령의 탑승기로 제공했다. 2등석 후미부터는 도쿄에서 탑승한 일반 승객들이 타고 있었다.

박정희 대통령은 여의도공항을 이륙하기 전 독일 방문의 목적에 대해 연설했다.

> 나는 종전 후의 그 폐허 위에서 더구나 공산주의 세력과 대치하면서 오늘의 위대한 경제 건설과 번영을 이룩한 독일연방공화국

의 부흥상을 샅샅이 시찰할 것이며, 아울러 경제적 자립을 위해 분발하는 패기에 찬 한국민의 결의도 소개함과 동시에 양국 공통의 관심사에 관해 상호이해를 증진시킬 것입니다. (조갑제, 『내 무덤에 침을 뱉어라』, 조선일보사, 2001)

인사말을 마친 대통령은 이효상 국회의장, 정일권 국무총리, 조진만 대법원장 등의 배웅을 받으며 한국을 떠났다. 공식 수행원은 장기영 부총리 겸 경제기획원장관, 이동원 외무부장관, 박충훈 상공부장관, 김동한 국회외무위원장, 김성진 공화당 의원, 조윤형 민정당 의원, 이후락 청와대 비서실장, 최덕신 주독 대사, 김종오 합참의장, 박종규 청와대 경호실장, 정도순 외무부 의전실장, 조상호 청와대 의전수석 등 총 13명이었다. 비공식 수행원으로 백영훈 중앙대 교수(대통령 통역, 독일 에를랑겐대 경제학박사), 노석찬 공보부 차관, 박상길 청와대 대변인, 지홍창 대통령 주치의, 신동관 청와대 경호과장, 이복형·이천배 경호관, 나은실 영부인 비서, 이정섭·박진석 공보부 사진기사 등 11명과 수행기자단 10명도 함께 떠났다.

출발 직전 이동원 외무장관이 대통령에게 이러한 건의를 했다.

"유럽에서는 영국과 프랑스가 주요 국가입니다. 유럽에 가시는 김에 영국과 프랑스도 한번 둘러보시는 게 어떻겠습니까?"

대통령은 "지금 우리나라가 급한데 관광할 시간이 어디 있습니까? 일하기 위해 배우러 가는 거지요"라며 거절했다.

대통령은 비행기 안에서도 쉬지 않았다. 통역을 맡은 백영훈 교수에게 쉼 없이 질문을 던졌다.

"독일 경제가 성공한 것을 두고 라인강의 기적이라는데 그 원동력이 무엇입니까?"

"지금 수상(총리)이신 에르하르트의 경제 전략이 맞아 떨어진 것입니다."

백영훈 교수가 설명을 시작하자 대통령은 바지 뒷주머니에서 수첩을 꺼내더니 메모를 하기 시작했다. 이어 "사회적 시장경제가 뭔가요?" "서독의 기간산업은 어떻게 되어 있습니까?" 등의 질문을 끊임없이 던졌다.

대통령의 일정은 거의 매일 밤 10시까지 이어졌다. 그가 머문 호텔들은 3성급이었고 현지 신문에서는 구석진 자리에 겨우 성냥갑만 한 크기로 소개되는 정도였다. 그만큼 찬밥 신세였다.

12월 8일, 박정희 대통령은 독일의 자동차 전용 고속도로인 아우토반을 시찰했다. 나치 정권하에서 총 1만 4천 킬로미터 길이를 목표로 건설을 시작한 아우토반은 당시 3,860킬로미터가 완성되어 있었다. 아우토반은 세계에서 자동차가 가장 빨리 달릴 수 있는 도로였다. 대통령 일행은 본에서 쾰른까지 시속 160킬로미터 속도로 달렸다. 이 구간은 아우토반에서 가장 먼저 개통된 구간이었다. 대통령은 두 차례나 고속도로에서 차를 멈추었다. 차에서 내린 그는 노면과 중앙분리대, 교차로 등 시설을 주의 깊게 살펴보았다. 그리고는 다시 차에 올라타, 안내를 맡은 서독 뤼브케 대통령의 의전실장에게 고속도로에 대해 상세히 물었다.

"고속도로는 어떻게 건설합니까?"

"시설 관리는 어떻게 합니까?"

"건설비는 얼마나 드나요?"

"그 돈은 어떻게 마련했습니까?"

의전실장은 마침 고속도로 공사에 참여했던 전문가였다. 보닛 위에 서독 지도를 펴고 열심히 설명하는 그의 말을 대통령은 일일이 수첩에 기록했다.

이날 저녁 7시, 뤼브케 대통령 주재 만찬장에서 에르하르트 총리는 박정희 대통령에게 이렇게 말했다.

"경제가 발전하려면 도로, 항만 등 기간시설의 정비가 선행되어야 합니다. 우리는 아우토반 건설을 참으로 잘한 일로 평가합니다. 한국도 발전하려면 고속도로를 건설해야 합니다."

박정희는 경청하며 고개를 끄덕였다. 경제에 정통한 에르하르트 총리는 1948년부터 1963년까지 15년간 경제장관으로 재임한 경제 전문가다. 그는 서독 경제가 부흥할 수 있었던 원인을 이렇게 설명했다.

"우선 기본 공업 투자가 중요합니다. 그리고 사회간접자본을 확충해야 합니다. 이어 시장경제 체제를 빨리 복구시켜야 합니다. 그리고 중소기업 육성에 힘써야 합니다. 분단국에서는 경제 번영만이 공산주의를 이기는 지름길입니다."

그날 밤 11시 숙소로 돌아온 박정희는 일정이 너무 힘들다고 불만을 털어놓기도 하였으나, 더 많은 것을 보여 주려고 하는 독일인의 성의에 감동하고 있었다.

12월 10일 오후 박정희 대통령 일행은 데마크를 방문했다. 그는 조립라인을 따라가며 철강이 생산되는 과정을 유심히 지켜보았다. 철강은 장치산업이어서 기본시설 투자가 막대하게 이루어지지 않으면 생산될

박정희 대통령, 백영훈 교수(통역), 에르하르트 독일 총리(왼쪽부터)

에르하르트 총리와 박정희 대통령 내외

수 없다. 철강공장은 국가 발전의 원동력이다. 철강은 산업의 쌀이다. 철강이 없으면 공장도 자동차도, 빌딩, 철도, 배도 만들 수 없다. 대통령은 그것을 보고 있었다.

대통령은 쉴 틈 없는 강행군 속에서 체력이 바닥나고 있었다. 독일에 머무는 내내 스테이크와 샐러드밖에 나오지 않았는데 고기를 좋아하지 않아서 간신히 먹는 시늉만 할 뿐이었다. 지칠 대로 지쳐 있었다. 육영수 여사는 대통령의 건강이 걱정되었다. 이럴 때 얼큰한 김치찌개라도 있었으면 대통령의 기운이 회복될 것 같다고 생각했다. 독일 방문 중인 12월 12일은 마침 결혼기념일이기도 했다. 영부인은 수행비서 나은실을 불러 무엇이든 한국 음식을 구할 수 없겠냐고 부탁했다.

나은실은 뮌헨에 80여 명의 유학생이 산다는 것을 알고 있었다. 그 중 대통령의 방문을 도와주던 박선희 여사가 있었다. 박선희 여사의 남편은 본 대학에서 철학박사 과정 중이던 김여수 박사였다. 나은실은 박선희에게 전화를 걸었다. 대통령을 위해 한국 요리를 준비할 수 있냐고 물었다. 당시 독일에서는 고춧가루도 쉽게 구할 수 있는 형편이 못 되었기에 간단히 해결할 수 있는 일은 아니었다. 박선희는 뮌헨에 사는 양혜숙 박사에게 전화를 걸었다.

“박 대통령 내외가 독일에 도착한 다음 날부터 음식이 입에 맞지 않아 식사를 못 하고 계신데, 혹시 한국 음식이 있으면 만들어서 가져다 줄 수 있을까요?”

전화를 받은 양혜숙은 조금 난처했지만 잠시 망설인 다음 “김치나 고추장이 아니어도 괜찮겠냐?”고 되물었다. 박선희도 대안이 없었으므로 그렇게 하자고 대답했다. 양혜숙은 집에서 일단 잡채를 두 접시 만들고,

얼른 집 근처에 있는 유일한 동양 음식점인 중국 식당에 가서 만두 두 접시를 주문했다. 그리고 음식을 싸서 택시를 타고 여섯 정거장 떨어진 켐핀스키 호텔로 갔다. 호텔 정문 뒤 소로에는 작은 쪽문이 있었다. 쪽문을 열고 기다란 복도를 따라 직진하다가 다시 쪽문을 하나 열고 몇 발자국 들어가면 우측에 엘리베이터가 나온다. 엘리베이터 앞에서 나은실 비서가 기다리고 있었다. 양혜숙은 음식을 나은실에게 전달했고 만두와 잡채는 803호실로 배달되었다. 나은실이 육영수 여사에게 만두와 잡채를 전달하자 영부인은 "잠깐만 기다리시라"라고 말한 뒤, 방에서 큰 포대기를 가져와 양혜숙에게 전달했다.

"먼 타국에서, 정말 감사합니다. 고마운 마음에 드리는 것이니 받아주세요."

집에 돌아와 포대기를 펼쳐 보니 붉은 비단에 용 두 마리를 수놓은 침대보(선경직물)가 있었다. 대통령 내외가 독일의 교포들에게 선물하기 위해 가져온 것이었다.

역사는 흥미롭다. 이날 음식을 장만해 전달한 양혜숙의 장차 남편이 훗날 박정희 대통령과 함께 대한민국의 산업화를 일으키리라는 것을 누가 알았을 것인가?

종합제철소 기획안을 대통령 손에

12월 13일 일요일 오전 9시. 뮌헨의 피어 야레스차이텐 켐핀스키(Vier Jahreszeiten Kempinski München) 호텔 1층 소연회실. 뮌헨에서 가장 좋은

5성급 호텔이다. 피어 야레스자이텐은 사계절이라는 뜻이다. 유학생들을 조찬에 초대한 박정희 대통령이 비장한 표정으로 마이크를 잡았다. 80여 명의 유학생이 숨죽이고 그의 얼굴을 응시하고 있었다.

> 여러분 반갑습니다. 저는 이번에 독일을 방문하면서 독일의 여러 산업시설과 고속도로를 둘러보았습니다. 국가가 잘살기 위해서는 어떠한 일을 해야 하는가 하는 것을 몸소 깨달았습니다. 오늘 이 자리에는 우리 한국을 떠나 독일에서 공부하는 과학자들이 참석하셨습니다. 여러분들도 저와 같은 심정으로 한국을 발전시키기 위해 과학과 공업의 발전을 위해서 애쓰고 계신 것으로 압니다. 저는 어떠한 일이 있어도 우리나라를 잘사는 국가로 만들겠다는 결심을 가지고 이 자리에 섰습니다. 여러분들께서도 가지고 계신 전문 과학지식을 우리 국가를 위해 써 주시기를 부탁드립니다.

연설은 길지 않았다. 방문의 목적은 독일 정부로부터 4,770만 달러의 차관을 얻는 것이었지만, 기술이 없으면 국가가 발전하지 못한다는 것을 알고 있었던 대통령은 해외 과학자들에게 국가를 위한 헌신을 당부하려는 목적도 갖고 있었다. 조찬에 참석한 독일 유학생들은 연설을 들으면서 대통령의 애국심에 대해 새삼 진지하게 생각하게 되었다.

대통령이 유학생들에게 질문을 던졌다.

"여러분들께서 혹시 저에게 하시고 싶은 말씀이 있으시면 기탄없이 해 주십시오."

박정희를 바라보고 있던 유학생 일행이 일제히 김재관을 향해 고개

박정희 대통령에게 한국 최초의 종합제철소 기획안을 전달한 피어 야레스차이텐 켐핀스키 호텔

피어 야레스차이텐 켐핀스키 호텔 1층 소연회실. 단상 아래 맨 왼쪽 테이블에 앉아 있는 양혜숙 박사가 보이고, 김재관 박사는 「한국의 철강공업 육성방안」을 대통령에게 전달하기 위해 그 뒤에 서 있었다.

뮌헨을 방문한 박정희 대통령이 뮌헨의 피어 야레스차이텐 켐핀스키 호텔에서 유학생들과 조찬을 하고 있다(1965. 12. 13).

를 돌렸다. 이미 유학생들은 김재관이 그동안 준비한 「한국의 철강공업 육성방안」을 박정희 대통령에게 전달하기로 계획하고 있었다. 대통령은 독일 방문 중 여기저기 가는 곳마다 유학생들과 교포들로부터 5·16혁명을 일으킨 것에 대해 비판의 목소리를 듣고 있었고, 퇴수회 유학생들은 이를 익히 알고 있었다. 하지만 퇴수회 유학생들은 "적어도 우리는 발전적인 의견이나 제안을 하자"고 합의를 했고, 이에 그동안 김재관이 준비한 종합제철 계획안을 전달하기로 한 것이었다. 역사적인 순간이었다.

김재관은 초조한 마음으로 대통령을 향해 천천히 발을 내디뎠다. 그의 손에는 책자가 세 권 들려 있었다. 그중 하나가 「한국의 철강공업 육성방안」이었다. 얼마나 열심히 준비한 계획안이었던가. 타국에서 아무런 기약 없이 오로지 대한민국에 대한 사랑과 믿음으로 준비한 철강공업 육성 방안, 즉 대한민국 산업화의 기반이 되는 계획안이었다. 그는 두 손으로 책자를 박정희 대통령에게 건넸다. 대한민국 산업 발전 역사에 한 획이 그어지는 순간이었다.

대통령은 책자의 제목을 물끄러미 내려다보았다.

"각하, 철강은 산업을 일으키기 위한 필수이고 기반입니다. 자금이 많이 들어 지금 당장은 할 수 없지만 언젠가는 반드시 해야 할 사업입니다. 제가 쓴 계획안입니다. 혹시라도 국가 발전에 조금이라도 보탬이 된다면 기쁘겠습니다."

대통령은 내심 놀랐다. 경제개발 5개년계획에서 추진하고자 했던 종합제철공장 건설은 경제성과 기술성이 없다는 이유로 세계은행(IBRD) 등에서 자금을 지원해 주지 않아 거의 포기 직전 상태였다. 그런 상황

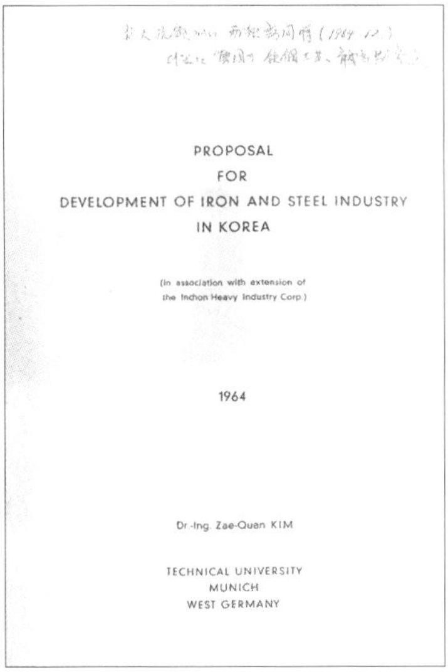
PROPOSAL
FOR
DEVELOPMENT OF IRON AND STEEL INDUSTRY
IN KOREA

(In association with extension of
the Inchon Heavy Industry Corp.)

1964

Dr.-Ing. Zae-Quan KIM

TECHNICAL UNIVERSITY
MUNICH
WEST GERMANY

김재관 박사가 박정희 대통령에게 전달한 「한국의 철강공업 육성방안」 논문. "박 대통령께서 서독 방문시(1964. 12) 더랬든(드렸던) 「한국의 철강공업 육성방안」"이라는 메모가 남아 있다.

에서 생각지도 못했던 곳에서 생각지도 못한 사람이 종합제철소 계획안을 건넨 것이다. 대통령은 벅찬 마음으로 오른손을 내밀어 악수를 청하면서 말했다.

"정말 고맙습니다. 내 돌아가서 꼭 제대로 된 철강회사를 만들겠습니다. 꼭 읽어 보겠습니다. 고맙습니다."[15]

대통령은 감격하여 김재관 박사의 손을 한동안 놓지 않았다. 대통령의 말은 빈말이 아니었다. 그는 독일을 순회하면서 철강산업의 중요성을 깊이 깨닫고 있었다. 훗날 한국과학기술연구소(KIST)가 설립되었을 때 김재관을 제1호 해외유치과학자로 초청하게 된 것은 우연이 아니었

15 조갑제, "50년 전 박정희 대통령의 부자 나라 독일 방문기".

다.[16] 뒤에서 자세히 이야기하겠지만 김재관은 귀국 후 포항종합제철소의 마스터플랜을 설계 및 주도하고, 상공부 초대 중공업차관보를 맡아 자동차산업을 포함한 한국의 중화학공업을 일으키고, 한국표준연구소를 설립해 대한민국 산업의 백년대계를 세우게 된다.[17]

조찬 모임은 대통령과 유학생 일행이 섞여 대화를 나누는 다과 파티로 바뀌며 화기애애한 분위기에서 진행되었다. 파티는 오전 11시쯤 끝났다.

이날 대통령은 일행과 함께 뮌헨 근처의 님펜부르크 성과 슐라이스하임 성을 관광하고, 저녁 6시에 바이에른 주지사를 방문한 데 이어 퀴빌리에 극장에서 모차르트의 오페라 〈피가로의 결혼〉을 관람했다. 방문 일정 중 유일하게 이른바 관광을 한 것이다.

1964년 12월 14일 월요일 아침 프랑크푸르트로 이동한 대통령 일행은 루프트한자 항공기에 탑승해 마침내 귀국길에 올랐다. 고국에서는 새로운 역사가 기다리고 있었다.

---

16 "박정희가 처음 불러들인 '유학파 과학자' 김재관 박사 별세", 중앙일보 2017. 12. 26.
17 "이승만에서 시작된 '한독 경제협력'", 미래한국 2017. 1. 6.

제3장

홍릉의 과학자들

KIST 유치과학자 1호

최형섭의 안목

청와대 행정비서관 한준석은 대통령의 지시를 받아 한국의 과학기술 발전을 책임질 만한 과학자를 찾고 있었다. 그러던 어느 날 신문을 보다가 우연히 금속연료종합연구소 연구원 최형섭이라는 사람에 관한 기사를 읽게 되었다. 그는 "바로 이 사람이다!" 하고 무릎을 쳤다. 그리고는 한걸음에 달려가 최형섭을 만났다.

한준석은 "한국의 과학과 공업을 발전시키기 위해서는 어떻게 해야 하느냐?"고 단도직입적으로 물었다. 최형섭은 솔직하고 박력 있게 자신의 의견을 피력했다. 그리고는 「후진국의 과학기술 발전 방법론」이라는 영어 논문 한 편을 건네주었다. 논문의 골자는 후진국에서 과학기술이 발전하려면 대통령이 진두지휘하지 않으면 안 된다는 것이었다.

최형섭은 경남 진주 출신으로, 미국 미네소타대 대학원에서 화학야금으로 박사학위를 받은 엘리트였다. 대학 졸업 후 회사를 경영하거나 대학 교수도 하는 등 다양한 경험을 쌓고, 원자력연구소 소장을 두 차례나 맡으며 한국의 과학기술 발전을 위해 노력한 바 있었다. 원자력연구소장으로 있던 1963~64년 1년간 캐나다 앨버타 대학과 엘도라도 금속연구소에서 연구활동을 했다. 그의 관심을 사로잡은 것은 특별법에 따라 설립된 캐나다 국립연구회의(NRC)였다. NRC는 국가기관처럼 설립과 운영 비용을 전적으로 국가가 부담하면서도 운영은 완전히 민영 형태였다. 그는 이 사실을 알리는 글을 대한화학회가 발간하는 『화학과 공업의 진보』에 기고했다. 「NRC를 중심으로 하는 캐나다 과학기술의 진흥」이라는 제목이었다.

최형섭의 어릴 적 꿈은 '자동차를 내 손으로 만드는 것'이었다. 부유한 집안에서 태어나 초등학교 시절부터 일본 어린이 과학잡지를 읽었고, 중학교 2학년 때는 창고에 실험실을 만들어 스스로 과학실험을 할 정도였다. 직접 자동차를 만들겠다는 꿈을 실현하기 위해 새나라자동차에 입사해 자동차를 제작해 보았다. 그만큼 산업에 관심이 많았다.

1964년 말 최형섭은 청와대로부터 긴급히 들어오라는 연락을 받았다. 그는 한준석의 주선으로 청와대에서 대통령과 국무총리, 장관들 앞에서 한국의 과학기술 발전 방향, 과학교육 개편 방안, 연구소 설립과 시스템 구축 및 운영 방향 등에 관해 브리핑했다.

대통령이 물었다.

"최 박사, 우리나라 과학기술, 어떻게 하면 좋겠소?"

"우리나라의 과학기술을 발전시키려면 무엇보다도 과학교육을 바꿔

박정희 대통령에게 제품을 설명하는 KIST 초대 소장 최형섭

야 합니다. 과학을 '아는 교육'에서 '하는 교육'으로 바꿔야 한다는 것입니다. 지금의 교육으로는 정답, 오답을 가리기는 잘해도 현상을 분석하고 이를 응용할 수 있는 능력을 기르지는 못합니다."

이 말을 들은 장기영 경제기획원장관이 둘의 차이를 물어 최형섭이 실례를 들어 가며 설명했지만 그 자리에 있는 대부분의 장관들은 이해하지 못하는 눈치였다.

최형섭은 꿋꿋이 설명을 이어갔다.

"양의 교육보다는 질의 교육을 해야 합니다. 자격을 따는 교육이 아니라 문제 해결 능력을 갖추는 교육이 필요합니다. 공업화를 하는데 기술이 있는 사람은 없고, 기술을 어디서 가져와야 하는지도 모르고, 기술을 만들어 낼 줄도 모르는 지금으로서는 기업과 학계를 연계하는 어떤 매개체가 필요합니다. 필요한 기술을 선정해 도입하고 소화·적응하도록 해 주는 매개체가 필요합니다."

그리고 브리핑 말미에 한국의 과학기술연구소는 미국의 바텔 연구소처럼 자체 연구는 물론 기업의 수탁 연구도 수행하는 기관이 되어야 한다고 주장했다. 개발도상국은 산업 현장의 요구에 맞춰 생산에 바로 적용되는 과학기술을 개발하는 연구소가 필요하다고 판단했기 때문이다.

미국 대통령이 제안한 연구소 설립

1965년 5월 16일, 미국의 린든 존슨 대통령이 박정희 대통령을 초청했다. 한국에 대통령 전용기가 없다는 것을 알고 미국 대통령 전용기인 에어포스 원을 한국으로 보내 주었다. 대통령 전용기는 보안구역이기 때문에 타국의 대통령에게 빌려줘서는 안 되는 것이었음에도 그것을 빌려준 데는 그만한 이유가 있었다.

에어포스 원을 타고 뉴욕의 J. F. 케네디 공항에 도착한 박정희 대통령은 미국 측에서 제공한 전용차를 타고 워싱턴DC 중심가까지 이동했다. 존슨 대통령의 배려로 카퍼레이드를 하는 박정희 대통령을 미국 국민들이 환영해 주었다.

존슨 대통령은 한국 대통령의 국빈방문을 맞아 성대한 환영 만찬을 준비하라고 직접 지시했다. 또 일간신문에도 박 대통령의 방미 기사를 크게 취급하라고 별도로 요청했다. 박 대통령의 식성까지 고려해 백악관 연회장에는 쌀밥과 김치가 마련되었고 〈아리랑〉이 흘러나왔다.

존슨이 박정희 대통령의 방문에 지극한 대우를 해 준 데는 목적이 있

1966년 10월 방한한 존슨 대통령과 박정희 대통령 내외

었다. 바로 한국군의 베트남(월남) 파병 문제였다. 당시 미국은 베트남 전쟁에서 고전하고 있었다. 미국의 젊은이가 수없이 죽어 나가는데 전쟁은 끝날 기미가 보이지 않았다. 이기기는커녕 호찌민(호지명)이 이끄는 북베트남(월맹)에 고전을 면치 못하고 있었다. 미국 조야에서 미국의 참전을 비판하는 목소리가 높았다. 존슨은 한국군의 용맹함을 잘 알고 있었다.

양측의 협상이 시작되었다. 한국은 이미 베트남에 비전투부대인 비둘기부대와 의무부대 등을 파견한 상태였다. 공병부대인 비둘기부대는 도로·주택 등을 건설했고 의무부대는 부상당한 베트남 군인과 민간인들을 치료했다. 그러나 전투부대 파견은 차원이 다른 일이었다. 전투부대가 베트남전에 참전할 경우 한국군에 수많은 사상자가 발생할 것은 두말 할 여지가 없었다.

대통령은 고민에 빠졌다. 우리나라 젊은이들을 전쟁터에 보낼 것인가 말 것인가? 그는 호텔로 돌아와 담배를 세 갑이나 피웠다. 베트남전은 남의 나라 일이다. 왜 그 전쟁에 우리나라 젊은이들을 보내 희생을 감수해야 하는가? 고뇌가 머릿속을 가득 채웠다.

미국은 파병 대가로 막대한 원조를 제시하고, 한국군의 봉급 및 각종 중화기도 지원하겠다고 했다. 결국 박정희 대통령은 국가경제 발전을 위해 베트남 파병을 결심했다. 이렇게 해서 육군의 전투부대인 맹호부대 1개사단과 해병대의 청룡부대가 베트남에 파병되었다. 미국은 베트남에서 중단한 기간공사 사업에 한국 건설회사들이 대거 참여하도록 기회를 열어 주었고 한국의 기술자 수만 명이 베트남으로 건너가 돈을 벌었다. 1만 명에 가까운 한국군이 전쟁에서 죽거나 부상을 당했다. 군인들의 봉급과 건설비는 핏값으로 벌어들인 것이었다.

한미 정상회담에서 또 하나 중요한 의제는 한국과학기술연구소(KIST) 설립 문제였다. 과학기술연구소 설립은 당시 미국 대통령 과학고문이던 도널드 호니그(Donald F. Hornig)가 구상한 아이디어였다. 이 아이디어를 받은 존슨 대통령이 정상회담 자리에서 박정희 대통령에게 즉석으로 제안했다. 박정희는 국가가 발전하기 위해서는 과학기술이 발전해야 한다는 생각을 일찌감치 갖고 있었다. 그러나 문제는 자금이었다. 대단위 과학연구단지를 만들기 위해서는 막대한 돈이 필요했다. 각종 실험실습 장비도 모두 수입해야 했다. 그런 문제로 씨름 중이던 박정희 대통령은 그 자리에서 수락 의사를 밝혔고, 즉석에서 이뤄진 양국의 합의로 KIST 설립이 결정되었다. 한미 정상회담 후 발표된 박·존슨 공동성명에 한국에 과학기술연구소를 설치하는 문제가 언급되었다.

한국에 돌아온 대통령에게 최형섭 박사의 논문 번역문이 전달되었다. 대통령은 논문을 읽던 중 "후진국의 연구개발은 대통령이 관심을 갖고 직접 진두지휘하지 않으면 안 된다"는 대목에 빨간 펜으로 밑줄을 그었다. 그때부터 대통령은 KIST와 과학기술 발전에 관한 한 본인이 직접 챙기게 된다.

11년 만의 귀국

미국으로 출발하기 직전 박정희 대통령은 연구소장들을 불러 모아 리셉션을 열었다. 그 자리에서 대통령은 스웨터를 2천만 달러어치 수출했다고 자랑했다. 이때 최형섭이 나섰다.

"언제까지 그런 것만 하겠습니까? 일본은 이미 10억 달러어치의 전자제품을 수출하고 있습니다. 그런 힘이 어디서 났겠습니까? 바로 기술입니다. 우리도 기술을 개발해야 합니다."

1964년 청와대 설명회에서부터 줄기차게 제기해 온 최형섭의 제안을 받아들여 박정희 대통령은 KIST 설립을 지시하고 우선 1966년 2월 3일 최형섭을 초대 소장으로 임명했다. 정부는 연구소 설립에 박차를 가했다. 행정부장에는 원자력연구소 기획조사과장 이민하가 선정되었다.

최형섭은 청와대에서 대통령으로부터 직접 연구소장 임명장을 받았다. 대통령은 최형섭에게 두 가지를 당부했다. 첫째는 예산을 얻기 위해 경제기획원에 들어가지 말 것, 둘째는 절대로 인사 청탁을 받지 말 것이었다. 당시는 일자리가 부족해 주요 정부 기관장이나 정치인의 인사 청탁이 횡행하던 때였다. 그렇게 당부해 놓고도 걱정이 되었던지 대통령은 "최형섭 박사는 고집이 세서 남의 말을 잘 안 듣는 것으로 알고 있으나 그래도 혹시 힘든 일이 있으면 나에게 말해 달라"고 했다.

아니나 다를까, 소장 임명장을 받기가 무섭게 자기 사람을 써 달라는 청탁이 밀려들었다. 그러나 최형섭은 대통령을 믿고 소신껏 밀어붙였다.

어느 날 정부 고위직에 있는 사람이 최형섭에게 전화를 걸었다.

"KIST에서 내년 예산을 10억 원 신청했다는데, 부득이한 사정이 있어 2억 원을 삭감하여 다른 데로 돌려야겠으니 양해해 주십시오."

경제기획원 핵심 실세였다. 최형섭은 난감했다. 칼자루를 쥔 쪽에서 2억 원을 삭감해 달라고 하니 어쩔 도리가 없었다. 2억 원 삭감안은 대통령에게도 보고되었다. 그러자 대통령은 경제기획원의 그 사람에게 "KIST 예산이 2억 원 삭감되었다는데 그것이 사실이오?"라고 물었다. 그러자 그는 "소장과 의논해서 그쪽의 양해를 얻어 삭감한 것입니다"라고 대답했다. 그러자 대통령은 "다시 10억 원으로 집행하시오"라고 지시했다. 대통령의 지시였으므로 아무도 반기를 들지 못했다. 그 후로 KIST 예산은 누구도 함부로 삭감하지 못했다.

연구소가 생겼다고 해서 국가 기술이 그냥 발전하는 것은 아니다. 건물도 지어야 하고 실험실도 만들어야 하며, 그보다 더 중요하게는 인재를 확보하는 것이 시급했다. 인재 확보를 위해 최형섭이 직접 나섰다.

최형섭은 미국의 바텔 연구소 측과 상의했다. 당시 바텔 연구소에는 많은 한국인 과학자들이 근무하고 있었다. 1950년대~60년대 초 사이에 미국이나 유럽에서 공부한 과학자들이 바텔 연구소에 초빙되어 있

KIST 초기 유치과학자들. 원 안이 김재관 박사

었다. 놀라운 사실은 바텔 연구소에는 그곳의 한국인 근무자뿐만 아니라 미국 전역에 있는 800여 명의 한국 출신 연구원 명단까지 있었다는 것이다. 최형섭은 바텔 연구소 인사처에 부탁을 거듭하여 명단과 연구원들의 이력서를 확보했다. 당장 급하게 필요한 연구원은 80명이었다. 최형섭은 그들 한 사람 한 사람을 인터뷰했다. 최형섭이 그들에게 제시한 조건은 세 가지였다.

1) 절대적으로 연구의 자율성을 보장한다.
2) 재정적으로 충분히 안정성을 보장하겠다.
3) 보람을 가지고 일할 수 있도록 급여와 주택을 확실하게 제공하겠다.

이 세 가지 조건을 내걸고 미국 전역에 흩어진 한국 출신 연구원들을 만나러 다녔다. 주말도 없이 강행군이었다. 그렇게 해서 1차로 30명을 선발했다. 다시 2차, 3차 인터뷰를 진행한 끝에 최종적으로 18명이 선정되었다. 미국 외 지역에서 공부한 연구자로는 유일하게 김재관이 포함되었다. 이들 최초의 '유치과학자'는 다음과 같다.

> 김재관(독일 뮌헨 공대 철강금속학박사), 김훈철(미국 미시간대 조선학박사), 윤여경(미국 유타대 경제학석사), 한상준, 이경서(MIT 기계학박사), 양제현, 정만영, 정원, 천병두, 권태완, 안영옥(미국 듀폰 근무), 조종수, 현경호, 장경택, 남준우(기계학박사, 미국 강관회사 근무), 윤용구, 채영복, 박송배

18명 모두 책임연구원급으로 임명되었고 약속대로 급여와 주택이 제공되었다. 월급은 당시 서울대학교 교수 월급의 3배로 대통령 월급보다도 많았다. 그래도 그들이 이전 직장에서 받던 급여에 비하면 30퍼센트 수준이었다.

당시에 초빙했으나 영입하지 못한 과학자 몇이 있었는데 그중 한 사람이 이론물리학자 이휘소 박사였다. 이휘소는 당시 노벨 물리학상 수상자로 유력하게 거론되던 인물이었다. 연구로 너무 바빴던 그는 편지로 답변을 보내, "KIST는 기초연구보다는 당장 국가 발전에 필요한 기술을 가진 인재를 뽑는 것이 더욱 효율적일 것"이라고 정중히 사양하며 "나중에 기초과학 연구가 필요할 때 나를 반드시 불러 달라"고 덧붙였다.

이휘소에 이어 최형섭은 유타 대학에서 연구 생활 중으로 훗날 우리

나라 화학의 거두가 되는 이태규와 삼보컴퓨터를 창업하는 이용태 등도 만났다. 두 사람 역시 당시 걸려 있는 일이 너무 많아 제안을 고사했다. 그중 이용태는 훗날 KIST에 합류하게 된다. 이렇게 해서 초기 '유치과학자'들이 하나둘씩 귀국했다.

김재관이 독일에서 보낸 시간도 어느덧 11년이 되었다. 이제는 한국으로 돌아가는 것이 좋겠다는 생각을 하던 중 마침 KIST가 설립되었다. 놀라운 일은, 미국에 있지도 않았던 김재관에게 KIST에서 한국으로 돌아올 생각이 없느냐고 자리를 제안한 것이다. KIST의 제1호 해외유치과학자 18명 중 미국이 아닌 국가의 유학생은 김재관이 유일했다. 그 배경에는 박정희 대통령이 있었다. 다른 과학자들은 모두 KIST에서 선발하고 영입했지만 유일하게 김재관은 박정희 대통령이 최형섭 박사를 통해 직접 불러들였다.

박정희 대통령은 뮌헨에서 김재관을 만난 일을 잊지 않고 있었다. 대한민국의 산업을 일으키기 위해서 제일 필요한 것은 바로 철강산업. 독일 방문 때 한국에 가장 시급한 철강산업 계획안을 전달한 36세의 유학생을 기억하고 있었던 것이다. 그렇게 김재관은 제1호 유치과학자가 되었다.

김재관은 세계 최대 철강회사인 데마크의 종합기획실에서 충분한 보수를 받고 있었다. KIST가 제시한 연봉은 그 3분의 1 수준이었다. 하지만 김재관에게 급여는 전혀 문제 되지 않았다. 대한민국의 산업화를 위해서 매일같이 준비하던 그에게는 오히려 꿈에도 기다려 온 시간이었다.

1967년 김재관은 귀국길에 올랐다. 최형섭 소장 다음으로 중요한 제1연구부장이라는 중책을 맡았다. 최형섭은 김재관과 윤여경에게 봉투

제2차 경제개발 5개년계획 개발팀과 그 부인들(1969). 뒷줄 왼쪽부터 김재관, 이경서, 김훈철, 해리 최, 심문택 소장, 남준우 박사, 그리고 정부에서 임명한 2명

하나를 내밀며 "두 달간 유급휴가를 줄 테니 한국의 기업체들을 돌아보고 오라"는 지시를 내렸다. 한국 기업들의 실정을 살펴보고 거기에 맞게 사업계획을 세워 보라는 것이었다. 봉투 안에는 9~11월 3개월분의 급여가 들어 있었다.

KIST의 과학자들은 대부분 술 담배를 멀리했고 밤낮없이 일했다. 24시간 불이 꺼지는 일이 없었다. 그러다 보니 아내들의 불만이 컸다. 박 대통령은 때때로 KIST 연구원들을 한정식집으로 불렀다. 한정식집에 가 보면 그야말로 술상이 떡 벌어지게 차려져 있었다. 그러나 모처럼 긴장이 풀려서인지 자리에 앉기 무섭게 코피를 쏟는 연구원들이 많았다. 음식을 들기도 전에 코피를 흘리며 드러눕는 연구원들을 사람들은 딱하게 여겼다. 그만큼 힘든 일이었다.

김재관의 책상에는 늘 위아래로 서류들이 널려 있었다. 그가 참고해야 하는 자료였다. 신기하게도 김재관은 그 서류 더미 속에서도 필요한 서류를 즉시 찾아냈다.

제1호 유치과학자 중 한 명인 윤여경은 김재관에 대해 이렇게 회고한다.

> 그 당시 참여한 사람 중 김재관 박사는 달랐어요. 김재관 박사는 이미 귀국 전부터 대한민국의 산업화를 준비하고 온 사람이었어요. 이미 한국의 산업화에 대한 계획과 꿈을 가슴속 깊이 담고 있던 분이었지요. 한국에 대한 열정이 대단했습니다.

대통령의 KIST 챙기기

인재 초빙 외에 최형섭의 고민 중 하나는 「한국과학기술연구소 육성법안」을 만드는 것이었다. 그는 그 핵심을 이렇게 정리했다.

1) 정부가 연구소의 건설비, 운영비, 운영기금을 출연한다.
2) 정부는 연구소가 필요로 하는 국유재산을 무상으로 양여 또는 대여할 수 있다.
3) 연구소가 필요로 하는 재원은 한국과 미국 두 나라 정부가 부담하되 연구소는 이에 대한 정부의 회계감사나 사업계획 승인을 받지 않는다.

이는 연구의 자율성을 보장하기 위한 장치였다. 행정부 및 여기에 관계된 관료들의 저항은 엄청났다. 전례가 없을 뿐 아니라 사리에도 맞지 않는다는 것이었다. 그러나 청와대는 최형섭의 안을 받아들이고 강력하게 밀어붙여 국무회의 심의를 거쳐 국회에 제출했다.

국회의 반발 역시 거셌다. 1965년 9월에 열린 정기국회는 이 법안을 심의했으나 재경위 소속 야당 국회의원들이 반발했다. 연간 수십억 원에 달하는 정부 지원을 받는 연구소가 국회나 정부의 회계감사를 받지 않고 사업계획에 정부의 승인을 받지 않는 게 말이 되냐는 것이었다.

정부는 야당 의원들의 반발을 일부 수용하여 사업계획서는 회계연도별로 주무장관의 승인을 받도록 하고, 1965년 12월 6일 국회를 통과시켰다. 이 법률은 1966년 3월 30일 일부 수정되어 법률 제1917호로 국회를 통과했다. 개정된 법률은 제5조에서 "연구소의 사업계획서는 정부의 승인이 필요 없다"라고 규정하고 있다.

박정희 대통령은 KIST에 각별한 관심을 기울였다. 시도 때도 없이 전화하거나 예고도 없이 방문하곤 했다. 김재관이 전화기를 들면 뜻밖에도 박 대통령인 경우가 많았다. 대통령은 격식에 구애받지 않았다. 비서관을 통해 지시할 수 있는 일도 격려 차원에서 직접 물어볼 때가 많았다.

어느 날 대통령이 구로공단과 부평수출공단을 시찰했다. 관찰력이 뛰어난 그는 공단이 일하는 시늉만 할 뿐 성과가 없다는 것을 대번에 간파하고선 이후락 비서실장에게 지시를 내렸다.

"공단이 놀고 있으면서 맨날 융자 지원만 해 달라고 하고 있군. KIST를 통해 기업을 철저히 진단한 후 보고하세요."

대통령의 지시는 최형섭 소장에게 하달되었다. 심문택 연구담당부소장을 총책임자로 한 공장진단반이 만들어졌다. 최형섭은 모든 연구원은 공단진단반에 협조하라고 지시했다.

이때 윤여경의 경제분석실 직원이 현장에 투입되었다. 각 연구소 실장들도 현장 방문에 동행했다. 구로와 부평의 수출공단에 있는 40여 개 공장을 모두 방문했다. 대부분 가발이나 와이셔츠를 만드는 공장이었는데, 주문이 없어서 반 이상은 놀고 있었다. 그 와중에 구로공단에 있는 대한광학과 부평공단의 세정실업은 그런대로 운영이 잘되고 있었다. 대한광학은 일본으로부터 OEM(주문자상표부착) 주문을 받아 '마미야'라는 상표로 카메라와 쌍안경을 제작했다. 세정실업은 기타를 제조하는 회사였다. 가발·와이셔츠 공장들이 일감이 없는 와중에 두 회사는 제법 바쁘게 움직이고 있었다.

공단진단반은 3개월 동안 대한광학과 세정실업 두 회사를 모델로 한 「수출공단 경영합리화 방안」을 청와대에 보고했다. 보고서는 연구실장들의 협조 하에 작성되었다. 총책임자는 윤여경 실장이었다. 발표가 무려 세 시간이 걸리는 긴 내용이었다. 윤여경은 대통령에게 보고하는 최형섭 소장에게 "보고서 내용을 잘 살펴보고 중요한 내용을 잘 숙지하십시오"라고 당부했다. 경제학적 내용이라 이과 출신인 최형섭 소장이 은근히 걱정되었던 것이다. 그러나 최형섭은 "당신이 만들었으니 당신이 직접 보고하시오"라고 일축했다. 대통령에게 점수를 딸 기회였으나 최형섭은 담당자의 권한과 입장을 존중해서 보고의 기회를 준 것이다. 그러면서 대통령에게 보고하는 요령을 알려주었다.

"대통령은 보고 내용을 끝까지 진지하게 듣는다. 보고하는 동안 어떤 질문도 하지 않는다. 다만, 듣는 도중에 대통령의 눈이 가늘어지면 제대로 이해가 되지 않는다는 의미다. 그 대목에서는 다시 알아듣게 상세히 설명하라. 대통령은 알아듣지 못하면 바로 메모를 시작하고 보고가 끝난 이후에는 엄청난 질문을 쏟아 낸다. 그렇게 되면 보고는 실패한 것이다."

장·차관들이 배석한 자리에서 윤여경은 최 소장이 가르쳐 준 대로 차트를 넘기며 보고했다. 대통령은 흡족해 했다.

"역시 KIST가 낫구먼."

윤여경의 보고에 만족한 대통령은 어느 날 "점심이나 같이 하지" 하면서 윤여경을 붙들었다. 식당으로 자리를 옮기자 대통령은 윤여경을 옆자리에 앉게 했다. 윤여경은 유타 대학에서 경제학석사까지만 마쳤고 학문에 대한 갈증이 남아 있었다.

"각하, 저는 박사학위가 없습니다. 이제 제 일은 어느 정도 마무리가 되었으니 나가서 마저 학위과정을 마치렵니다."

"나라에 할 일이 많은데, 가기는 어딜 가? 당신은 출국 금지야."

옆에 있던 김학렬 부총리가 거들었다.

"각하, 이 자리에서 윤 실장에게 박사학위를 주시지요."

그러자 대통령이 웃으며 말했다.

"그래, 당신은 오늘부터 청와대 박사야. 대통령이 직접 박사학위를 주는 거야."

그날 이후로 윤여경은 '청와대 박사'라는 별명이 붙여졌다.

KIST 건물을 세우다

최형섭은 임시사무실을 구하러 돌아다녔다. 어느 날 한일은행 청계천6가지점장이 최형섭을 찾아와 자기 사무실을 쓰라는 제안을 해 왔다. 자금이 충분치 않다고 했더니 "관계없다"는 답이 돌아왔다. 고마운 일이었다. 그래서 은행 지점 2층에 사무실을 마련하게 되었다.

하지만 나중에 알았다. 지점장의 영업 수완이 보통이 아니었다는 사실을. 두 달 뒤 기획원에서 나온 돈은 바로 아래층에 있는 은행에 입금되었다. 상당한 예금이 유치된 것이다. 사무실 바로 옆에는 생선 시장이 있었다. 파리가 들끓고 칸막이도 없어 불편하기 짝이 없었다. 하지만 기획원에서 예산이 나오기 전까지는 어쩔 수 없었다.

몇 달 뒤 종로2가에 있는 YMCA 건물로 사무실을 옮겼다. 이곳에서 본격적으로 집무가 시작되었다. 예비비로 연구소 설립을 준비하게 되어 당장 연구소 부지를 물색해야 했다. 위치가 중요한 건 두말 할 나위가 없었다. 젊은 해외 과학자를 유치하기 위해서는 자녀 교육 환경까지도 감안해야 했다.

최형섭은 연구소 부지 선정에 나섰다. 서울시내부터 마땅한 국유지가 있는지 샅샅이 뒤졌다. 홍릉, 동구릉, 인천, 부평, 말죽거리까지 총 17곳의 후보지를 면밀하게 조사했다. 그가 가장 마음에 들어 한 후보지는 홍릉의 임업시험장 부지였다. 그러나 문제가 있었다. 임업시험장을 소유한 농촌진흥청이 결사반대로 맞선 것이다. 정부 예산권을 쥔 부총리겸 경제기획원장관이 나서도 설득되지 않았다. "홍릉은 서울에서 가장 숲이 아름답고 거기에 있는 모든 나무는 학술적 연구 대상이며 우리나라의 모든 수종이 그곳에 표본으로 심겨 있기 때문에 안 된다"는 것이었다. 그러나 임업시험장 부지 38만 평에 전부 국산 나무만 심겨 있는 것은 아니었다. 특히 임업시험장 입구에는 많은 외국 종 나무들이 심겨 있었다. 그럼에도 농촌진흥청은 절대 반대라는 주장을 굽히지 않았다. 결국 최형섭은 동구릉의 16만 평을 확보해 그곳에 KIST를 설립할 생각까지 하였으나, 서울에서 거리가 먼 데다 그곳은 구황실의 재산인 관계로 너무나 복잡한 행정 문제가 있었다. 하는 수 없이 최형섭은 한준석 청와대 비서관에게 "이 문제는 대통령께서 직접 나서지 않으면 안 되니 부탁 드려 달라"고 요청했다.

박정희 대통령은 이렇게 지시했다.

"오후 1시까지 홍릉 임업시험장에 관계자 전원이 집합하도록 하시오. 반드시 참석해야 할 사람은 육군공병감, 서울시장, 부총리, 농림부장관, 최형섭 소장 등입니다."

KIST 건립과 관련된 부서의 책임자가 모두 홍릉 임업시험장에 집합했다. 오후 1시, 대통령이 탄 차가 정문을 들어섰다. 그 뒤를 정부 관계자들이 따랐다. 대통령은 중문 경비실 앞에서 내렸다. 동행한 관료들도 전부 차에서 내렸다. 대통령은 임업시험장 사방을 둘러보고선 옆에 서 있는 공병감에게 물었다.

"공병감, 일개 중대 병력을 내어 줄 수 있소?"

"네, 그렇게 하겠습니다."

대통령과 일행은 본관 뒤쪽의 숲속 언덕길을 걸어 올라갔다. 갑자기 대통령이 오른손을 들어 숲을 가리켰다.

"저기는 너무 숲이 우거져 유사시에 공비들이 숨을 수 있겠어. 벌목

홍릉 한국과학기술연구소 준공식(1969. 10. 23)

좀 해야겠는데?"

"네, 각하의 지시대로 하겠습니다."

숲 일대를 불도저로 밀어 버리고 그 땅을 연구소로 활용하려는 의도였다. 이것이 홍릉 임업시험장 내에 KIST가 들어서게 된 연유다. 박 대통령은 몇 발자국 걷다가 멈춰 김현옥 서울시장에게 말했다.

"김 시장, 이곳으로 들어오는 길은 왜 이렇게 좁아요? 울퉁불퉁하고. 더구나 수돗물은 들어옵니까?"

도로를 닦고 수돗물 공급을 차질 없이 하라는 지시였다. 실제로 홍릉 내에는 차 한 대가 다니기에도 좁은 길이 많았다.

대통령이 청와대로 돌아가자 한준석 비서관과 정상근 기술관리국장은 박 대통령의 지시사항을 정리해서 모든 관계 부처에 통보했다. 이로써 KIST는 8만 2,644평의 부지를 확보했다. 홍릉 한국과학기술연구소, KIST의 출발이다.

1966년 10월 착공식을 갖고 건설에 들어간 이후 대통령은 시도 때도 없이 공사 현장을 찾아왔다. 직접 공사 진행 상황을 점검하고 현장 작업자들과 일일이 악수했다. 심지어는 그들에게 돈 봉투까지 쥐여 주며 사기를 높여 주었다. 대통령은 한일 국교 정상화, 베트남 파병, 경제개발 5개년계획 등으로 눈코 뜰 새 없이 바빴으나 KIST와 관련한 일에는 엄청난 애착을 보였다. 대통령 침실에 건설현황표를 차트로 만들어 걸어놓고 수시로 공사 진행 상황을 점검했다.

착공 3년 만인 1969년 10월 23일, KIST의 연구동, 행정동, 주택단지와 부대시설이 준공되었다. 준공식 치사에서 박정희 대통령은 "연구개발에 심혈을 기울이는 연찬의 도장으로서, 다른 연구기관의 협동의 광장으로서, 또한 산학일체의 심장부로서 한국 과학기술 진흥, 경제개발, 국력 배양을 선도하는 기관이 될 것을 기대한다"고 당부했다.

개발도상국의 새로운 모델

최형섭은 KIST를 한국을 대표하는 종합과학기술연구소로 성장시켜 나갔다. 특히 과거의 연구소와는 전혀 다른 새로운 연구소 모델을 제시한 사례로 주목을 받았다.

KIST는 한국의 첫 번째 정부출연연구기관으로서 미국의 바텔 연구소를 모델로 삼은 것이었다. 그러나 KIST는 정부의 중장기 산업정책 수립 및 집행에 참여함으로써 바텔 연구소와 차별화된 독특한 기능을 하게 된다. 최형섭은 산업 발전과 직결되는 과학 두뇌 집단을 양성하고 과학자들이 안정적으로 연구할 수 있는 풍토를 만들었다. 그는 KIST의 기본 이념으로 '연구의 자율성과 안정성', '합리적이고 효율적인 연구 분위기', '연구 결과의 원활한 기업화' 등을 제시했다.

미국 정부는 KIST가 개발도상국 두뇌 유출 문제의 해결책이 될 것으로 기대했다. 당시 브라운 주한 미국 대사는 미국을 향한 비난 중 하나인 두뇌 유출 문제에 KIST가 중요한 반대 사례임을 홍보했다. 1970년 3월 6일 국제적인 학술지 『사이언스』는 "한국과학기술연구소, 개발도상국의 모델인가(Korean Science Institute: A Model for Developing Nations?)"라는 기사에서 "개발도상국에 과학을 가져다줄 원조(prototype)가 될 수 있다"고 평가했다.

이후 10여 개가 넘는 과학기술연구소뿐 아니라 한국개발연구원(KDI) 등 인문사회 분야 연구소들이 KIST의 선례를 따라 세워지게 된다.

최형섭은 오늘날 한국 과학기술의 개척자로 불린다. '과학행정의 달인', '과학과 정부의 매개자', '과학기술의 전도사' 등으로 불릴 만큼 대한민국 과학기술 체계의 기초를 세운 위대한 행정가였다. 그는 KIST 초대 소장을 지낸 후 제2대 과학기술처장관으로 임명되어 7년 7개월간 재직한 최장수 장관이다.

제4장

꿈이 현실이 되다

'한강의 기적'의 첫 단추, 포항제철 설립

세계가 비웃은 한국의 종합제철소 구상

한국에서 종합제철사업은 일찍부터 거론됐지만, 그것이 현실화되는 데는 10년이 넘는 세월이 필요했다.

포항제철 건설 이전 한국의 제철산업은 전쟁 후 건져 내거나 수입한 고철을 녹여 철강을 만드는 전기로 업체들뿐이었다. 1953년 세워진 대한중공업공사를 비롯해 이듬해 설립된 동국제강과 극동철강(한보철강 전신), 대한제강, 한국철강 등이 모두 전기로 업체였다. 이곳에서 만든 못, 너트, 볼트, 철선은 전후 복구 사업에 유용하게 쓰였다. 하지만 이제 실질적인 산업 발전을 위해서는 독립적으로 철강을 생산할 수 있는 종합제철소가 필요했다.

이에 따라 1958년 자유당은 종합제철소 건설을 추진했지만, 자금이 부족하고 혼란스러운 정국에 휩싸여 다섯 차례에 걸친 시도가 모두 실패하고 말았다.

1958년과 1961년 두 차례 대한중공업을 주체로 한 종합제철사업 계획을 구상했지만, 그것은 문서상의 계획으로 그쳤다. 1962년에는 한국종합제철을 신설하여 독일의 DKG 연합체(데마크, 크루프, GHH 3사), 미국의 블로 녹스 공동체와 계약을 체결했지만 두 계약 모두 일회성으로 끝나고 말았다.

이어 1966년에는 5개국 8개사(미국의 코퍼스, 블로 녹스, 웨스팅하우스, 독일의 데마크, 지멘스, 영국의 웰먼, 이탈리아의 임피안티, 프랑스의 앵시드)의 연합체인 대한국제제철차관단(Korea International Steel Associates, KISA)이 정식 발족했다. KISA는 1967년 1월과 3월에 잇따라 총회를 열고 제철소 규모와 자금 조달에 관한 논의를 시작했다. 대표단이 방한해 타당성 조사도 실행했고, 4월 6일 KISA 대표인 미국 코퍼스의 포이 회장과 장기영 부총리가 「종합제철건설 가협정」을 체결했다. 조강 기준 100만 톤 규모로, 1970년과 1976년에 각각 50만 톤 규모의 제철소를 건설한다는 내용이었다. 하지만 생산 규모가 기대에 못 미치는 수준이었다. 건설 자금, 조강 규모 등 여러 조건 등에 대해 교섭을 다시 진행하게 되었고, 본협정 체결 시한인 7월을 훨씬 넘긴 10월 20일에야 KISA와 정부 사이에 전문全文 45개조의 「종합제철건설에 관한 기본협정」이 체결됐다. 1972년 9월에 조강 60만 톤 규모의 제철소를 완공하며, 향후 제철 생산 규모를 300만 톤급으로 확대한다는 골자였다. 건설 자금은 1억 3,070만 2천 달러(외자 9,570만 2천 달러, 내자 3,500만 달러), 대한중석이 실수요자라는 사실도 명시됐다. 1968년 4월 11일에는 포항종합제철(현 포스코) 창립 기념식을 갖고 제철소 건설을 위한 준비를 시작했다.

그러나 문제가 닥쳤다. 차관을 제공하는 미국 수출입은행이 세계은행에 한국 정부의 차관 요청에 대한 심사를 의뢰했는데, 세계은행이 1968년 11월에 KISA 안의 경제적 타당성에 의문을 제기하면서 한국의 종합제철사업이 다시 원점으로 돌아간 것이다. 세계은행은 “한국의 종합제철소 건설은 시기상조이며 타당성이 없다”는 평가를 내렸다. 유진 블랙 세계은행 총재는 연차총회에서 “개발도상국들의 고속도로 건설이나 종합제철사업 추진은 국가원수의 기념비 건립이나 다름없다”고 비아냥거리기까지 했다. KISA는 곧바로 세계은행의 보고서를 인용하면서 “한국의 제철소는 경제적 타당성이 없다”라는 반응을 보였다.

이를 알게 된 양윤세 경제기획원 투자진흥관은 결국 박충훈 부총리, 김학렬 경제수석과 함께 대통령을 만나 KISA와 추진하는 종합제철소 개발 계획이 부적절함을 보고하고, 즉시 KISA와의 협력을 파기하기로 결정했다. 뒤따라 미국, 독일도 정부 자금을 공여할 계획이 없다고 정식으로 발표하면서 KISA는 한국의 종합제철소 사업에서 손을 떼게 되었다.

KISA와의 추진이 중단되자 한국 정부는 일본을 파트너로 하여 종합제철사업을 추진하는 방법을 강구했다. 다행히 일본은 KISA 회원국에 포함되어 있지 않았다.

“우리 힘으로 종합제철소를”

1969년 5월 22일 박정희 대통령은 종합제철사업의 돌파구를 찾기 위해 '종합제철 대책회의'를 개최했다. 박충훈 부총리, 김정렴 상공부장관, 이한림 건설부장관, 김학렬 경제1수석, 박태준 포항제철 사장, KIST의 김재관 박사 등이 참여했다. 이 자리에서 김재관은 제철소 건설 방식, 규모, 제철 설비의 특성 등을 직접 브리핑하며 KISA 안의 문제점을 지적했다. 당시 김재관은 KIST의 제1연구부장으로 금속·철강의 국내 최고 전문가였다. 해외에서 철강과 금속학으로 박사학위를 받은 최초의 인물이기도 했다. 뮌헨에서 박정희 대통령에게 처음으로 「한국의 철강공업 육성방안」을 건넨 지 4년여, 심혈을 기울여 준비한 한국종합제철사업 계획안을 다시 대통령 앞에서 발표하게 된 것이다.

김재관 박사는 차근차근, 하지만 중요한 것들은 명료하게 설명했다. 대통령은 한 마디도 놓치지 않으려고 발표에 집중했다. 그리고 흠 잡을 데 없는 발표를 들으면서 확신을 가졌다. 종합제철이 얼마나 중요한지, 그리고 한국도 종합제철소를 설립할 수 있다는 것을.

김재관의 발표가 끝난 후 대통령은 참석한 주무 관계자들에게 다음과 같이 지시했다.

> 정부는 종합제철의 필요성, 경제성, 차관 능력에 대한 자료를 대한차관단에 제시하여 적극적 자세로 설득, 토론할 것.
>
> 매달 20일 정기적으로 추진 상황을 보고할 것.
>
> 정부가 지원하는 종합제철과 관련되는 항만, 도로 정지 사업을 계속 강력히 추진할 것.
>
> 종합제철이 국가경쟁력을 갖출 때까지는 정부 투자에 해당되는 부문은 모두 보조로 돌릴 것. (관보 제5256호, 1969. 5. 24)

대통령은 지시도 빈틈없이 했지만, 결과를 챙기는 데도 꼭 세 번 이상 점검할 정도로 치밀했다.

회의가 끝난 후 차관 조달 실패의 책임으로 박충훈 부총리가 해임되고 김학렬이 부총리 겸 경제기획원장관으로 임명되었다. 김학렬은 1969년 6월 취임하자마자 김재관을 만나기 위해 KIST로 달려갔다.

"김 박사, 세계가 인정할 수 있는 제대로 된 종합제철소 계획안을 꼭 좀 만들어 주시오."

그러나 주어진 시간은 고작 두 달 반. 며칠 후 KIST의 윤여경 실장은 최형섭 소장의 긴급 호출을 받았다. 소장실에 들어가 보니 최형섭과 김재관이 심각한 표정으로 앉아 있었다. 최형섭이 말했다.

"윤 실장, 대단히 중요한 프로젝트를 김재관 박사가 추진하게 되었는데 윤 실장이 참여해서 김 박사를 적극 돕도록 하세요. 국가적으로 매우 중요한 사업입니다. 특히 KIST로서는 설립 이래 가장 중요한 일입니다."

대단히 중요한 프로젝트란 당연히 국내 최초의 종합제철소 건설사업이었다. 소장실에서 나온 김재관과 윤여경은 김재관의 연구실로 자리를 옮겨 상세한 이야기를 이어갔다. 김재관이 프로젝트의 내용을 설명했다.

"우리나라는 오래전부터 종합제철 건설을 숙원사업으로 추진해 왔습니다. 몇 년 전부터 미국의 코퍼스가 주축이 되어 서독, 이탈리아, 영국의 회사들로 구성된 '대한국제제철차관단(KISA)'을 구성하고, 우리나라 정부와 연산 60만 톤 규모의 종합제철공장 계획서를 작성하기로 하고 일을 추진해 왔지요. 얼마 전 KISA가 우리 정부에 타당성 보고를 제출했는데, 이 보고서가 세계은행을 비롯해 대한국제경제협의회(International Economic Consultative Organization For Korea, IECOK)[18]에서 인정받지 못했습니다. 이제는 외국에 의존하지 말고 우리의 힘으로 국제적으로 인정받을 수 있는 새 사업계획서를 만들어야 합니다. 이를 김학렬 부총리 겸 경제기획원장관에게 보고하고, 새로운 종합제철 건설사업의 추진을 의뢰할 예정입니다."

김재관 박사는 종합제철소 건설을 정부 주도로 추진하는 것이 효율적이고 합리적이라고 생각했고, 윤여경도 이에 공감했다. 최형섭에게도 이같이 보고했고, 최형섭은 김학렬 부총리를 설득했다. 이로써 1969년 6월 경제기획원 내에 종합제철건설 전담반이 구성되었다. 노인환 공공차관과장이 간사로 임명되었다. 연구위원회의 핵심은 김재관이었다. 위원회의 가장 중요한 임무인 종합제철계획안 작성이 오로지 그에게 달려 있었다.

경제기획원 회의실에서 첫 회의가 열렸다. 상공부, 한국은행, 산업은행에서 차출된 전문가들이 참석했고, 김재관은 총괄 겸 기술적 타당성을, 윤여경은 경제적 타당성을 각각 맡았다. 경제를 전공한 윤여경은 철강산업에 대해 깊이 알지 못했기에 김재관을 비롯한 철강 분야 관계자

18 한국의 경제개발계획에 필요한 소요 외자액을 직접 간접으로 알선 지원하고 조정하기 위해 설립된 국제협의체. 경제개발에 필요한 기술 원조와 이에 필요한 정보 교환과 각 회원국의 민간 실업인 및 민간은행에 의한 대(對)한국 경제활동을 촉진함과 동시에 한국의 장기적 이익에 기여할 수 있도록 차관 조건 개선을 권고하는 데도 목적이 있었다. 미국, 일본, 영국, 서독, 프랑스, 호주, 벨기에, 캐나다, 이탈리아, 오스트리아와 국제기구로 세계은행, 국제통화기금(IMF), 아시아개발은행(ADB), 유엔개발계획(UNDP), 경제협력개발기구(OECD)가 참여하였다.

들을 찾아다니며 철강산업을 공부했다. 김재관은 수시로 찾아오는 윤여경 실장에게 상세하게 설명을 해 주었다. 국가적으로 중차대한 사업인 만큼 둘 다 밤낮을 가리지 않고 일에 매달렸다. KISA의 보고서와 이를 평가한 세계은행의 보고서도 수십 번을 반복해 읽었다.

김재관은 KISA 보고서를 분석한 뒤 윤여경 실장과 함께 자체 보고서를 작성했다. 세계 최고의 철강회사 종합기획실에서 근무한 경험이 있는 김재관은 KISA의 계획안이 왜 현실성이 없는지를 정확히 꿰뚫어보았다. 김재관의 분석에 따르면 KISA는 자신들이 자금 조달까지 책임져야 하기 때문에 초기투자를 최소화했다. 그래서 미래의 확장 가능성을 고려하지 않은 전근대식 설비를 주장한 것이다. 그들의 '연산 60만 톤 조강' 추산은 한국의 경제 규모를 고려하면 턱없이 부족한 것이었다. 한마디로 생산성이 낮았다. 이처럼 비효율적인 시설과 규모에서 경제적 타당성을 도출하기 위해 KISA는 제철공장에 절대적으로 필요한 항만, 도로, 통신, 용수, 전기 시설 등을 한국 정부가 부담하도록 계획했고, 이를 기반으로 이미 정부는 포항에서 공사에 착수했다. 또 KISA 안에는 제조원가 절감을 위해 전기 및 용수 공급 가격을 파격적으로 할인해 준다는 전제가 있었다. 그리고 제품의 부가가치를 높인다는 명목으로 국내 수요를 겨냥한 철근 같은 최종제품 생산 계획도 포함하고 있었다. 순전히 사업의 타당성을 맞추기 위한 것이었다. 즉, KISA의 자금 조달 능력에 맞춰서 세운 계획이다. 마치 신발에 발을 맞추는 격이었다. 김재관과 윤여경은 몇 가지 기본 방안을 다음과 같이 다시 세워야 할 필요를 느꼈다.

1) 철강재의 수요는 언제, 얼마나, 왜 필요한지를 가능한 한 철저히 규명한다.
2) 기계 시설은 철강재 형태별 수요에 맞춰 경제성 있는 최소 규모로 선정하되 미래의 확장 계획을 우선 고려한다.
3) 본 제철소에서 생산되는 제품은 최종제품이 아닌 중간제품으로, 기존 국내 제철업계에서 수입하던 원자재를 국산화시킴으로써 이들 기업에 원자재를 원활하고 저렴한 가격으로 공급할 수 있어야 한다. 즉, 원자재의 수입 대체 효과를 노린다.
4) 정부에서는 제철공장의 효율적 운용을 위해 제반 지원 시설 투자를 서둘러야 하며 이 계획은 포항제철을 위한 것이 아닌 그 지방의 지역사회 발전을 전제로 수립, 추진되어야 한다.

미래를 내다본 103만 톤 수요 예측

김재관은 그동안 그려 온 한국 산업의 미래, 폐허를 딛고 우뚝 일어선 한국의 미래를 생각하고 있었다. 종합제철 계획안은 그 첫 열쇠였다. 김재관은 종합제철소를 계획하면서 한국 산업의 100년을 내다보았다. 그는 전 국토에 자동차가 다니고 세계시장에 자동차를 수출하며 한국의 선박이 세계를 항해하는, 그 당시 아무도 상상할 수 없었던 대한민국의 미래를 종합제철소 계획에 거침없이 담아 나갔다. 종합제철소의 고로, 압연기, 장비 하나하나를 설계하는 데 이 모든 것을 염두에 두었다.

일반적으로 사업 타당성 검토에서는 수요를 예측하고 이를 토대로 시설과 투자 금액을 산출한다. 종합제철 분야는 대개 제품 생산 공정, 소요 장비 등에 대한 기초적인 자료가 100년에 걸쳐 수집되기에 매우 신중하고 체계적인 준비가 요구된다. 그러나 우리나라에는 이러한 자료를 현장에서 수집·분석해 본 사람이 김재관 한 사람뿐이었다. 드디어 독일에서부터 한국 종합제철 설립을 위해 매일 자료를 수집하고 계획안을 준비한 그의 역량을 발휘할 때가 온 것이다.

김재관은 프로젝트의 타당성 검토에서 수요 예측이 매우 중요하다고 판단했다. 정확한 수요 예측에서 합리적인 사업계획이 가능하기 때문이다. 그러나 KISA는 이 문제를 너무 가볍게 취급했다. 그 당시 1인당 GNP, 1인당 철강 소비 등 거시경제 측면을 면밀하게 살펴보지 않은 탓에 한국의 연간 철강재 수요가 60만 톤을 넘지 않을 것이라는 결론을 내린 것이다. 제품의 생산 계획도 봉재, 판재 등의 생산 비율을 선진국의 예를 참고해서 어림잡아 계산했을 뿐만 아니라, 중화학공업 육성 등으로 이후에 철강 수요가 확대될 것을 고려하지 않았다.

김재관은 데마크사에서의 경험, 유학 중과 귀국 후 틈만 나면 준비해 온 한국의 철강산업 마스터플랜을 바탕으로 세계 어떤 전문가들 앞에 내놓아도 손색 없는 종합제철소 건설안을 기획하고, 분석하고, 연구했다. 경제성장에 따른 국민소득 증가 추이, 자동차를 비롯한 중화학공업 확대 등의 사회적 여건 변화, 수출 중심의 경제 확대와 이로 인한 경제적 여건의 변화, 철강 수요 추이, 전후방 관련산업 추이 등 모든 요소를 살펴보아야 했다.

경제적 타당성 검토에 착수한 윤여경 역시 어려움이 이만저만 아니었다. 당시 경제분석실에서 외국 금융기관이 인정할 수 있는 시장 예측

모델을 만들고 타당성 있는 사업계획서를 작성할 수는 있을지 몰라도, 이는 어디까지나 이를 뒷받침하는 체계화된 경제·산업 관련 통계 자료가 충분하다는 전제 하에서만 가능했다. 특히 종합제철 같은 대형 프로젝트의 시장조사는 모든 산업을 커버해야 한다. 하지만 축적된 산업 통계 자료가 거의 없어서 국가적으로 새롭게 자료를 수집, 분석해야 할 지경이었다.

한국에 종합제철소가 필요하다는 당위에서 출발하다 보니 작업은 타당성 검토라기보다는 프로젝트 정당화 작업에 가까웠다. 시간 제약이 있었기 때문에 김재관과 윤여경은 그간 수집된 자료를 토대로 국제적으로 인정되는 최소 경제 단위의 종합제철소 규모를 도출한 다음, 먼저 국내 수요가 있는지를 확인하고, 만약 수요가 충분하지 않을 때 수출 계획이라도 세워 최소 경제 단위를 맞추어야겠다고 생각했다. 김재관은 '조강 기준 연 100만 톤'이 국제적으로 인정되는 최소 단위라고 판단했다. 이에 따라 경제분석실에서는 철강 수요가 연간 100만 톤에 다다르는 연도를 예측하기로 하고, 김재관 팀은 그에 맞는 설비 계획 수립에 착수했다.

윤여경은 거시적, 미시적 접근을 취해 수요 예측에 들어갔다. 미시적 분석에서 얻은 자료를 가지고 거시적 분석과 비교하면 타당성을 도출할 수 있다. 하지만 당시 국내에는 철강산업 관련 자료가 아예 없었다. 방법을 찾던 중, 일본이 과거에 어떻게 철강공업을 일으켰는지에 대한 자료를 조사해야겠다는 생각을 하게 되었다. 마침 그 자료는 상공부의 김철 철강계장이 이미 확보해 놓고 있었다. 윤여경이 거시적 분석으로 접근해 우리나라의 경제 및 각종 산업 지표를 일본의 과거 자료와 비교

분석해 보았더니, 한국은 철강산업에서 일본에 약 20년 뒤처져 있다는 결론이 나왔다. 이에 1950년대 초반 일본의 철강공업에 관한 자료를 집중 분석하는 동시에, 우리나라의 철강 수입·생산 통계를 분석함으로써 우리나라의 수요 예측 자료를 만들었다. 그렇게 해서 도출한 결론은 한국의 철강 수요가 조강 기준 연 100만 톤을 넘는다는 것이었다. 공교롭게도 이 수치는 김재관이 이미 제시한 100만 톤과 일치하는 숫자였다. 윤여경은 김재관의 정확한 계산과 예측에 놀라지 않을 수 없었다.

기술적 타당성에 대해서는 미시적 분석이 필요했다. 기업들이 얼마만큼 철강을 필요로 하며 제품별 생산 규모는 어느 정도가 적절한지를 파악한 다음, 시설 규모를 파악하고 생산 시설을 선정해 그에 따른 제조원가와 투자비를 산출했다. 과제는 국산 철강이 일본산과 미국산에 비해 더 저렴한 가격으로 비슷한 수준의 품질을 보장해야 하는 것이었다. 김재관과 윤여경은 국산 철강의 판매가격을 수입가격보다 10퍼센트 정도 낮게 책정하고 이를 기반으로 철강 생산 계획을 세웠다.

또한 종합제철소는 기업으로서 자립이 가능해야 했다. 지속적 운영이 가능하고 기업 규모 확장시 자금 조달을 원활히 하려면 이익을 내야 했다. 이 문제로 김재관은 엄청난 스트레스에 시달렸다. 아무리 계산기를 두드려도 해답이 보이지 않았다. 이 같은 대규모 제철소를 처음 만드는 상황인지라 막대한 투자비용이 발생하는데, 그러면서 생산 단가는 이미 규모의 경제를 이룬 쟁쟁한 경쟁 국가들보다 더 낮아야 하기 때문이다. 김재관은 철강 생산 단가를 1원 단위까지 따져 가며 저렴한 장비를 선정하는 한편, 시설투자비도 줄여야 한다는 압박감에 밤을 새워 가며 작업을 진행했다. 이런 이유로 생산라인에 투입될 기계와 장비가 여러

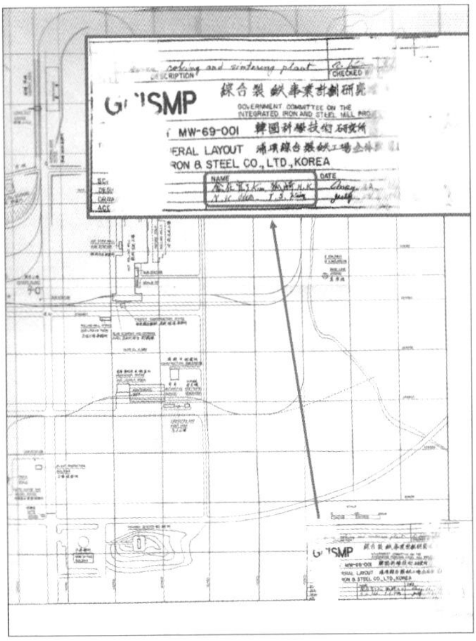

포항종합제철 최초 설계도와 작성자 김재관 박사 표기(1968. 5. 23)

번 변경되었고, 그에 따라 예산도 단위가 계속 바뀌었다. 한자릿수까지 맞춰야 하는 상황이다 보니 계산에서 계속해서 오답이 나왔다. 김재관 박사가 설비 내용을 조금만 수정해도 윤여경의 원가분석팀은 며칠을 밤을 새워야 최종 분석을 마칠 수 있었다. 양쪽 모두 스트레스가 극에 달했다. 수요 예측과 분석이 워낙 복잡한 작업이었기에 어쩔 수 없었다. 계속되는 변경과 분석에 지친 윤여경은 김재관에게 서약서를 받기까지 했다.

"김재관 박사는 이번을 마지막으로 종합제철 설계 변경을 더 이상 하지 않는다."

그럼에도 불구하고 김재관은 문제가 없을 때까지 철저하게 파고들었다.

'이번에도 실패하면 대한민국의 산업화는 물거품이 된다.'

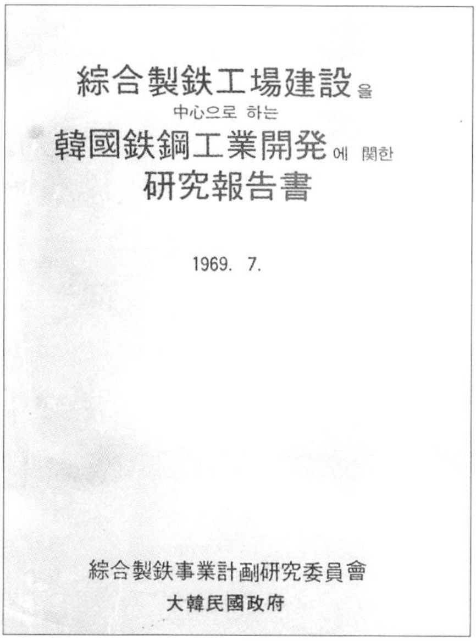
綜合製鉄工場建設을
中心으로 하는
韓國鉄鋼工業開発에 関한
研究報告書

1969. 7.

綜合製鉄事業計劃研究委員會
大韓民國政府

종합제철사업 계획안 「종합제철공장 건설을 중심으로 하는 한국 철강공업 개발에 관한 연구보고서」(1969년 7월)

철저하고 완벽을 추구하는 그의 성격 때문에, 서약서를 쓰고도 몇 번을 더 수정을 했다.

그때 도움을 준 사람이 서울여상을 졸업한 주산 5단의 경리직원이었다. 놀랍게도 그는 수백억 원 단위의 계산을 주판도 없이 암산으로 단 5초 만에 하곤 했다. 밤을 새워 전자계산기로 검산해 보니 놀랍게도 단 1원의 오차도 없었다. 경리직원도 일곱 번, 여덟 번씩 검산을 반복해 가며 총액을 확인했다. 언제나 정산正算이었다.

당시 수요 조사를 함께 한 윤계섭 서울대 교수는 역사가 제대로 기록하지 못한 김재관의 역할을 기억하는 몇 안 되는 사람 중 한 명이다.

사실상 혼자 외롭게 일하셨습니다, 제철 관련해서는. 같이 일할

> 사람이 없었어요. 옆에 박사급은 전혀 없었고, 밑에 저 같은 조수들만 있는 거죠. 그것도 우리가 어떤 그림을 그려야 한다는 생각을 한 게 아니라 김재관 박사님께서 해 달라고 하면 하는 거고. 지금 생각하면, 교수가 학생들 데려다가 연구하는 것과 똑같은 거예요.

드디어 결론이 나왔다. 최종 결정된 재무제표를 기준으로 외자 1억 2,370만 달러와 내자 633억 원의 자금이 필요하며, 조강 베이스는 103만 톤이라는 요지의 종합제철 사업계획서가 완성되었다. 김재관의 이 계획서는 바로 대한민국 산업화의 첫 신호탄이 된다.

대일청구권자금 협상 최일선에서

김학렬 부총리는 외자 1억 2,370만 달러를 대일청구권자금으로 조달하겠다고 보고했다. 하지만 일본은 식민지배로 한국에 진 빚을 순순히 갚으려 하지 않았다. 일본이 한국 외에도 태평양전쟁 때 저지른 일로 필리핀, 인도네시아, 미얀마 등 배상을 지급해야 할 국가가 많았기 때문에 이런저런 핑계로 지급을 미루고 있던 상태였다. 그런 이유로 일본 정부는 자금을 어떻게 사용할 것인지에 대해 까다로운 조건을 요구했다. 타당한 일에 쓴다는 것을 입증해야 준다는 것이었다. 대일청구권자금을 얻어 내기 위해서는 명분이 있는 프로젝트가 필요했다. 만약 이것이 제대로 되지 않는다면 자금을 주지 않을 것이다. 자금 지급 의무를 피하려고 수를 쓰는 일본 정부가 반론을 제기하지 못할 정도로 합리적

포항종합제철 전담반(뒷줄 맨 왼쪽 김재관 박사, 앞줄 가운데 김학렬 부총리)

인 프로젝트를 제시하는 것은 쉬운 일이 아니었다. 대통령은 다른 방법이 없었으므로 침묵으로 이에 동의했다. 한국 정부는 일본 정부와 종합제철소 건설에 따른 차관 협의에 나서게 되었다.

일본 정부는 일본의 3대 제철회사인 후지제철, 야하타제철, 일본강관 등의 전문가에게 기술적 검토를 통한 차관 제공을 검토시키기로 계획을 세워 놓고 있었다. 한국에서도 철강회사 건설의 기술적 문제 및 예산 타당성을 일본 정부와 협상하기 위한 전문가 팀을 꾸렸다. 김학렬 부총리가 총괄하고 KIST의 김재관 금속가공실장, 윤여경 경제분석실장, 정부 실무자로 노인환 공공차관과장, 김철 철강계장 그리고 단장으로 정문도 차관보가 참여했다.

태스크포스팀은 경제장관회의가 열리기 일주일 전 도쿄에 도착해 아카사카 프린스 호텔에 짐을 풀었다. 한국에서 가지고 온 철강기획안을 일본 측 태스크포스팀에게 어떻게 설득력 있게 전개할 것인가를 회의했다. 아카사카 프린스 호텔의 부지는 본래 대한제국 황실의 것이었다. 대한제국의 마지막 황태자인 이은 공(영친왕)이 일본 정부로부터 불하받은 땅이었다. 이은 공은 1960년대 귀국할 때까지 아카사카 프린스 호텔의 별관에서 거주했다.

1969년 11월 19일부터 이틀간 아카사카 프린스 호텔에서 포항제철소 건설에 관한 한일 양국 간 협의가 진행되었다. 일본 측의 협의안 골자는 네 가지였다.

1) 규모, 설비, 건설 공정에 대하여는 일본 측 보고서의 권고에 따라 집행한다.
2) 소요 외자에 대해서는 일본의 유상 7,370만 달러, 무상의 청구권자금 및 5천만 달러를 도쿄수출입은행 베이스의 연불수출금융을 사용한다.
3) 생산 규모는 조강 103만 톤, 생산 품종은 콘크리트 빔용 빌릿, 후판厚板용 슬래브, 냉간박판冷間薄板용 핫코일, 강관용 스케일로프, 열연박판이며, 건설 비용은 내자 약 6,500만 달러, 외자 1억 3,100만 달러로 한다.
4) 착공은 1970년 4월, 완공은 1973년 6월로 한다.

아카사카 프린스 호텔 소회의장에서 협상팀과 실무팀이 각자 다른 방에서 협상을 시작했다.

대일청구권자금 협상을 진행한 도쿄 아카사카 프린스 호텔

한일 청구권자금 협상 당시 양측 관료들(1969)

경제기획원과 상공부 관료들은 일본 관료들을 상대했다. 김학렬 부총리와 상공부의 황병태 국장은 일본 고위 관리들과 설전을 벌였다.

황병태의 상대는 일본 통상산업성 산하 경제기획청 조정국장인 아카자와 쇼이치였다. 그는 도쿄대 법대를 나와 행정고시를 패스한 엘리트 중 엘리트였고 황병태보다 20세나 많은 노련한 행정가였다. 그의 옆에는 통상산업성 기업국장 겸 사무정책국장인 모로즈미 요시히코가 있었다. 두 사람은 도쿄대 법대 동창이자 행정고시 동기로 막역한 사이였다. 일본에서는 통상산업성의 양대산맥이라 불릴 정도로 유능한 공무원들이었다. 일본의 막대한 자금이 투입되는 문제였기 때문에 아카자와 쇼이치는 한 치의 양보도 하지 않았다. 일본의 행정부는 국장 중심으로 운영되고 있어서 장관도 함부로 국장의 영역을 침범하지 못한다. 그들은 전권을 가지고 나와 협상에 임했다. 황병태는 아카자와 쇼이치와 마라톤 협상에 들어갔고 결국 그를 설득했다.

윤여경은 한쪽에서 경제 전문가들과 협상을 벌였다. 윤여경은 당시의 상황을 이렇게 회상했다.

> 회의장에 들어서니 일본 측에서는 10여 명의 전문가들이 기다리고 있었다. 그들은 이미 우리가 제공한 「포항종합제철소 건설계획」을 일본어로 번역하여 여기저기에 빨간 색연필로 줄을 그어 놓고 펼쳐 놓고 기다리고 있었다. 나는 속으로 좀 기가 질렸다.

34세에 불과한 윤여경에 비해서 상대측은 최소 10년 이상의 경험을 지닌 전문가처럼 보였다. 기선을 잡을 필요가 있었다. 윤여경은 순간적으로 반짝 아이디어를 냈다. 일제시대에 태어나 일본어가 가능했음에도 미국에서 공부했다는 핑계로 영어로 설명을 하겠다고 정중히 양해를 구한 것이다. 그 당시 일본의 40~50대 성인은 영어로 읽고 쓰는 것은 잘하지만 대화는 거의 불가능하다는 것을 윤여경은 알고 있었다. 일본 측 전문가들은 떨떠름했지만 어쩔 수 없이 동의했다.

윤여경은 유창한 영어로 한국의 철강재 수요 예측을 설명하기 시작했다. 우선 종합제철소 설립의 필요성을 강조했다. 그러면서 솔직하게 관련 통계 자료가 빈약해 수요 예측이 어려웠다는 것을 호소하며 일본의 과거 자료를 많이 참고한 점을 이해해 달라고 부탁했다. 일본 측은 윤여경의 솔직한 태도에 경계심을 풀고 인정한다는 듯이 고개를 끄덕여 주었다. 이어서 거시경제적 분석을 바탕으로 한일 양국의 경제발전 상황을 비교했다. 1인당 GNP, 1인당 철강재 소비, 1인당 전력 소비 등의 자료를 비교 검토한 결과 한국경제는 20여 년 전의 일본과 비슷한 수준이었고, 그래서 20년 전 일본생산성본부에서 발행한 「투입산출표」를 참고해 철강재별 예측 수요를 설명했다. 이를 역으로 추산한 결과가 조강 베이스 기준 연간 103만 톤이라고 결론을 맺었다.

일본 측 전문가들은 윤여경의 설명에 놀란 반응을 보였다. 질문이 쏟아졌다. 그들은 한결같이 「투입산출표」를 사용해 수요 예측을 했다는 점에 깊은 관심을 보였다. 「투입산출표」를 사용해서 수요 예측을 하는 것은 미국에서도 갓 등장한 최신 연구방법론이었다. 일본은 아직 그러한 방법으로 수요 예측을 해 본 적이 없었던 것이다. 윤여경의 수요 예측 방법은 일본 측의 자료를 사용했지만 그 접근방식은 미국이나 오스트리아에서 사용되던 최신 방법을 적용한 그야말로 윤여경만의 접근법이었다. 난생 처음 보는 방식에 일본 전문가들은 이의를 제기하지 못했다. 한 시간 반에 걸친 윤여경의 설명은 일방적인 강의로 끝났다. 상대가 매우 까다롭게 나올 것이라고 예상했던 윤여경으로서는 대성공이었다.

일본을 한 수 가르치다

기술적 타당성을 맡은 김재관의 기술팀 회의는 2시간이 넘게 진행되었다.

먼저 제철공장 건설에 관해 일본 측과 의견이 대립했다. 우리가 일관제철소를 설립하는 것을 일본 측이 원하지 않았기 때문에 견제를 당하는 처지였다. 일본은 김재관의 제철소 안에 대해 조목조목 불가능하다고 지적했다.

일본에는 이미 일관제철소가 있었다. 일관제철소란 철광석에서부터 제선製銑, 압연, 제강에 이르는 전 과정을 한 개 라인으로 처리하는 것을 말한다. 철강 용어로는 '선강일관공장'이라고 한다. 이 경우 고로 한 개 라인을 건설하는 데 오늘날 기준으로 1조 원 이상이 필요하다.

철강공장의 생산 방식은 고로 방식, 전기로 방식, 평로 방식, LD전로 방식 네 가지가 있다. 고로란 말 그대로 지상 100미터까지 올라갈 정도로 높게 만든 용광로다. 전기로는 수입한 고철을 전기로 녹여서 쓰는 방식으로서 인천중공업이 폭발한 원인이 되기도 했다. 평로는 용광로를 높이 쌓지 않고 좌우로 평평하게 만든 용광로를 말한다.

가장 뛰어난 방식은 역시 고로이다. 포스코, 신일본제철이 이에 해당

한다. 가장 최첨단 방식으로 지금까지 사용되고 있다. 일본 측에서는 한국이 최첨단 방식인 고로를 만드는 것을 원하지 않았다. 한국이 장차 일본 철강산업의 적수가 되는 것을 경계한 탓이다. 그들은 독립 제강공장, 즉 연속주조가 되지 않는 단위공장들을 연결해 철강을 생산하는 시스템을 권유했다. 그러나 이것은 소규모 공장에서 사용되는 낙후된 방식이었다. 김재관은 고로 공장, 즉 일관제철소를 포기하지 않았다. 일관제철소에서만 연속주조가 가능하기 때문이다. 연속주조란 소성가공의 소재인 잉곳(ingot, 금속 또는 합금을 한 번 녹인 다음 주형에 흘려 넣어 굳힌 것)을 길게 만드는 방법이다. 용해 금속을 주형鑄型에 연속적으로 주입해 응고시켜서 만드는데, 일반 평로의 경우 잉곳을 최장 2~3미터 정도밖에 만들지 못한다. 하지만 연속주조 방식은 수십 미터 길이의 잉곳을 만들 수 있다. 연속주조 방식이 강철 제조의 양이나 속도 모든 면에서 우월한 것이다.

김재관은 일본 측이 제시한 압연공장의 장비 선정 내용에서 이상한 점을 발견했다. 핫코일 제조 장비에 연속주조 장비가 빠져 있었던 것이다. 핫코일을 제조할 때 코일이 연속적으로 생산되어야 하는데 연속 생산을 막게끔 장비를 선정해 놓은 것이다. 김재관은 일본 전문가들에게 그 점을 따졌다. 일본 측은 곤혹스러운 표정을 지으면서 얼버무리듯 말

철강 잉곳(ingot)

했다.

"연속주조는 아직 실용화 단계에 이르지 못해 한국같이 종합제철 경험이 없는 나라에서는 양산 장비로 채택하기에 매우 위험하고 경제성이 없어서…."

김재관은 받아쳤다.

"연속주조가 아직 실용화되지 않았다는 말은 이해할 수 없다. 일본에서도 그 장비를 사용하고 있지 않은가? 지금 전 세계에는 연속주조를 사용하는 제철소가 아주 많다."

그는 독일의 티센 철강, 데마크 철강을 비롯해서 미국 측의 철강회사까지 사례를 들어 가면서 반론을 제기했다. 일본 측은 말문이 막힐 수밖에 없었고, 계속 침묵을 지켰다.

김재관은 한 걸음 더 나아가 당시 아직 상용화되지 않은 LD 방식을 제안했다. 그는 오스트리아에서 발명된 LD전로가 철강 생산의 최첨단 방식인 것을 알고 있었다. LD전로 방식은 소량의 고철, 용선鎔銑, 소석탄 등을 전로 내에 집어넣은 후 순도 높은 산소가스를 고압으로 위에서 투입하여 선철에 함유되어 있는 망간, 탄소, 황, 규소, 인 등을 산화, 연소시켜 슬래그(slag, 불순물)가 남지 않아 철강의 품질을 향상시키는 방식이다. LD전로는 99.5퍼센트 이상의 고순도 산소를 사용하므로 강철 속의 질소 함유량이 평로강보다 낮다. 또한 산소가 직접 탕면에 충돌하는 부분의 온도가 섭씨 2천~3천 도가 되어 석회에 의한 슬래그화도 신속할 뿐 아니라, 탈탄(탄소 제거)과 탈인(인 제거)이 병행되므로 불순물 함유량이 보다 낮은 양질의 강을 짧은 시간 내에 얻을 수 있고, 비교적 저렴한 건설비 외에도 높은 생산성을 가지는 장점이 있었다. 훗날 LD전로 방

김재관 박사가 제안한 LD전로

식은 그 장점으로 인해 세계 종합제철의 표준 철강 생산 방식이 되며, 아직도 이 방식이 가장 흔한 철강 생산 방식이다.

LD전로는 데마크의 신기술로, 아직 상용화되지 않은 것이었다. 일본 관계자들도 모르는 기술이었다. 그러나 김재관은 LD전로 방식이 향후 철강 생산의 대세가 될 것을 확신하고 일본 측에 이를 설명했다. 일본 측은 고로 방식은 잘 알고 있었으나 LD전로 방식은 말로만 들었지 그 방식의 우수성에 대해서는 모르고 있었다. 일본 측은 김재관의 철강 지식에 놀라움을 금치 못했다. 철강 문제에 관해서는 당시 최첨단 기술 이론을 꿰뚫고 있던 김재관이 자신들도 잘 모르는 새로운 철강 제조 방식에 대해 그 구조와 기술적 장단점, 성능 등을 하나씩 설명해 나가자, 일본 측 철강 전문가들은 타당성 검토를 하는 것이 아니라 거꾸로 배우는 입장이 되어 버렸다.

일본은 1860년대 나가사키제철소 설립 때 한 번만 프랑스의 기술을 도입했고 그 이후에는 모두 독일 모델로 철강공장을 건설했다. 마침 독일 모델 전문가였던 김재관이 LD전로라는 아직 상용화되지도 않은 첨단 기술을 제시해 일본을 설득하지 못했다면 포항종합제철과 대한민국의 산업화는 몇십 년은 후퇴했을 것이다.

특수강도 문제였다. 특수강이란 탄소를 0.04~2퍼센트 미만 함유한 합금이다. 탄소 함유량을 줄이고 가공성을 높이기 위해 니켈이나 크롬 등을 혼합한 것인데 오늘날에는 일반 강철보다 이러한 특수강이 훨씬 더 많이 사용된다. 특수강은 그야말로 철강의 꽃이다. 만들기 어려운 만큼 값이 비싸서 부가가치가 높은 제품이다. 일본은 한국이 특수강 제작 능력을 갖는 것을 원하지 않았다. 이 대목에서 김재관의 분노는 이루 말할 수 없이 컸다. 김재관은 절대 물러서지 않았다. 아니, 물러설 수 없었다. 6·25 피난 시절 미군 통역을 할 때 청년 김재관의 가슴을 뛰게 한 특수강 아닌가. 특수강을 생산하지 못한다면 대한민국 철강산업은 저부가가치 산업에 머무르고 산업 발전은 물 건너가는 것이나 다름없다. 김재관은 끝까지 밀어붙였다. 결국 김재관의 주장대로 포항제철소의 핫코일 생산 장비로 연속주조 장비가 채택되었다.

또한 생산 장비의 규모를 결정하는 데도 김재관 박사의 공로가 말할 수 없이 컸다. 일본 측은 계속 꼼수를 부렸다. 일본은 소형의 연속주조를 주장했는데 그것으로는 세탁기나 소형냉장고의 외장밖에 생산할 수 없었다. 김재관은 "일본 측이 제공한 장비로는 자동차 생산이 원천적으로 불가능한데 한국은 영원히 자동차를 생산하지 말라는 것이냐"며 따졌다. 그때 김재관이 신념을 밀어붙이지 않았다면 향후 우리나라가 자동차 외판을 생산하는 데 최소 몇십 년은 더 늦어질 뻔했다는 것이 훗날의 철강 전문가들의 견해이다.

일본의 꼼수는 끝나지 않았다. 후판공장에서 생산할 후판의 두께 때문이었다. 후판이란 두께 6밀리미터 이상의 강판이다. 통상 탄소강이 주이지만 고장력강, 합금강 등을 많이 사용해 대형 선박, 열을 많이 받는 보일러, 압력용기, 교량 등 대형 구조물에 많이 사용된다. 김재관은 일본 전문가들이 제안한 것보다 훨씬 두꺼운 후판을 생산할 수 있어야 한다고 주장했다. "내가 주장하는 두께의 후판은 선박용 후판까지 의미하는 것"이라며, 장차 한국이 자동차뿐 아니라 선박까지 생산할 수 있는 철강을 생산해야 하므로 초기에 두께가 두꺼운 후판 생산 설비를 미리 갖추어 놓아야 한다고 주장했다. 그러자 일본의 전문가들은 후판을 생산하는 설비는 값이 매우 비싸므로 받아들일 수 없다고 반박했다. 여러 차례에 걸친 밀고 당기는 협상은 번번이 결렬되었다. 한국 측 다른 참가자들은 일본 측의 주장이 매우 강경해 자칫 협상 전체가 결렬될 것을 우려해, 일본의 차관과 장비를 제공받는 선에서 협상을 매듭 지을 생각도 있었다. 그러나 김재관은 끝내 주장을 굽히지 않았다.

협상에서는 일단 후판 장비가 표면상 문제로 떠올랐으나 사실은 이면에 또 다른 복잡한 문제가 숨어 있었다. 사실 후판은 만들기 어려운 철강재가 아니다. 철강을 탄력강으로 바꾸면 되는 것이다. 그러나 그 뒤에는 매우 복잡한 문제가 숨어 있었다. 철강산업에 '연속소둔주조'라는 것이 있다. 여기서 핵심은 '소둔燒鈍(annealing)'이다. 1,500도로 달궈진 강판을 급속냉각시키면 강철의 조직이 경직되면서 매우 단단해진다. 문제는 이 단단한 강철은 가공하기가 아주 힘들다는 것이다. 따라서 가공성을 높이기 위해 소둔이라는 작업을 해야 한다. 내부 응력을 제거해서 재결정을 이루도록 강 조직을 바꾼다는 의미다. 강한 조직을 가진 철강에 다시 한번 열을 가한 후 천천히 식혀 강철의 경직성을 풀어 주는 공정이다. 철강을 다루기 쉬운 조직의 상태로 만드는 행위가 소둔이며, 소둔을 거쳐서 고부가가치의 탄력강이 되는 것이다. 철강은 이 공정을 거쳐야 다루기가 쉬워진다. 다루기 어려운 철강은 가공하기도 어렵거니와 막대한 돈이 더 들어가게 된다. 물론 소둔 작업은 간단치 않다. 연속소둔을 거친 후 다시 조질압연(skinpass) 등의 과정을 또 한 번 거쳐야 한다. 이 공정을 거친 특수강은 아주 고가로 팔려 나가는 것이다. 김재관은 표면상으로는 후판을 만들기 위한 작업으로 연속소둔주조 설비를 갖춰야 한다고 주장했지만, 그 이면에는 특수강을 쉽게 생산할 수 있는 공장 설비를 만들어야 한다는 계산이 있었다. 일본 입장에서는 절대로 허용할 수 없는 사업이었다. 한국이 강철 생산을 넘어 특수강의 영역까지 넘보게 되면 일본의 특수강 시장이 커다란 위협을 받기 때문이다. 일본은 이미 2차 세계대전을 일으키기 전부터 특수강의 영역에 진입해 있었다. 특수강이 없으면 첨단 설비를 만들지 못한다. 비행기·군함·유조선·자동차의 엔진, 몽키스패너 등 강질 공구, 금형의 틀이 모두 특수강이다. 금형을 예로 들면, 일반 강철이 톤당 100달러라면 특수강은 그 10~20배 비싼 값이 되는 것이다. 이걸 내다본 일본 측 협상위원들은 한국에 연속소둔주조 설비, 즉 특수강 생산이 가능한 설비에 자금을 지원하는 데 끝까지 반대했다.

김재관은 여기서 그치지 않고 블룸과 블루밍 생산공장 설립도 요구했다. 블룸은 강재를 정사각형, 직사각형으로 재단하는 작업이다. 용도에 따라, 예를 들어 고층빌딩의 골격을 세우는 강재의 경우 정사각형, 직사각형 등의 강재가 필요한데, 크기가 수백 톤에 달하므로 그러한 강재 생산이 가능한 설비를 미리 구축해 둬야 한다는 것이다. 블루밍은 철강에 광택을 내는 공정이다. 철강은 생산된 그대로 판매되면 상품가치가 떨어진다. 완성된 철강에 광택을 내서 상품답게 가공해야 하는 것이다. 또한 블루밍 공정을 거쳐야 정밀도가 높아지기에 반드시 필요한 공정이다. 이는 철강뿐만 아니라 특수강에도 반드시 필요하다. 특수강은 철강과는 비교가 되지 않을 정도로 비싼 금속이다. 더 높은 정밀도가 요구되는 것은 당연하다. 일본의 반응은 마찬가지로 용납할 수 없다는 것이었다. 수차례 협상이 진행되었지만 타협점을 찾지 못했다.

김재관은 일본에게 밀릴 수 없었다. 여기서 밀리면 대한민국의 철강산업, 그리고 대한민국의 산업화가 밀리는 것이었다. 특단의 조치가 필요했다. 김재관은 윤여경 실장을 찾아가서 다짜고짜 종이 한 장을 들이밀었다. 일본과의 협상에서 자신이 위원으로 들어 있는 위촉장을 파기하겠다는, 즉 사임서였다. 김재관은 자신이 주장하는 연속소둔주조와 블루밍 공정이 들어가 있지 않으면 더 이상 그러한 위원회에 참석할 필요가 없다며 사임 의사를 밝히고, 윤여경에게도 함께 사임하자고 말했다. 윤여경은 대한민국 최고의 전문가 김재관의 말을 따르지 않을 수 없었다.

김재관은 "종합제철소는 최소한 10년은 내다보고 건설해야 한다"는 말을 입에 달고 살았다. 이미 대한민국 자동차산업, 조선산업, 중공업에 대한 비전이 있었으므로 끝까지 필요한 모든 설비를 최첨단으로 갖추려고 했다. 그가 사임서를 내면서까지 주장을 굽히지 않은 것은 반드시

한일 경제각료회의 대일청구권자금 사용 합의

연속소둔 설비와 블루밍 같은 첨단 공법으로 특수강의 영역까지 확보하지 않으면 한국 철강산업엔 미래가 없다고 보았기 때문이다. 대한민국의 오늘은 그의 구상이 실현된 결과 그대로다. 윤여경 박사가 "참으로 대단한 혜안이 아닐 수 없다"고 회고한 이유이기도 하다.

김재관 박사가 사임하는 것은 윤여경뿐만 아니라 KIST, 더 나아가서는 경제기획원과 상공부에게도 곤혹스러운 일이었다. 한국 유일의 철강 전문가인 김재관이 사임할 경우 제철소 건설 계획이 향후 어떻게 될지 도무지 알 수 없는 것이었다. 또한 대통령이 신임하는 김재관의 사임 소식을 대통령에게 보고하는 것 또한 곤혹스러운 일이 아닐 수 없었다. 김학렬 부총리가 김재관의 사표를 극구 반려하고 그를 겨우 설득했다.

김재관의 가장 강력한 아군인 김학렬 부총리는 김재관을 전적으로 신뢰했다. 예리한 판단력과 강한 추진력으로 지원해 준 불세출의 부총리가 없었다면 철강산업과 산업화는 아마 불가능했을지도 모른다. 김학렬은 당시 행정관료 중에 가장 소신이 강했고 김재관에게는 큰 기둥 같은 역할을 한 인물이었다. 역시 이번에도 김학렬이 다시금 김재관에게 힘을 실어 주었다.

특수강과 블루밍 공법 문제를 놓고 일본과의 협상이 다시 시작됐다. 이번에도 역시 김재관은 뜻을 굽히지 않았다. 일본 측 철강 전문가들은 최첨단의 전 공정 생산공장 설립을 요구하는 김재관 때문에 곤혹스러웠다. 실제로 철강재 생산의 전 과정을 아는 전문가만이 요구할 수 있는 사항을 전부 제시했기 때문이다. 그와 같은 철강공장을 세워야만 장차 독일이나 일본의 철강산업과 어깨를 견줄 수준이 될 수 있었다. 한국에 김재관과 같은 세계적인 철강 전문가가 있다는 사실에 일본 측은 놀랐고, 결국 김재관의 해박한 철강 지식에 굴복하고 한 발 물러섰다. 김재관의 승리였다.

일본의 타당성 검토 결과가 한국 측에 전해졌다. 드디어 타당성을 인정한 것이다. 만약 일본 측이 제시한 안이 통과되었다면 한국의 특수강 사업은 물론, 이후의 독보적인 산업화와 경제성장 역시 불가능했을 것이다.

기본설계 변경 없이 연산 10배로

이후 한일 경제각료회의가 열렸고 양측은 대일청구권자금 사용에 합의했다. 선진국의 일류 컨설팅 회사가 작성했지만 세계은행으로부터 거부당했던 사업계획 타당성을 KIST가 성공시킨 것이다. 그 후 김학렬 부총리는 공식 석상에서 "이번 KIST가 중심이 되어 작성한 이 계획서가 정식으로 타당성을 인정받음으로써 정부는 지금까지 KIST에 투자한 자금을 모두 회수한 것과 다름없다"고 언급한 바 있다.

1969년 12월 3일, 김학렬 부총리와 가나야마 주한 일본 대사가 「포항종합제철 건설에 관한 한일간 합의서」에 서명했다. 같은 달 15일에 포항제철은 야하타제철, 후지제철, 일본강관 등 철강 3사와 예비기술계약을 체결했다.

> 대일청구권자금은 우리 민족이 일제강점 시기 받았던 수난 때문에 받아 낸 돈입니다. 그렇기 때문에 이는 어느 한 단체만을 위해 사용되면 안 되는 것이었습니다. 국가 전체를 위해 나라와 민족 모두를 위해 사용되어야만 했습니다. 그렇기 때문에 우리는 우리나라의 기반을 다지기 위한 포항제철에 투자를 한 것입니다. (김재관)

KIST의 계획에 따라 제철소 공사가 시작되었다. 당시 종합제철 건설에 관한 우리나라 전문가는 단 한 사람, KIST의 김재관 박사뿐이었다. 조강 베이스 103만톤, 용광로 1호기, 압연공장, 후판공장 등 초기 주요 시설의 배치 역시 김재관 박사가 직접 포항에 내려가 허허벌판 대지 위에 도면을 보면서 박은 말뚝들이 표준이 되었다. 김재관의 신사업계획은 향후에 500만 톤 이상의 규모로 제철소를 확장할 것에 대비하여 공장 배치를 설계함으로써 새로운 공장을 추가로 건설할 경우에도 기존

포항종합제철 착공(뒷줄 맨 왼쪽 김재관 박사, 앞줄 가운데 박태준 사장)

공장의 조업이 지장을 받지 않도록 했다. 신사업계획의 공장배치도가 20년 뒤 1989년 시점에서도 별다른 변경 없이 그대로 적용될 수 있도록 설계한 것이다. 훗날 이 분야 전문가들은 김재관 박사가 설계한 포항종합제철소의 계획에 대해서 놀라게 된다.

> 김재관 박사가 제안한 안의 독보성은 20년이 지난 오늘날의 포항제철소의 전경이 잘 실증해 준다. 즉, 초기 생산 능력 103만 톤의 공장을 오늘날 9배나 큰 940만 톤의 공장으로 확장했어도 20년 전 계획 당시에 만든 공장배치도에 조금도 변경된 것이 없고, 또 하나 중요한 것은 새로운 용로제철공장이나 제강공장 및 압연공장을 수없이 추가 건설하면서도 먼저 세운 공장의 조업은 잠시도 중단함이 없이 한편 생산, 한편 공장 확장이 가능하게 되었으며, 오직 애당초에 계획적으로 예정한 요소에 새 시설을 삽입함으로써 생산 능력을 9배나 증가시킬 수 있게 되었다는 점이다.

한국의 철강공업에 대한 KIST의 기여는 신사업계획 수립을 주도한 것으로 그치지 않았다. KIST는 포항제철이 설비 구매 업무를 추진하는 데도 힘을 보탰다. 포항제철은 1970년 5월 김용각, 안병화, 백덕현, 김학기, 이상수 5명의 간부 사원으로 설비구매팀을 조직했다. 그러나 포항제철의 설비구매팀은 구입 대상 설비를 실제로 접해 본 경험이 전무했기 때문에 구매 계획을 수립하는 과정에서 상당한 어려움을 겪었다. 게다가 일본의 제철 설비 제작 업체들 사이에 담합의 움직임도 있어 포항제철이 협상력을 발휘하기가 어려웠다. 이러한 문제를 해결하기 위해 KIST의 이봉진 박사와 김철우 박사는 포항제철의 의뢰를 받아 설비 제작 업체들의 실적, 구매 예정 설비의 사양과 가격 등에 대해 예비조사를 실시해 그 결과를 포항제철에 보고했다.

나아가 KIST는 포항제철소 건설 과정에서도 많은 지원을 했다. 당시 국내에서는 종합제철 사업계획을 전반적으로 기획하는 능력은 있었으나 종합제철소 건설과 운영 경험은 없었다. 설비는 갖춰졌으나 이를 가동할 노하우가 없었다. 최형섭이 아이디어를 냈다.

"일본의 제철소에서 은퇴한 기술자들을 유치하자."

수소문 끝에 도쿄대 출신으로 일본 철강업계에 몸담은 김철우 박사에게 선을 댔다. 하지만 일본인 퇴직 기술자들은 일본 JG기술협력단과의 관계 때문에 포항제철에 입사하기를 꺼렸다. 한국행 의사를 타진할 경우 '반역자', '배신자' 소리를 듣는 것을 감수해야 했다. 급한 쪽은 우리였다. 머리를 맞대자 묘수가 나왔다. 기술자들을 포항제철 대신 KIST 연구원으로 채용하는 것이었다. 도쿄대 출신인 KIST 이봉진 박사 연구실이 베이스캠프가 되었다. 이렇게 해서 이들을 KIST의 위촉책임연구원으로 채용한 다음 포항제철에 파견하는 간접 지원이 이뤄진 것이다. 30명이 서울행 비행기에 몸을 실었다. 이들의 소속은 KIST, 일터는 포항제철이었다. 이렇게 확보된 일본인 기술자들은 1971년부터 1976년까지 포항제철에 대한 기술적 자문을 제공하여 포항제철소 1기 사업과 2기 사업을 성공적으로 추진하는 데 큰 도움을 주었다. 최형섭은 "KIST의 중공업연구실은 사실상 '제철기술자문단'으로서 포항제철소 건설 사업에 일본인 퇴직 기술자들을 활용하기 위해 조직되었다"고 말했다.

『KIST 30년사』는 다음과 같이 기록하고 있다.

> 오늘날 우리나라가 세계 5위(당시) 선진 제철국가의 일원이 되는 성공의 바탕에는 KIST 기술진에 의해 독자적으로 만들어진 「종합제철소 건설계획안」이 있었다. 이 계획안은 민족의 먼 장래를 내다본 선진적이고 탁월한 것이었으며, 절망적인 상황에서도 좌절하지 않고 불굴의 의지로 철강산업을 일으키려 했던 정부와 KIST 연구진의 실천력이 오늘의 철강산업을 있게 한 모태다.

윤여경은 당시 한국에 종합제철 관련 전문가는 김재관 박사 한 사람밖에 없었다고 해도 과언이 아니라고 회상했다.

> 종합제철 건설을 위해 7~8년간 꾸준히 자료 수집과 분석을 해 온 김재관 박사가 있었기에 가능한 일이었습니다. 그는 종합제철 계획은 최소한 10년 앞을 내다보고 수립해야 한다고 했습니다. 독일을 방문한 박정희 대통령의 가슴에 종합제철 건설이라는 웅지

를 심어 준 것도 그였고, 우리나라의 자동차산업, 조선산업 등 철강 다소비 산업의 미래까지 내다보고 있었습니다. ("윤여경 전 KIST 경제분석실장, 종합제철 건설계획 경제적 타당성 분석한 KIST 1세대 연구원(남기고 싶은 이야기 71)", 포스코신문 2016. 8. 8)

원료 확보의 중요성을 강조하고 장비를 제작하기 이전에 호주에서 석탄과 철광석의 장기공급계약을 서둘러야 한다고 주장한 이도 김재관 박사였다.[19]

19 한국과학기술연구원, 『KIST 50년, 잊히지 않을 이야기』(2016).

제5장

중화학공업을 일으키다

「한국 기계공업 육성방안」과 「중공업 발전의 기반」

안보 위협 속 중공업화 박차

1968년 1월 21일, 북한 무장공비 31명이 청와대를 습격하는 사건이 발생했다(1·21사태). 공비들은 비무장지대(DMZ)를 지나 청와대 1킬로미터 부근까지 잠입했다. 뒤늦게 경찰이 인왕산과 자하문 일원에서 무장공비들과 총격전을 벌였다. 결국 무장공비 29명은 사살되었고 한 명은 북한으로 도주, 한 명은 생포되었다. 경찰 측에서도 최규식 경무관(추서)이 자하문 부근 현장에서 사망했다. 생포된 무장공비 김신조는 말했다.

"박정희 모가지 따러 왔수다."

김신조 사건으로 대한민국의 정세는 불안해졌다. 부동산 값이 폭락하고 경제위기설까지 나올 정도였다. 여기서 그치지 않고 이틀 뒤인 1월

체포 당시의 김신조

23일에는 미군 정보함 푸에블로호가 북한에 피랍되었다. 같은 해 11월 2일에는 울진과 삼척에 무장공비가 다시 침투했다.

북한의 도발이 계속되자 박정희 대통령은 방위산업이 하루빨리 발전되지 않으면 북한의 위협에 대처할 수 없다는 것을 심각하게 느꼈다. 그때부터 한국에는 '싸우면서 일하자'라는 구호가 생겼고 대통령은 중공업 육성의 추진을 지시했다.

중공업 육성은 본래 상공부가 주관해야 할 업무였으나, 김학렬 부총리가 이 문제는 자신이 직접 총책임을 지겠다며 총대를 멨다. 왜냐하면 당시 상공부가 기업들의 이해관계가 걸려 있는 20여 개 품목을 선정하고 나왔기 때문이다. 냄비, 타자기 등 이미 제조돼 판매되고 있는 품목들 위주였다.

이에 대해 김훈철 박사는 다음과 같이 회고한다.[20]

당시 상공부에서 오원철 국장이 중공업 안을 가져왔지만 받아

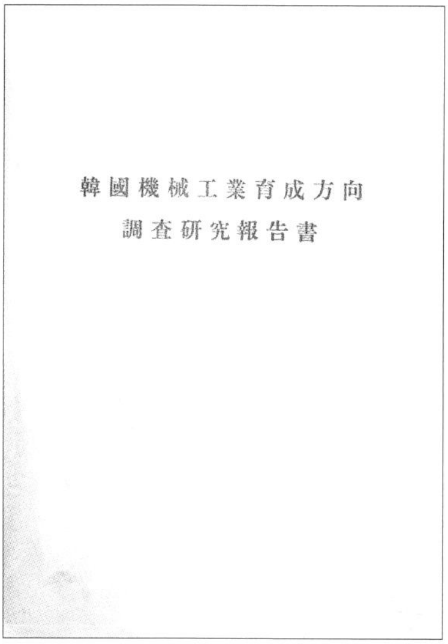
韓國機械工業育成方向
調査硏究報告書

KIST의 「한국 기계공업 육성방안」 조사연구보고서 (1970년 5월)

들여지지 않았어요. 오원철씨(당시 국장)가 KIST로 20개 프로젝트를 가져왔지요. 남비, 철근, 타자기 등 기존에 쓰던 것들 쭉 나열해서 20개를 가져왔는데 해리 최와 우리가 "NO!" 했어요. 미국 시민인 해리 최가 서류를 면전에서 집어던졌어요. 그것 가지고는 안 된다고. 결과적으로 중공업 정책 기획에서 상공부가 빠지고, 경제기획원 주체로 기계공업 육성방안이 추진되었어요. 오원철씨가 중공업을 하게 된 것은 73년 이후 경제수석을 하게 되는 한참 후이고, 그것도 KIST 안에 기반해서, 대일청구권자금에 의한 추진 자금도 모두 준비되어 있는 상황에서 추진한 겁니다.

20 한국과학기술연구원 산업미래전략연구센터, 『KIST, 대한민국 산업발전의 초석: 대한민국 산업발전의 기반은 어떻게 세워졌는가?』(2019).

김학렬 부총리는 오원철을 포함, 상공부가 경공업 중심적 사고에서 여전히 벗어나고 있지 못하고 있는 점을 내심 탐탁지 않게 생각하고 있었다. "상공부 놈들이 기계공업을 뭘 안다고 그래"라고 독설을 퍼붓기도 했다. 반면 김학렬 부총리의 KIST와 김재관 박사에 대한 무한한 신뢰와 기대는 김재관 박사가 중공업 기반의 대한민국 산업화 밑그림을 그리게 되는 결정적인 힘으로 작용하면서 동시에 든든한 보호막이 된다.[21]

김학렬 부총리와 최형섭 소장은 KIST의 김재관 박사를 불러 중차대한 일을 맡긴다.

"김 박사, 자네가 해리 최 박사와 함께 중공업 육성 계획안을 마련해 보게."

김 부총리는 미국 터프츠 대학의 교수로 있는 해리 최 박사를 책임으로 하고, 김재관 박사를 중심으로 KIST에 비밀특별작업반을 구성하여 1차 조사보고서 용역을 맡겼다. 김재관을 중심으로 이경서, 남준우, 김훈철은 해리 최 박사와 함께 「한국 기계공업 육성방안」 보고서를 작성한다. 1970년 5월에 발간된 이 보고서에서 김재관 박사와 KIST 팀은 한국 중공업 발전의 핵심인 주물선공장, 특수강공장, 중기계공장, 대형조선소 건설의 '4대 핵심 중공업 육성'을 기획하고 이에 대한 실행 계획을 제안한다. 이 보고서는 이후 1973년에 역시 김재관 박사가 책임을 지고 준비하는 「중공업 발전의 기반」 보고서의 초안이 된다. 이 두 보고서는 1973년 박정희 대통령의 '중화학공업화 선언'과 '중화학공업 정

---

21 곽기호, "우리나라 중공업 정책의 창건자, 한국과학기술연구원", 『기술혁신연구』 제27권 5호(2019), 155-187쪽.

책' 수립의 청사진이자 핵심 기획안으로, 앞으로 대한민국 산업화의 초석이 되는 역사적 기획안이 된다.[22]

4대 핵심공장

「한국 기계공업 육성방안」에서는 4대 핵심공장(주물선공장, 특수강공장, 중기계공장, 조선소)을 중점적으로 건설·육성할 것을 건의한다. 4대 핵심공장 안을 제시한 것은 김재관 박사였다. 당시 기획안 수립에 참여한 김훈철 박사는 핵심공장과 방위산업이 별개가 아님을 다음과 같이 회고한다.

> 4대 핵심공장은 김재관 박사가 제시한 그림이에요. 그게 어떻게 되었냐면, 4대 핵심공장이라고 그래 놓고, 2개가 소재야. 하나는 주물선, 선이라는 것이 선철이고, 하나가 특수강이에요. 그다음에 제철은 포항종합제철로 이미 됐으니까, 중기계에요. 그리고 나중에 조선을 끌어들여서 4대 핵심공장이라고 했어요. 소재의 중요성을 알고 있던 김재관 박사가 제시한 거지요.
>
> 첫째는 주물선공장, 즉 단조공장인데, 크랭크 샤프트를 만드는 공장이지만, 실은 대포를 만드는 공장도 되지요. 이걸 만들려면 금속을 꺼내서 한동안은 매달아 놔야 해요. 그리고 빨간 쇳덩어리를

22 위의 글.

매달아 놓고 '단조'해서 크랭크 샤프트를 만드는데, 이게 대포를 만드는 방법과 같아요. 배의 크랭크 샤프트라고 말은 했지만, 대포를 만드는 공장입니다.

그리고 두 번째가 정밀기계공장(특수강공장)이에요. 이것은 무기를 깎는 공장입니다. 특수강을 재료로 한 정밀기계공장이지요. 대포 포신은 특수강으로 만듭니다. 그리고 정밀하게 가공을 해야 하지요.

세 번째는(중기계공장) 포클레인 제조공장인데, 이것은 탱크 제조를 염두에 두고 계획했지요. 이처럼 여차하면 탱크, 전함을 만들 수 있냐를 생각하고 계획했어요. 민용 80%, 군용 20%로 이미 생각하고 디자인한 겁니다. 군용만을 목표로 한 것은 대개 실패를 해요. 민용을 해야 성공을 하는데, 처음부터 이렇게 디자인을 했기 때문에 우리나라가 중공업이 성공을 한 겁니다.

그리고 네 번째인 조선소를 합해서 4대 핵심공장, 이렇게 김재관 박사가 그림을 그린 겁니다. 이렇게 해서 창원에 네 개 공장(4대 핵심공장)이 들어갔습니다. 이게 한국의 중공업의 시작이 된 겁니다.

이렇게 처음부터 우리는 민간도 쓰고 군대도 쓸 수 있게 공장을 만들었어요. 그런데 여기서 기계를 만들어서 민간 어디에 팔 거냐. 생각하니 말이 안 된단 말이에요. 우리 능력으로 어디 수출이 됩니까? 초기 민간 수요가 도저히 안 맞았어요. 도저히 할 수 없으니까 배를 만드는 나에게, "선박기계를 만들어 줄게", 김재관 박사가 이렇게 말을 한 거예요. 선박기계를 해 줄 거라고. 그래서, 조선을 포함한 4대 핵심공장이 되었어요.

이는 당시 공업 연계 체계상 매우 중요한 과제였다. 군수산업, 조선업, 연관공장 등에 필요한 중기계를 생산하기 위해서는 그러한 기계를 생산하는 종합공장이 당장 시급했다. 공작기계(기계나 기계 부품을 만드는 기계) 공업은 기계공업의 기초가 되는 산업이다. 1968년 공작기계 50여 종의 80퍼센트 이상을 수입하고 있었고, 특히 정밀공작기계는 거의 전량을 수입에 의존하고 있었다. 수입액은 연평균 50퍼센트 이상의 증가율을 보였다. 건설용 중장비류 역시 전량 수입하고 있었다. 1968년 건설기계 수입액은 약 5천만 달러로 전년도보다 620퍼센트 증가했고, 1964년도 수입액의 56배에 달하는 놀라운 증가를 보였다. 건설기계 수요의 증가율은 당시 급속히 증가하고 있던 건설공사 증가율보다 더 높았다. 따라서 당시 공작기계 공장의 필요성이 매우 높아져, 한국기계공업주식회사 등은 낮은 효율성에도 불구하고 개별적으로 큰돈을 써 가며 공작기계 기술을 도입하고 있었다. 이에 따라 보고서는 외자 2,644만 달러를 포함해 총 3,752만 달러로 1972년 1월에 착공, 1973년까지 2년간 건설, 1976년 100퍼센트 가동에 들어가는 중기계 종합공장 건설 계획을 건의했다.

그러려면 중기계 종합공장에 원자재를 공급할 주물선공장, 특수강공장 등도 있어야 했다. 당시 주물 수요는 매년 23퍼센트씩 증가해 1968년에는 전체 소비량의 28퍼센트를 수입하고 있었고 선철주물의 경우 그보다 높은 30.5퍼센트를 수입에 의존했다. 또 주물용 원료는 80퍼센트 이상을 고철로 대용하고 있었으나 그 고철도 대부분 수입하고 있었으므로, 국내의 원료 공급원을 확보하려면 주물선 공장을 반드시 만들어야만 했다. 한국의 주물선 관련 생산 공급 구조는 필요 시설

보유율과 용해로 가동률이 기준치에 미달했고 노동 조건과 근로 환경이 열악해 이직률이 높았다. 시설 면으로나 인력 면으로나 취약한 분야였다. 이런 상황에서 주물선 수요 증가율이 생산 증가율을 훨씬 상회하여 수급 상황이 악화되고 있었다. 그 결과 1965~68년 주물 가격 상승률은 일반기계나 상품 혹은 철강제품의 가격 상승률에 비해 매우 가팔랐고 수입 의존도는 점점 높아지고 있었다.

특수강은 군수공업과 각종 기계 기구의 핵심 부문, 즉 병기, 자동차, 항공기, 산업기기, 스프링, 공구 등에 사용되는 소재다. 그러나 1968년 국내 특수강 생산량은 3,500톤으로 자급률 4.7퍼센트에 불과해 대외 의존성이 심각한 상황이었다. 이러한 원자재공업의 시급성이 정부로 하여금 종합제철소에 이어 4대 핵심공장을 건설하도록 부추겼다.

> 총수요의 대부분을 해외에 의존하고 있는 원자재 공업의 원활한 문제 해결을 위하여 정부가 우선 기초소재공업, 즉 철강공업 건설에 중점을 둔 것은 극히 타당한 일이다. 또한 금후 정부가 새로이 특수강 및 주물선의 전문 생산 공장을 현재 건설 중에 있는 포항제철공장을 중심으로 하여 건설하기로 결정한 것은 원자재의 안정된 공급을 기함으로써 기계공업 발전의 기반을 더욱 확고하게 하는 새로운 계기가 되는 것이다. (한국과학기술연구소, 「중공업 발전의 기반: 한국의 기계 및 소재공업의 현황과 전망 분석(하)」, 1970, 1328쪽)

경제기획원장관에게 제출된 KIST 보고서 「중공업 발전의 기반」(1970)은 주물선과 특수강의 수요를 예측하고 대책으로 포항에 전업공장 신설을 제의하면서 주물선공장과 특수강공장의 구체적인 건설 계획을 제안했다.

마지막으로 제안된 것은 조선업이다. 중기계공장, 주물선공장, 특수강공장은 시급성이 인정될 수 있었던 반면 조선업은 시급하다고 할 만한 근거가 부족했다. 그런 이유로 애초에는 KIST 연구팀의 기계공업 육성 계획에 포함되지 않았다. 물론 미래적 관점에서 세계적 수요의 증대, 우리나라의 경제적·지리적 여건과 노동 및 노임 수준, 산업 발전 단계 및 국제 분업을 고려한다면 기술적 용이성과 노동 집약 분야라는 점에서 선정 대상이 되어도 이상할 게 없었다. 하지만 그 중요성에도 불구하고 시급성, 수요, 지원 체제 등 여러 면에서 처음에는 조선업이 4대 핵심공장 계획에 포함되지 않았다. 조선업의 성격 때문이라면 다른 많은 공업 분야도 똑같이 해당되었다. 사업에 참여한 이경서 박사는 "조선업의 선정에 대해 논쟁이 있었고 연구원들이 마지막까지 많은 문제점을 제기했다"고 증언했다.

종합기계공장의 개념은 쉽게 도출되었지요. 종합기계공장의 원자재를 해결한다는 뜻에서 주물선공장과 특수강공장이 제안되었습니다. 마지막까지 많은 문제점이 제기된 것은 조선소였어요. 기술적 용이성과 노동 집약적이라는 점에서 선정 대상이었습니다. 그러나 문제점은 국제 관습상 수출 선박은 선가의 대부분을 선박 수출국이 재정적 뒷받침을 해야 한다는 점이었어요. 한창 외화를 도입하여 공장을 건설하고 있는 우리 입장에서 외화를 빌려주면서까지 선박 수출을 해야 한다는 것이 실제로 가능한 문제인지는 저희 기술자로서는 판단이 서지 않았기 때문입니다. 이 문제를 놓고 얼마나 고민했는지 모릅니다. (이경서 박사 증언, 1994. 3. 2)

연구팀은 고심에 고심을 거듭했고, 장기적인 미래와 조선산업의 철강 수요를 고려한다면 한번 고려해 볼 만한 산업이라 판단했다. 조선업이 최종적으로 4대 핵심 공업에 포함된 데 대해 김재관은 다음과 같이 증언했다.

처음에 연구팀이 추천한 핵심 공업으로 조선공업은 생각지 못했습니다. 남궁련 사장의 대한조선공사가 5천 톤 화물선을 팔지도 못하고 그대로 두던 시대였기 때문이지요. 중기계공업이 필요하다고 생각되었고 기계공업, 모든 공업의 기초원료인 주물과 특수강이 생각되어 선택되었습니다. 그런데 조선공업을 담당하고 있던 김훈철 박사가 조선공업을 적극 주장하고 나섰습니다. 조선공업의 성격상 당연히 여기에 대해 이의가 분분하였습니다. 조선공업은 주문시 우선 건조 자금이 필요하고, 돈은 주문자로부터 몇 년 후에 받을 수 있기 때문입니다. 그래서 연불 수출 제도 등 정부 지원이 필요하지만, 당시 이런 제도조차 갖추어져 있지 않았던 상황이었지요.

이때 전체를 설득해 나간 사람은 김훈철 박사였다. 김훈철은 우선 '수출되는 것', '세계시장의 수요가 있는 것' 그리고 '우리가 할 수 있는 것'이 조선공업이라고 주장했다. 그 근거로 일본과 우리나라를 비교했다.

일본이 잘 훈련된 젊은 인력이 많아서 시장점유율 60퍼센트를 차지하는 세계 1위 조선 강국이 되었는데, 우리도 일본과 비슷한 조건이라는 것이었다. 당시 세계경제 사정도 좋아 선박 수출은 충분히 가능한 일이었다. 또 과거 일본이 그러했듯 한국은 일자리가 필요한데 조선업은 일자리 창출 효과도 컸다. 이것을 4대 핵심공장 사업으로 추진하면 정부 지원을 받을 수 있으므로 거대 자본이 들어가야 하는 비용 문제까지 해결될 것이라고 말했다. 즉, 4대 핵심공장 사업을 통해 비용 문제를 해결할 수 있다는 것이었다.

김훈철은 또 하나 좋은 점을 제시했다. 그것은 조선업이 군함과 모터를 만들 수 있어 방위산업에 직결된다는 것이었다. 배를 만들면 전차도 만들 수 있다. 방위산업에 필요한 주요 부품들을 한꺼번에 만들 수 있게 해 주는 것이 조선업이다. 당시는 전쟁이 끝난 지 얼마 되지 않아 전운이 완전히 가시지 않은 상태였고 국방 문제가 무엇보다 최우선시되었다. 그래서 모든 공업 전략에서 기본적으로 국방 및 방위산업 문제가 고려되었다. 김훈철은 결국 조선업이야말로 당시 절체절명의 과제였던 수출과 방위산업 문제를 동시에 해결하는 묘수라고 주장했다.

> 4대 핵심공장을 건설하려면 조선공장 빼고 6천만 불인가 필요했어요. 그런데 내가 조선을 하려면 조선공장만 8천 5백만 불을 내라고 했단 말이에요. 그래서 김학렬 씨가 보니까 "뭐 이런 게 다 있어" 했어요. 본공장(4대 핵심공장)보다 이놈(조선소)이 더 크잖아. 그래서 김학렬 씨한테 심문을 받았어요. 그리고 제가 자세히 설명을 했지요. 우선 2천 5백만 불은 기본운영비(reserve)로 하고, 6천만

불이 진짜 비용이다. 기본운영비라는 게 뭐냐 하면, 공장이 안 돌아갈 때에 누가 사 줘야 하지 않습니까. 이 공장을 돌리려면 최소한으로 1년에 1억 불 가까이가 들어야 하는데, 25% 기본운영비인 2천 5백만 불을 사 주면 이 공장을 팔 수 있어요. 그러니까, 2천 5백만 불은 실제로 돈이 필요한 게 아니라, 만약에 공장이 안 되면, 그때 낼 생각을 하십시오. 그랬단 말이야. 그러니까 김학렬 씨가, 그러면 됐다! 그래서 4대 핵심공장과 합해서 이게 1억 2천 5백만 불짜리 프로젝트를 발표한 겁니다.

김학렬 씨가 우선 6천 5백만 불을 대일청구권자금에서 빌렸어요. 대일청구권자금이 3억 불이었거든요. 3억불에다가 5억불을 더 쓸 수 있다고 contingency가 있었어요. 그래서 3억 불을 일본이 준 거예요. 플러스, 5억 불이 있었거든요. 근데 5억 불은 안 쓰고 말았어요. 3억 불 중에서 6천 5백만 불을 김학렬 씨가 대통령에게 얘기해서 원래 없던 계획인데 4대 핵심공장 사업으로 돌린 거예요. 모든 것이 당시 대통령이 의지였어요. 이렇게 발표해서 4대 핵심공장으로 6천 5백만 불에 발표가 되었는데, 나는 조선산업에 대한 나머지 6천만 불(8천 5백만 불)을 따로 만들어 냈습니다.

김학렬 부총리는 조선산업을 포함한 4대 핵심공장을 적극 지지했다. 그렇게 해서 조선산업을 포함하여 4대 핵심공장 계획에 기반한 대한민국 중공업 정책이 시작된다. 북한이 날뛰고 있는 상황에서 미군이 철수한다면 우리 스스로 방위산업을 육성해야 하는데 티가 안 나게 그것을 추진할 방법을 또한 대일청구권자금에서 찾았다. 자금줄을 쥐고 있는 김학렬 경제기획원장관이 적극 지지했으므로 일은 일사천리로 진행되었다.

「한국 기계공업 육성방안」은 기계공업을 대한민국의 중요한 전략산업으로 육성하는 필수적인 기본 방향을 제시했다. 종합중기(중장비)공장, 특수강공장, 주물선공장, 대형 조선소의 건설을 제시했다. 종합중기공장은 추후 창원의 한국중공업으로 출범했으며, 특수강은 국영기업으로 시작했다. 이후 국무총리를 지낸 정일권이 개입해 삼미특수강으로 민영화된다. 주물선은 그 자체로는 수지를 맞추기 어렵기 때문에 추후 포항종합제철에서 맡았다.[23]

「한국 기계공업 육성방안」을 완성한 후 김재관은 대한민국 중공업 정책의 초석이 되고 산업화의 기반이 되는 역사적인 보고서를 책임지고 준비하기 시작한다.[24] 「중공업 발전의 기반」이 바로 그것이다.

「중공업 발전의 기반」은 상·하 2권에 총 1,350페이지에 달하는 방대한 분량으로, 한국경제 발전에서 기계 및 소재산업의 중요성과 그간의 정부 정책, 민간 설비 투자, 외국인 투자 및 기술 도입, 연구개발 동향 등을 상세히 설명하여 대한민국 중공업 정책 및 산업화의 청사진을 제시한 역사적인 보고서이다. 보고서는 나아가 제조업 고용과 총부가가치에서 중공업 부문의 비중이 늘어나고 있으며, 지속적인 경제성장을 위해서는 중공업 육성이 필요하다는 내용을 담고 있다. 이렇게 대한민국의 새로운 역사가 열리고 있었다.

---

23 한국과학기술연구원, 『KIST 50년, 잊히지 않을 이야기』.

24 곽기호, 앞의 글.

대한민국 중공업 기반 산업화의 청사진을 제시한 KIST 「중공업 발전의 기반」 보고서
(책임연구원 김재관, 1970)

김재관이 밤을 새우는 일이 많아졌다. 책상 위에는 많은 연구논문과 그가 그린 금속 도면, 각종 특수강 방정식, 메모 조각이 산더미같이 쌓였다. 새벽 4시까지 일하다가 잠이 오면 책상에 엎드려 그 자리에서 쪽잠을 잤다. 출퇴근은 모두 생략하고, 밥은 구내식당에서 간단히 해결하거나 그마저도 시간이 없으면 다른 연구원이 대신 식판에 밥을 담아 왔다. 힘든 나날이었다. 코피를 쏟는 날이 많았다. 6·25전쟁 중에 보았던 무수한 시체들, 밥을 굶어 어머니 등에서 보채던 어린아이의 모습, 판잣집도 구하지 못해 가마니를 덮고 자는 피난민의 기억이 김재관을 채찍질했다. 슬픈 조국을 구할 수 있는 길은 과학의 발전, 공업의 현대화다. 그것이 자신이 할 수 있는 일이었다. 세 끼 밥이라도 먹는 나라, 잘사는 나라, 부강한 나라를 만들어 보겠다는 의욕에 그 자신은 세 끼 밥도 챙

기지 못하는 역설이었다. 그렇게 밤이 가고 새벽이 오고, 또 밤이 왔다.

무無에서 유有를: 조선소 프로젝트

김재관은 독일 데마크의 기획실에 있으면서 철강의 다양한 활용 분야를 아주 세세하게 들여다본 경험이 있기에 일찍이 조선업의 중요성을 알고 있었다. 여기에 김훈철 박사의 설득으로 더욱 확신하게 되었다.

당시 조선업의 메카는 영국이었지만 배를 만드는 재료가 되는 금속은 독일이 강한 분야였다. 조선은 기본적으로 철강과 특수강의 영역이며, 이를 김재관은 누구보다 잘 알고 있었다. 당시 조선에 관해서는 최고의 전문가인 김훈철과 머리를 맞대고 조선산업 육성 전략을 고민했다. 당시 해양조선실장인 김훈철이 제1연구실장인 김재관의 지휘를 받는 입장이었지만 두 사람은 막역한 친구였다.

김훈철은 조선공업을 철강계획에 포함시키는 아이디어를 제시하면서 지금이야말로 한국이 대형 조선소 건설을 시작할 때라고 주장했다. 그는 전 세계적으로 조선소가 부족하고, 한국은 퇴역한 군인들의 일자리가 필요하기 때문에 그들의 일자리로 대형 조선소를 만들자고 했다. 또한 2차대전 이후로 국제무역이 폭증해 많은 유조선과 화물선이 필요하기도 했다.

그런 김훈철의 주장이 처음에는 대다수에게 이상하게 들릴 수밖에 없었다. 당시 한국은 매우 가난한 나라였는데 조선공업에는 천문학적인 비용이 들기 때문이다. 특히 유조선이나 화물선 같은 초대형 선박을 건조하려면 거대한 시설과 막대한 자금이 필요한데, 한국은 도저히 그럴 상황이 아니었던 것이다. 또한 2차대전 이후 세계 조선공업의 최고 선도국으로 부상한 일본의 조언도 연안에서 운용할 작은 배를 생산하라는 것이었다. 하지만 김훈철은 작은 배 말고 큰 것을 만들어야 한다고 꾸준히 주장했다. 선박이 클수록 수익률도 크다는 것을 알았기 때문이다. 김훈철은 당시 세계 조선·해운의 변화를 들여다보며 기회를 포착했고, 젊은 사람들을 체계적으로 교육해서 조직화된 작업장을 만들자고 제안했다. 김재관도 흔쾌히 동의한다.

그러나 기술과 자금의 조달은 만만치 않은 문제였다. 배는 한 사람이 만들 수 있는 것이 아니다. 수십만 장의 두꺼운 철판을 이어 붙여야 하는 조선은 수준 높은 용접 기술을 어디에서 들여오거나 배워야 한다. 기능공 교육 문제도 있었다. 수십억 달러에 달하는 막대한 자금 조달은 국가가 나서서 할 일이었으나 정부도 대안이 없었다. 한마디로 속수무책이었다. 돈을 쓸 곳은 많은데 가진 돈은 없었다. 그렇다고 차관을 받아 올 곳도 없었다. 공장 건설 역시 난제였다. 어떻게 하면 기술, 자금, 공장, 이 세 마리 토끼를 잡을 수 있을까?

김훈철은 미시간 공대의 동료 교수였던 조선 전문가 제임스 티스데일(James A. Teasdale)을 떠올렸다. 티스데일은 대학 교수를 지내면서 영국의 세계적인 조선소 애플도어(A&P Appledore International Ltd.)의 부사장으로 재직하고 있었다. 김훈철은 미국으로 건너가 티스데일을 만나, 차관을 얻을 수 있는 은행을 소개해 달라고 부탁했다. 며칠 후 티스데일은 영국 최대 은행인 바클레이스(Barclays) 은행의 롱바텀 회장을 연결해 주겠다고 하며, 대신 배를 만드는 데 필요한 모든 자재와 부품은 애플도어의 제품을 사용해야 한다는 조건을 내걸었다. 바클레이스 은행은 애플도어의 주거래은행이었고 롱바텀과 티스데일은 잘 아는 사이였다. 한국은 배에 들어가는 선박 엔진 같은 부품을 자체적으로 만들 능력이 없었다. 부품은 어차피 해외에서 수입해야 하는 상황이었다. 차관 문제를 해결해 준다면 애플도어에서 부품을 구입하는 일은 전혀 문제가 안 되었다.

결국 김훈철의 초청으로 제임스 티스데일이 한국에 왔다. 김훈철의 구상은 컸다. 30만 톤 규모의 탱커(유조선)를 만들겠다는 것이었다. 탱커는 길이 300미터가 넘는 어마어마하게 큰 유조선으로, 기껏해야 2,700톤짜리 외국 선박을 수리나 하던 한국의 기술력으로는 상상할 수 없는 영역이었다. 그러한 한국에서 무려 30만 톤 배를 건조하겠다고 나선 것이다. 배의 설계는 김훈철, 거기 들어가는 강재의 설계는 김재관이 담당했다. 이미 포항종합제철 설계 때 조선산업을 계획하고 후판 생산까지 계획안에 포함시킨 김재관이다.

티스데일은 부품과 함께 배의 설계까지 애플도어가 담당하겠다고 제안했다. 설계도면은 값이 천정부지로 비싸다. 김훈철이 도면을 그릴 줄 알았지만 그 양이 수천 장에 달해 혼자서 감당하기에는 역부족인 일이었다. 전체적인 아우트라인은 김훈철이 그리되, 디테일에 필요한 설계도는 구입하기로 했다. 백방으로 알아보니 스웨덴에서 설계도를 낮은 가격에 팔고 있었다. 당시 조선업 강국이던 스웨덴에서 과거에 사용했던 설계도를 국제시장에서 판매하고 있었던 것이다. 설계도를 그리는 데 들어가는 수백 명 기술자의 인건비의 100분의 1밖에 안 되는 가격이었다. 굳이 애플도어의 비싼 설계도를 살 필요가 없었다. 김훈철은 설계도는 한국 측에서 알아서 할 것이니 부품만 구입하면 안 되겠냐고 사정했다. 핵심 부품을 만들기 위해서는 공장을 지어야 하는데 거기에만 수천억 원이 필요했다. 그래서 핵심 부품은 애플도어에서 수입하기로 하고, 수차례 협상 끝에 애플도어도 그 제안을 받아들였다.

모든 것이 준비되었다. 계획안, 설계도, 생산에 필요한 자금이 될 차관, 그리고 선박을 구매할 그리스인 선주까지, 모든 것이 준비된 것이다. 이렇게 해서 아무것도 없는 데서 한국의 조선업은 시작되었다.

사실 애플도어가 협상에 적극적으로 임한 데는 배경이 있었다. 당시 영국은 화물선과 탱커선 분야에서 일본에 바짝 뒤쫓기던 상황이었다. 따라서 영국은 내심 한국을 일본의 라이벌로 키우고 싶었던 것이다. 동시에 선박을 건조하는 한국 조선회사들에 영국산 부품을 팔려는 의도도 깔려 있었다. 즉, 조선소 건설은 한국과 영국 모두에 윈윈인 거래였다. 지금도 우리나라는 선박 주요 부품을 유럽에서 수입하고 있다.

이제 배를 건조할 기업만 찾으면 된다. 김재관 박사와 김훈철 박사는 아무것도 준비되어 있지 않은 상황에서 애플도어와 30만 톤에 길이 300미터가 넘는 어마어마한 탱커선의 모든 준비와 수주 계약까지 마련해 놓은 상태였다. 배를 만드는 데 필요한 설계도면이나 부품 조달까지 김훈철이 책임을 졌으니, 정말 모든 것이 준비되어 있었던 것이다. 그러나 정작 사업을 수행할 주체가 될 대기업 회장들은 모두 참여를 포기한다. 오직 한 사람, 현대그룹의 정주영 회장만이 참여 의사를 밝혔다.

박정희 대통령은 최형섭 KIST 소장과 김재관 제1연구실장, 김훈철 조선해양연구실장, 그리고 정주영 회장을 청와대로 불렀다. 대통령은 김재관과 김훈철의 보고서를 통해 조선의 핵심이 무엇인지를 꿰뚫고 있었다. 문제는 민간 기업이 전문가의 의견을 들어 조선업을 잘 일으킬 수 있을 것인가 하는 것이었다. 대통령이 먼저 말을 꺼냈다.

"전문가들의 말을 들어 보니 조선은 선박 설계, 구조공학, 금속재료, 엔진 등 다양한 요소들이 모인 거대한 산업인데, 우리 힘으로 과연 배를 만들 수 있겠소?"

김재관과 김훈철 박사의 설명을 들은 정주영 회장이 말했다.

"잘 들어 보니 배를 건조하는 것은 물 위에 아파트를 짓는 것 아닙니까?"

대통령은 파안대소했다. 복잡하고 어려운 문제를 정주영이 한마디로 압축한 것이다. 역시 거인은 복잡한 문제를 단순화시키는 능력이 있다. 대통령이 정주영에게 물었다.

"정 회장, 자신 있소?"

"제가 해보겠습니다."

대통령이 결론을 내렸다.

"조선은 정주영 회장이 하도록 하지."

이렇게 해서 한국의 조선업은 정주영의 현대그룹이 맡게 되었다. 이제 문제는 기술이었다. 이는 전적으로 KIST에 달려 있었다.[25]

드디어 조선업이 실행에 옮겨졌다. 한국은 아직 그렇게 거대한 배를 만들어 본 경험이 전무했다. 배 한 척을 만드는 데 드는 비용은 70퍼센트가 부품 값이고 나머지 30퍼센트는 인건비, 관리비, 이자 등이다.

---

25 김종현·이용길, "한국 조선산업의 초기 발전과정과 KIST의 역할", 『기술혁신연구』 제27권 5호(2019), 99-121쪽.

배는 철판 조각 수십만 장을 용접해 이은 것이다. 용접이 제대로 돼 있지 않으면 그 틈으로 물이 샌다. 그래서 조선소에서는 용접이 제대로 되어 있는지 확인하기 위해 엑스레이로 촬영을 한다. 따라서 가장 급한 일은 배의 철판을 용접할 수 있는 기능공을 확보하는 것이었다. 김재관과 김훈철은 한국의 용접공 300명을 용접기술을 배우도록 영국 뉴캐슬의 조선소로 보냈다. 뉴캐슬은 19세기 말까지 세계 최대의 조선소가 모여 있던 도시로 세계 선박 네 대 중 한 대가 여기서 만들어졌다. 영국에서 기술자를 들여올 경우 높은 인건비를 감당할 수 없었기 때문에 우리 기술자들을 보내 기술을 배워 오게 한 것이다. 당시 한국 기능공 인건비는 영국의 20분의 1, 일본의 10분의 1 수준이었다. 더구나 당시의 한국인 기술자들은 일과시간이 종료된 이후에도 밤낮없이 일했다. 기술력은 뒤처질지 몰라도 낮은 인건비에 비해 높은 생산성을 자랑했다.

김재관과 김훈철은 1970년 「조선공업 진흥계획」을 수립했고, 이를 토대로 정부는 1971년 조선입국을 선언했다. 이어 1973년 3월에는 김재관 박사가 책임을 지고 김훈철 박사가 준비한 「장기 조선공업 진흥계획」을 발표하는데, 이 계획은 육성 정책 초기에 상품 판매, 차관 도입부터 종합적인 기술 도입과 산업계획 전반을 아우르는 명실상부한 대한민국 조선산업의 획기적인 청사진이었고, 대한민국 조선산업 성공에 결정적인 기여를 한다.

이 무렵 김재관은 상공부 차관보로 승진했다. 철강, 금속에 이어 조선업까지 책임지라는 국가의 명령이었다. 김재관은 차관보 발령을 받은 직후 김훈철과 함께 남해안 일대에 내려가 조선소를 위한 부지를 보고 다녔다. 거제도가 파도가 심하지 않아 조선소가 들어설 수 있는 적지였다. 당시 거제도는 민간인 출입이 통제되는 보안지역이어서 들어가기 위해서는 반드시 신분증이 필요했다. 그런데 김재관 박사가 신분증을 안 가지고 갔다.

"충성! 어디서 오셨습니까?"

헌병의 검문에 김훈철이 얼떨결에

"옆에 있는 사람(김재관 박사)은 나를 수행하려고 온 사람이니 들여보내 주게."

그렇게 겨우 검문소를 통과한 두 사람은 거제관광호텔에서 큰 자동차를 렌트해 온종일 거제도를 샅샅이 돌아다니며 열 군데가 넘는 조선소 후보지를 살펴보았다. 당시 거제도는 아주 낙후된 지역이어서 길이 아주 형편없었다. 당시 KIST 연구원 월급이 2만 원인데, 2만 원에 빌린 렌터카가 주저앉아 버렸다. 결국 2만 원을 더 주고 겨우 해결했다.

김재관과 김훈철은 충무공의 얼이 깃들인 거제도를 돌며 '대충무조선지역'이라는 단어를 만들어 냈다. 그리고 「대충무조선지역 설정안」을 충무공 탄신 428주년 기념일인 1973년 4월 28일에 동백꽃 사진과 함께 발표했다. 그들의 마음속에는 충무공처럼 나라에 대한 깊은 애정과 헌신이 가득 차 있었고, 대충무조선지역 설정안은 그들의 마음이 담긴 존경의 표시였다. 이때 작성된 「대충무조선지역 설정안」을 통해 거제도가 조선산업의 중심지로 선정되었고 거제는 지금도 조선산업 도시로 남아 있다.[26]

1976년 한국을 방문해 산업 시찰을 한 미국의 호니그 박사가 정주영

---

26 한국과학기술연구원, 『KIST 50년, 잊히지 않을 이야기』.

회장에게 울산의 현대조선소가 어떻게 만들어졌냐고 묻자 정주영은 이렇게 대답했다.

"KIST의 아이디어 덕분이죠(Idea from KIST)."[27]

그러면서 뒤에 있던 윤여경 박사를 툭 치며 "윤 실장, 이제 신세 갚은 거요" 하고는 서로 웃었다.

한국의 조선업은 김재관과 김훈철 두 사람의 머리에서 탄생했다. 조선업을 포함한 중공업 정책의 큰 플랜은 담당 차관보였던 김재관이 짰고, 조선업의 전략적, 기술적 문제는 김훈철이 해결하였으며, 선박 건조는 정주영이 실현했고, 판매는 애플도어의 제임스 티스데일 부사장과의 협조로 해결했다. 티스데일은 막걸리를 즐기고 한국을 사랑했다. 김훈철과 티스데일은 계단이 곧 무너질 듯한 무교동의 허름한 막걸릿집에서 한국의 조선산업 발전에 대해 열띤 토론을 벌였다. 세계 1등 조선 강국 대한민국은 그렇게 태동한 것이었다.

당시 한국이 처음으로 30만 톤의 거대한 유조선을 만들면서 습득한 기술은 오늘날까지 한국의 조선산업을 지탱하고 있는 중요한 기술이다. 현재 한국은 유조선과 화물선 분야에서 일본을 제치고 세계 1위이다.

국방산업의 기틀을 만들다

포항제철소 설계는 끝났다. 4대 핵심공장 건설 계획도 완료되었다.

---

27 위의 책.

세계적으로 유례 없는 산업화의 성공을 가져온 대한민국 100년의 설계도가 하나하나 조각이 맞춰지며 완성되어 가고 있었다. 이 모든 것의 중심에는 김재관 박사가 있었다. 대한민국 중공업의 기반, 아니 산업화 100년의 기반은 이렇게 김재관 박사의 책임하에 하나씩 하나씩 완성되어 간 것이다.

이즈음 1970년 2월, 리처드 닉슨 미국 대통령은 의회에 보낸 외교교서에서 "강대국의 핵에 의한 위협의 경우를 제외하고는 내란이나 침략에 대하여 아시아 각국이 스스로 협력하여 그에 대처하여야 한다"는 것을 골자로 한 5개항의 이른바 '닉슨 독트린(Nixon Doctrine)'을 세계만방에 공포한다. 베트남전의 늪에서 빨리 빠져나와야겠다는 것이 주된 이유였지만, 그 바람에 대한민국도 직격탄을 맞는다. 이는 박정희 대통령이 방위산업을 육성해 자주국방의 의지를 다지는 계기가 되어, 국산 무기 개발 프로젝트인 '번개사업'에 이어 1971년 12월 국방과학연구소(ADD)에 미사일 개발을 극비 지시하게 된다.

그리고 1972년 2월, 박정희 대통령은 김재관 박사에게 중차대한 역할을 맡긴다. 국방과학연구소 부소장이 그것이다. 신응균 초대 소장(예비역 육군 중장)이 1년 6개월 만에 물러나고, 심문택 박사가 제2대 소장으로 취임하면서 무기 개발의 중차대한 중책을 김재관 박사에게 맡긴 것이다. 화학을 전공한 심문택 소장도 방산 무기 중에서도 가장 핵심인 미사일 개발에 필요한 철강과 기계를 두루 아는 유일한 전문가인 김재관 박사를 천거했으니 박정희 대통령과 이심전심이었다. 말이 부소장이지, 소장의 역할이 정무적인 것 중심인 점을 고려하면 사실상 국방기술개발의 총책임을 맡긴 셈이다. 대통령의 기대대로 김재관은 KIST에서 자신이 기획한 4대 핵심공장 산업을 무기산업과 연계하여 개발함으로써 대한민국의 국방산업을 성공시키는 데 핵심적인 역할을 하게 된다.

심문택은 한 성격 하기도 하고, 결단력이 아주 무서운 사람이었다. 국방과학연구소로 발령된 그날 심문택, 김재관, 김훈철은 바로 한산도 앞바다로 간다. 그리고 충무공 사당에 들러서 서약한다.

"국가를 위해 목숨을 걸고, 물러남 없이, 임전무퇴의 자세로 국방기술을 완성한다."

당시 박정희 정부에 국방과학은 최우선 과제였다. 김신조 사건, 푸에블로호 피랍, 무장공비들의 계속되는 도발과 함께 주한 미군 철수 문제가 대두되고 있었고, 북한에 비해 상당히 열세인 군사력은 대한민국의 안녕에 중차대한 도전이었다. 박정희 정부에 국방기술 개발은 국가의 미래가 달린 중차대한 문제였다. 6·25전쟁 직후부터 쓰고 있던 재래식 무기와 미군이 남기고 간 무기만으로 북한을 상대하기에는 역부족이었다. 무기의 현대화가 매우 시급했고, 정부로서는 국방과학 연구를 통해 신무기를 개발하는 것이 매우 중요한 일이었다. 또한 박정희 대통령은 포병 장교 출신으로서 첨단과학이 얼마나 중요한지를 잘 알고 있었다. 포병은 단순히 포탄을 쏘는 역할에 그치지 않고 각종 화기의 특징과 제원을 알고 현장 전투 상황에 따라 적절히 무기를 동원해야 하는 임무를 갖고 있다. 동원된 야포나 고사포, 박격포 등의 성능이 떨어지면 전쟁에서 질 수밖에 없다는 것을 수많은 전투를 통해 알고 있었다. 그러한 문제를 극복하는 일은 국방과학, 과학자와 공학자의 손에 달려 있다는 것을 대통령은 누구보다도 잘 알고 있었다.

국방과학은 이름대로 무기를 연구하는 것이고 무기의 핵심은 금속,

그중에서도 특수강이다. 특수강으로 만든 각종 대포와 화기를 현대적으로 개량하는 것이 목표였다. 즉, 무기 현대화는 곧 특수강 분야의 현대화인 것이다. 그리고 특수강의 전문가는 대한민국에 단 한 사람, 김재관박에 없었다. 독일에서 특수강으로 박사학위를 받고 귀국한 김재관 그에게 대통령이 새로운 임무를 부여한 것이다. 그리고 그 임무는 국가의 안녕을 보호할 중차대한 임무였다.

김재관은 심문택 소장과 함께 국방사업 개선에 나섰다. 국방과학연구소에서 추진한 사업들에는 '번개사업', '율곡사업' 등의 이름이 붙었고, 사업별로 두세 명의 부소장이 있었으나 김재관이 총괄부소장의 역할을 한다.

번개사업은 정밀유도무기를 개발하는 사업으로, 1971년 11월 박정희 대통령이 김정렴 비서실장을 통해 지시한 것이다. 대통령은 단 2개월 후인 12월 30일까지 만들어야 할 무기 시제품 품목을 직접 정해서 지시하였다.

1) M2 카빈 소총 10정

2) M1 소총 자동화를 통한 MX 2정

3) M1919 A4 및 M1919 A6 각 5정

4) 60mm 박격포 M19 4문, 81mm 박격포 M29 6문, 경량 60mm 박격포 2문

5) 3.5인치 로켓포 M20 A1 및 M20 B1 각 2문

6) MK2 수류탄 300발

7) M18 A1 20발, M15 대전차지뢰 20발

이 제품들은 대부분 특수강으로 만든다. 문제는 시간이었다. 단 2개월에 이러한 무기의 샘플을 제작하기란 쉬운 일이 아니었다. 그러나 대통령의 지시였으므로 12월까지는 무조건 만들어 내야 했다. 다시 두 달간 밤샘 작업이 이어졌다. 각종 병장기에 들어가는 철강에 텅스텐, 마그네슘, 아연 등을 목적에 따라 혼합한 특수강으로 대포와 로켓포, 대전차지뢰 등을 설계했다. 특히 아연은 포탄이 포신 속을 매끄럽게 통과하게 하는 필수 물질로 대포 설계에 반드시 필요한 금속이다. 김재관은 뮌헨공대 유학 시절 2차 세계대전 때 독일이 설계한 함포와 대포의 금속 조성에 대해 배웠다. 다시 한 번 실력을 발휘했다.

12월 24일, 새로 만든 무기를 가지고 실제 사격을 시연했다. 이때 만든 바주카포도 시연에 들어갔다. 단 50일 만에 급하게 만든 것이지만 제대로 발사되어 표적을 명중했다. 나머지 시제품들도 아무 이상 없이 작동했다. 1차 번개사업은 성공했다.

이에 만족하지 않은 박정희 대통령은 1972년 제2차 번개사업을 지시했다. 1972년 1월부터 3월 말까지 단 3개월의 시간이 주어졌다. 이때도 역시 실사격으로 시험을 실시했고, 성공적으로 끝났다. 기본 병장기의 개발이 완료된 것이다.

그러나 대통령은 더 높은 곳을 바라보고 있었다. 바로 미사일 개발이다. 주한 미군 철수론이 대두되고 있었고, 그럴 경우 우리나라는 자주국방 능력을 갖춰야만 했다. 더구나 그때까지는 북한이 남한보다 경제력과 군사력에서 앞섰다. 우리가 경제적으로 북한을 추월한 건 1974년의 일이다.

다행히 무기와 미사일에 관해 세계적인 석학으로 꼽히는 이경서 박사가 있었다. 그는 MIT 기계과에서 석·박사학위를 취득하고 미국에서 연구원 생활을 하고 있었다. 최형섭 소장이 직접 미국으로 찾아가 삼고초려한 끝에 이 박사도 조국을 살리겠다는 마음으로 귀국을 결심했다. 그렇게 해서 이경서 박사의 손에 의해 대한민국의 미사일이 탄생한다.

김재관을 부소장으로 한 국방과학연구소, 충무공 앞에서 목숨 걸기를 맹세한 그들은 대한민국 국방과학의 기틀을 마련하고 획기적인 성공과 진전을 이루게 되며, 대한민국 국방산업에서 전 세계적으로 전무후무한 업적을 이룬다. 이를 통해 국제적인 경쟁력을 가진 대한민국으로 발돋움하는 기반을 마련한다.

제6장

100년을 내다본 자동차산업 구상

최초의 고유 모델 '포니' 산파역

최초 중공업차관보

1972년 어느 날.

청와대 한켠에서 영화가 상영됐다. 시중에서 볼 수 있는 상업영화도, 해외 유명 영화도 아니었다. 그날 청와대에서 흘러나온 영상은 바로 북한이 만든 것이었다. 북한의 공업화 현황을 컬러 필름으로 제작하여 자신들의 능력을 과시하기 위해서 만든 일종의 홍보 영상이었다. 북한이 지은 최첨단 공장들의 모습이 소개되었고, 김일성이 그 공장들을 찾아가 시찰하는 모습이 담겨 있었다.

그 자리는 그 자체로 국무회의였다. 대통령과 국무총리, 부총리 및 각 부 장관, 각 부처 국장들이 참가한 대규모 영화 상영회였다. 박정희 대통령은 영화를 보는 내내 무거운 얼굴로 담배를 뻐끔뻐끔 피웠다. 공업을 비롯해 북한의 경제력이 남한을 압도하고 있었던 것이다. 그 자리에 있는 누구도 현실을 부정할 수 없었다. 그때까지만 해도 남한은 북한에 비해 경제력으로나 공업화에서나 열세였다.

영화를 다 본 대통령의 표정은 침통했다. 1968년 1월 21일, 무장공비 김신조 침투 사건 이후 국방력을 강화하고 있었고 국방력의 근간이 되는 중공업의 발전을 일관되게 추진하고자 했으나 쉽지 않았고, 여전히 남한은 북한에 뒤처져 있었다. 영화를 보며 대통령은 생각했다.

'이러다가는 북한에 한참 뒤처질 수밖에 없고, 또다시 북한이 침공을 한다면 속수무책으로 당할 수밖에 없겠어. 경공업으로는 한계가 있다. 중공업을 더 빠르게 추진해야 한다. 더 이상 지체할 시간이 없다.'

박정희 대통령은 이 생각을 바로 실행에 옮긴다. 그리고 이 중차대한 일을 맡을 사람은 국방과학연구소 김재관 박사밖에 없다는 것 또한 알고 있었다. 대통령은 김재관을 위해 아예 전에 없던 새로운 직제를 만들기로 한다. 바로 상공부의 '중공업차관보'다. 그동안 경공업 중심의 산업 정책 하에서 정부 조직에는 중공업을 전담해서 추진할 중추 조직이라고 할 만한 것이 없었다. 상공부 내에 중공업을 전담할 수 있는 조직을 만들고, 전문가인 김재관 박사를 배치해 전략적이고 거시적인 차원에서 중공업과 방위산업을 동시에 일으키겠다는 것이 대통령의 구상이었다. 대한민국 100년의 가장 큰 변화로 꼽힐 중화학공업화를 이끌어 나갈 그 자리에 철강과 금속 전문가인 김재관이 배치된 것이다.

김재관이 중공업차관보에 임명된 1973년은 고도성장 및 중화학공업화를 목표로 한 제3차 경제개발 5개년계획 2년차에 접어든 해였다. 그

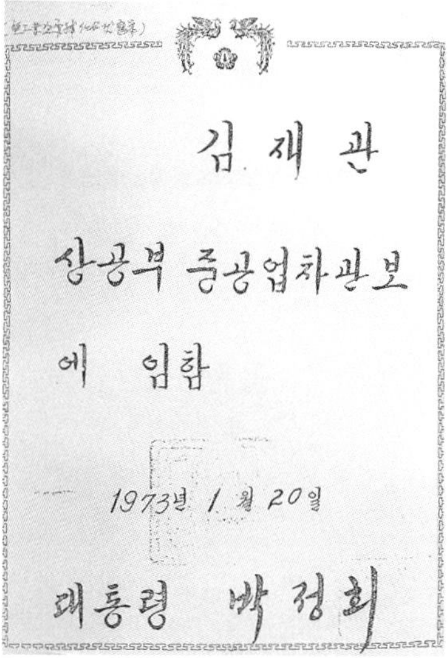
김재관

상공부 중공업차관보

에 임함

1973년 1월 20일

대통령 박정희

김재관 박사의 상공부 중공업차관보 임명장(1973. 1. 20)

러나 3차 5개년계획은 아직 이렇다 할 속도를 내지 못하고 있었다. 두 해 전인 1971년 8월 미국의 닉슨 대통령이 발표한 달러 방위 정책, 이른바 '닉슨 쇼크'가 전 세계를 강타해 국제 통화 질서가 요동쳤다. 특히 대미 수출 의존도가 특히 높은 우리나라와 일본, 중남미 등이 직격탄을 맞았다. 이런 상황에서 중공업을 일으키기 위해서는 특단의 조치가 필요했다.

박정희 대통령은 1964년 서독을 방문했을 때 뮌헨에서 김재관이 건넨 「한국의 철강공업 육성방안」 보고서를 잊지 않고 있었다. 그래서 1호 유치과학자로 유일하게 미국 밖에서 공부한 김재관을 KIST로 불렀다. 이후 대통령은 만찬 같은 데서 김재관을 마주치면 일부러 김재관 앞으로 다가와 "김 박사 잘 계십니까?" 하고 먼저 인사를 건넬 정도로 그에게 각별한 관심을 가지고 있었다. 김재관을 최초의 중공업차관보로 발탁한 것도, 불가능해 보이던 포항종합제철 사업을 성공시키고 4대 핵심공장과 조선업을 일으키는 등 중공업을 성공적으로 기획하고 총괄해 온 김재관의 능력을 오랫동안 봐 왔고, 그에 대한 높은 신뢰가 있었기 때문이다. 이번에는 그에게 국가의 안보와 미래가 달린 중차대한 국가전략적 과업의 기획과 추진을 맡기려는 것이었다.

대통령은 ADD에 발령 낸 지 1년도 안 된 김재관을 불러냈다.

"김 박사, 이제 본격적으로 중공업을 키워야 할 때가 온 것 같소. 상공부 내에 새로 자리를 마련할 계획이니, 임자가 맡아서 추진하시오."

국방과학연구소 총괄부소장을 맡아 무기 개발을 은밀히 추진하면서 박정희 대통령에게 직접 보고해야 할 일들이 있었지만, 이런 중차대한 임무를 직접 대통령이 맡기니 앞뒤 생각할 겨를이 없었다.

"네, 각하. 책임지고 추진하겠습니다."

이런 날이 올 것을 이심전심으로 알고 있었을까, 대통령도 김재관도 담담했다. 그러나 김재관의 가슴속 한켠은 벅차기도 했다. 한국의 중공업 발전을 위해서 그동안 구상해 온 커다란 그림을 이제 하나하나 구체적으로 실현시킬 때가 온 것이 아닌가!

국산 자동차산업 구상

김재관은 중공업차관보를 맡기 전부터 한국의 중공업을 발전시키는 데서 더 나아가 대한민국의 명운을 바꿀 중차대한 일들을 기획하고 실행하고 있었다. 첫째가 중공업의 기반이 되는 철강산업, 둘째가 4대 핵심공장 건설, 셋째가 조선산업의 육성이었다. 이 계획들은 순조롭게 진행되고 있었으나, 국가의 숙원 사업이면서 오랫동안 해결하지 못하고 있는 문제가 남아 있었다. 네 번째, 바로 국산 자동차 개발이었다.

자동차산업은 오늘날 반도체와 더불어 한국을 대표하는 산업이다. 동아시아의 산업화 신화가 어떻게 성공했는지 비밀을 파헤친 조 스터드웰은 『아시아의 힘(How Asia Works)』(2013)에서 한국이 산업 발전에 성공한 결정적 비결 중 하나로 자동차의 국산화를 꼽았다. 2010년 현대자동차는 기아자동차와 함께 전 세계에서 570만 대의 자동차를 판매하여 포드와 나란히 세계 4대 자동차회사가 됐고, 현대자동차그룹의 정몽구 명예회장은 2021년 자동차 명예의 전당에 헌액되었다. 자동차산업이 중요한 것은 고용, 수출, 국방에 미치는 영향 때문이다. 자동차 한 대에 수만 개의 부품이 들어가, 완성차 업체를 제외하고 국내 자동차부품 생산업체만 약 4,500개로 전체 제조업의 6퍼센트를 차지한다. 자동차산업의 고용 인원은 약 190만 명으로 우리나라 총 고용 인원의 7.1퍼센트에 해당한다. 반도체 관련 기업이 360개인 것과 비교하면 자동차산업이 경제에 미치는 영향은 어마어마하다. 캐나다, 멕시코, 말레이시아, 태국 같은 나라들도 아직까지 자국 자동차산업 육성에 성공하지 못한 것만 봐도 한국이 세계 굴지의 자동차 강국이 된 것은 기적이라 할 수 있다.

우리나라 자동차산업은 6·25전쟁 이후 국군과 미군이 남긴 차량의 부품을 재개조하는 형태로 시작되었다. 1955년의 '시발(Sibal)' 자동차였다. 박정희 정부는 1962년 4월 '자동차공업 5개년계획'을 수립하고 '엔진과 완성차 제조의 일원화'를 내세웠다. 일원화란 중대형 상용차 제조사 1개, 1천cc 이하 소형 승용차 제조사 1개, 가솔린 및 디젤엔진 공장 1개를 지정하여 집중 육성하는 것을 의미했다. 중대형 상용차 제조사로는 시발자동차, 소형 승용차 제조사로는 새나라자동차, 디젤엔진 제조사로는 한국기계, 가솔린엔진 제조사로 기아산업이 지정되었다.

하지만 일원화 계획은 기대와 달리 실패를 맞이하게 되었다. 주요 이유는 우리나라가 트랜스미션, 액셀러레이터 등 주요 부품을 생산할 역량이 갖춰지지 않아, 일부 부품을 수입하는 부분조립생산(SKD, 세미넉다운) 방식을 채택할 수밖에 없었기 때문이다. 비싼 값에 부품을 수입하는데다 수제식 제조 방식인 탓에 수익성이 터무니없이 낮았다. 김재관은 당시 상황을 이렇게 술회한다.

> 외국 모델 부품의 도입에 의한 경제적 생산단위 이하의 조립생산은 필연적으로 생산원가가 높아 수요가 한정되어 대량생산이 불가능하고, 대량생산 불가능으로 만성적인 품질불량과 가격경쟁력 상실의 악순환을 되풀이하게 된다. 그리고 승용차의 '모델'은 모델 보유회사의 자본력, 기술력 및 생산능력의 결정체로서 기업의 성패를 좌우하기 때문에 모든 다국적 기업은 '모델'의 개발과 도입권만은 독점적이고 전횡적으로 운용하고 있다.
>
> 또한 모델의 개발과 도입 주도권이 없는 국가나 자동차회사는 궁극적으로 모델 보유 회사 제품의 하청 조립이나 부품 생산 거점으로 예속되든가 또는 모델 보유 회사에 흡수될 운명을 지니고 있다. 따라서 GM이나 토요타 등 기술을 가진 기업들에게는 이득이 되는 일이어서 그들은 결코 한국이나 중국, 태국 같은 개발도상국

> 기업에 기술을 내주지 않으려 했다. 그간 공업화 발전에 크게 성공하였으면서도 소위 전통적인 국산화 정책에 얽매여 적정 시기에 정책전환을 하지 못한 나라들, 즉 대만을 비롯해 캐나다, 멕시코, 브라질 및 스페인 등 나라들은 모두 다국적기업 제품의 생산 및 판매 거점화되었다. 이들 나라들의 자주적 자동차공업 발전은 이제 불가능하게 되어가고 있다.

결국 시발자동차가 1964년 파산했고, 자동차 부품 국산화율은 1966년까지도 21퍼센트에 불과했다. 스터드웰은 동남아시아의 자동차 회사들이 자체 기술을 개발하지 않고 부분 조립 생산에 안주했기 때문에 산업 발전에 성공하지 못했다고 분석한다.

1967년 정부는 제2차 경제개발 5개년계획을 발표하면서, 자동차산업 정책의 의미 있는 변화로 '완성차 생산 경쟁 체제 도입과 부품 생산 일원화'를 선언했다. 당시 국내 승용차의 연간 생산 대수가 약 2만 대에 불과했기 때문에 정부는 부품의 원가 절감을 위해서는 일원화가 필요하다고 판단했다. 그에 따라 해외 기업과 기술제휴 계약을 체결하고 토지·자본·설비에서 요건을 갖춘 기업에 자동차공장 설립을 허가하고, 그 대신 부품의 국산화율을 높이도록 요구했다. 이 시기에 피아트와 기술제휴 계약을 체결한 아세아자동차, 그리고 포드와 손을 잡은 현대가 새로운 완성차 업체로 등장했다.

그럼에도 불구하고 부품의 국산화는 제한적으로 나타났다. 완성차 업체 3사가 이미 부분 조립 생산 체제를 도입해 상당한 양의 수입 부품으로 차를 생산하는 상황에서 부품 간 기능과 대응 관계가 치밀하게 연계

되지 못했기 때문이다. 또한 1962년에 제정된 「자동차공업보호법」에 따라 수입 부품에 세금이 면제되었기 때문에 기업들은 손쉬운 부품 수입을 선호했다. 1969년 말 기준 국산화율은 업체별로 10~38퍼센트에 머물렀고, 그 결과 자동차부품산업의 성장은 지체되었으며 막대한 무역수지 적자에 직면해 있었다. 승용차 생산 대수는 1966년 3,117대에서 1969년 1만 9,494대로 급증하였으나, 1972년 9,525대로 다시 내리막에 들어섰다.

"자전거도 못 만드는 나라에서…"

중공업차관보에 임명되기 전부터 김재관은 자동차산업을 철강 다음으로 중요한 산업으로 생각하고 있었고, 이미 준비에 들어간 상태였다. KIST에서 중공업 계획을 본격적으로 추진하기 훨씬 전, KIST에 오자마자 김재관은 대한민국 자동차산업의 운명을 바꿀 중요한 보고서를 준비한다. 바로 1970년 1월에 내놓은 「표준형 차체 개발사업 기획서」이다.[28] 김재관은 자동차산업의 높은 경제적 파급효과에 주목하고, 동일한 고유 모델의 반복적인 생산, 즉 '표준차형'을 개발하여 수출산업으로 발전시켜야 한다는 계획을 담은 이 보고서를 혼자서 준비했다. 보고서는 같은 시기 발표된, 대한민국 자동차산업을 본격적으로 일으킨 「장기

---

28 곽기호, "한국 자동차 산업의 태동과 KIST: '장기 자동차공업진흥계획'과 승용차 고유모델 '포니'의 탄생을 중심으로", 『기술혁신연구』 제27권 5호(2019), 39-73쪽.

김재관 박사가 KIST에서 작성한
「표준형 차체 개발사업 기획서」(1970. 1. 22)

자동차공업 진흥계획」의 출발점이 된다.

김재관은 KIST에 온 지 얼마 되지 않아서 김기형 당시 초대 과학기술처장관을 만나 자동차산업 국산화가 얼마나 중요한지, 장차 자동차 국산화가 한국 산업 발전에 어떻게 핵심이 될 것인지 강한 소신을 피력한다. 국산화율이 30퍼센트도 될까 말까 한 1969년의 일이었다. 국내 총수요가 3만 대도 채 안 되었고, 국민소득 300달러에 불과해 자가용은 꿈도 못 꾸고, 조립 수준의 생산기술로 본격 자동차산업은 엄두도 못 내던 때다. 그러나 자동차산업의 발전은 대한민국 발전의 원동력이 되므로 반드시 일으켜야 한다며 김재관은 정부의 관심과 지원을 요청했다. 그는 자동차의 산업연관효과가 크고, 우리나라가 수출산업을 육성하지 않으면 안 되는데 당시 세계적으로 단일 품목으로는 수출액이 가장 큰 산업이 자동차라는 점을 강조했다. 부존자원이 없는 한국은 수출만이

살길이므로 자동차산업을 꼭 해야 한다고 김기형 장관을 설득했다.

김기형은 서울공대 화학공학과를 나와 미국 펜실베이니아 주립대학에서 공학박사를 취득한 전형적인 테크노크라트였다. 그는 김재관의 말에 공감하면서도, “자전거도 못 만드는 나라에서 어떻게 자동차를 만들겠습니까?”라고 반문했다. 사실이었다. 자동차산업은 막대한 자금이 소요될 뿐만 아니라 기술력 면에서도 당장 일으키기에는 부족한 점이 많았다. 그러나 김재관은 물러서지 않았다. 혼자서 그 원대한 계획을 만들기 시작한다. KIST에 온 이후 누구의 지시도 도움도 없이 만든 「표준형 차체 개발사업 기획서」가 바로 그것이다. 기획서에는 3년에 걸친 표준차형 개발 로드맵과 소요 예산 등이 상세히 담겨 있었다.

「표준형 차체 개발사업 기획서」는 1970년 9월 김학렬 부총리의 위촉을 받아 발간하는 연구보고서 「중공업 발전의 기반」에 포함된다. 보고서에서 김재관은 자동차산업 역시 포항제철소 설립처럼 정부가 공공사업으로 주도해 나가야 한다고 역설했다. 또한 장기적인 시각에서 경제적 생산 기반을 확립할 것과, 우리나라의 여건에 맞는 고유 모델의 국민차를 생산할 것을 제안했다.[29]

기존의 정책은 외국 자동차를 카피해서 부분 조립만 가능한 형태였으며, 이런 방식으로 자동차를 제작했을 경우 외국 시장에는 수출할 수 없는 내수용으로만 끝날 가능성이 있었다. 선진국에서 부품을 사다가 조립 판매만 해서는 해외 자동차 대기업의 하청공장으로 전락하여 수출도 할 수 없다는 얘기다. 김재관은 자동차 판매가 국내로 한정된 부

29 위의 글.

분 조립 생산 방식은 효율이 낮은 탓에 부품의 국산화와 품질 개선이 어려워 만성적 외제차 수입의 악순환으로 이어지고 있는 것을 꿰뚫고 있었다. 그래서 그는 자동차산업 구상 초기부터 부품의 국산화를 통한 '메이드 인 코리아', 즉 완전한 국산 자동차를 목표로 전략을 짠 것이다. 기반기술이 없는 후진국은 꿈도 꿀 수 없는, 당시로서는 불가능에 가까운 구상이었다. 그러나 기계, 금속, 자동차에 이르기까지 선진국의 전문가들과 어깨를 나란히 한 당대 최고 전문가 김재관이었기에, 그렇게 하는 것만이 진정한 기술 독립이고 한국이 앞으로 걸어가야 할, 다른 선택이 있을 수 없는 유일한 길이라고 보고 있었다. 그리고 어떻게 하면 그것이 가능할지, 큰 구상과 전략을 이미 준비한 상태였다.

그러나 자동차산업은 중공업 정책의 기반이 된 「한국 기계공업 육성방안」에서 제외되고 만다. 이유는 역시 실현 불가능하기 때문이라는 것이었다. 조립 생산만 하던 당시의 기술 수준으로 고유 모델 자동차를 생산한다는 구상에, 중공업 정책을 김재관과 함께 만든 김훈철과 해리 최도 반대할 정도였다. 당시 국내 자동차산업은 조립 대수가 연간 총 3만 대도 되지 않았다. 자동차산업을 꿈꾸기에 당시 1인당 국민소득 300달러는 너무 낮았다.

'그래도 자동차산업 육성은 반드시 필요하다.'

김재관은 굽히지 않았다. 자동차산업이야말로 대한민국 산업화의 핵심이며 기반이라는 강한 믿음을 가지고 있었고, 포기할 수 없었다. 아니, 포기해서는 안 되었다. 사랑하는 조국 대한민국을 위해서.

자동차 기술 독립을 외치다

김재관의 「장기 자동차 진흥계획」은 기술과 자금이라는 두 마리 토끼를 동시에 잡아야 하는 일이기에 여전히 회의적인 시각이 우세했다. 대표적으로 오원철 당시 경제2수석이 번번이 한국형 고유 모델 정책에 반대하고 나섰다.

김재관은 물러서지 않았다. 일신의 안위 따위는 안중에 없는 그는 비장한 결심을 한다.

'대통령을 독대해서 설득하는 수밖에 없어.'

바로 대통령 비서실에 전화를 걸었다. 상공부 차관보가 차관, 장관을 뛰어넘어 대통령에게 직접 면담을 요청한다는 것은 위계질서상 대단한 모험이었다. 자칫하면 상급자들, 특히 오원철 수석을 무시하는 행동으로 비칠 수 있다. 그만큼 김재관의 소신은 강했다. 김훈철은 이렇게 회고한다.

> 「기계공업 육성방안」(원제목 「중공업 발전의 기반」)에서 우리(KIST)가 스터디를 했는데 자동차는 안 된다고 다들 기권을 했다니까. 그거를 김재관 박사 본인이 상공부 차관보로 들어가서 한 거야. 그 고집쟁이 양반이. 친구이지만 꺾는 사람이 없어요. 그런데 일을 하려면 그런 게 있어야 합니다. 일을 하려면 자기의 철학이 있어서 자기가 믿을 수 있는 게 있어야지, 이 이야기 듣고 저 이야기 듣고 이러면 안 되는 거예요.

대통령 독대가 성사되었다. 김재관을 익히 잘 알고 있는 박정희 대통령은 흔쾌히 김재관의 면담 요청을 받아들였다. 그 자리에서 김재관은 고유 모델 자동차 정책을 추진하는 것이 얼마나 중요한지, 자체 기술이 없는 자동차산업은 사상누각이며, 자동차산업은 수만 개의 산업 파급효과가 큰 핵심 산업이라며 대통령을 설득했다. 대통령도 고심했다. 경제2수석을 비롯해 모두가 반대하는 정책을 어떻게 밀고 나갈 수 있을 것인가? 그러나 박정희는 누구보다 김재관을 신뢰하고 있었다. 불가능했던 종합제철 건립 프로젝트를 성공시킨 장본인이 아닌가.

수개월간의 고민 끝에 대통령은 결단을 내렸다. 그리고 김재관이 제안한 대로 '고유모델 자동차공업 육성'을 추진할 것을 김재관에게 지시했다. 이에 따라 상공부는 「장기 자동차공업 진흥계획」을 김재관의 보고서대로 수정하여 국내 자동차산업 동향과 국내 자동차 수요 추정, 그에 따른 육성 방향과 계획으로 급선회했다. 대통령은 이낙선 상공부장관에게 전화해서 김재관 차관보에게 전결권을 주고 고유 모델 자동차 정책을 추진하라고 지시했다. 또한 제3차 경제개발 5개년계획의 중화학공업 정책 중 자동차산업 정책이 '외국 모델 기반의 부품 국산화 정책'에서 '톱다운 고유 모델 확보 및 수출·양산화 정책'으로 바뀐다.[30] 그러나 이를 계기로 김재관과 오원철은 멀어지게 된다.[31]

김재관은 자동차 고유 모델을 개발하는 데 전력투구하기 시작했다. 그리고 1973년 6월, 고유 모델 자동차의 비전과 전략을 담은 「자동차공업육성 5개 기본원칙」을 작성하였고, 기존 「장기 자동차공업 진흥계

---

30 위의 글.

박정희 대통령이 1972년 5월 30일 청와대 수출진흥확대회의 직후 그달의 수출품으로 전시된 자동차 부품들에 대해 김재관 중공업차관보로부터 설명을 듣고 있다.

획(안)」은 1973년 7월 12일 김재관 안으로 수정되어 「장기 자동차공업 진흥계획(안): 한국형 승용차의 양산화」라는 제목으로 청와대 회의에서 채택된다. 곧이어 「자동차공업 육성」 공고가 발표되었다.

외국에서 생산 시판된 일이 없는 고유 모델 승용차의 양산화 사

---

31 김학렬 부총리가 1972년 1월 건강상 이유로 사임(2개월 뒤 3월 별세)하면서 경제기획원의 개입이 급격히 약해지고, 오원철 수석은 경제기획원·KIST와 대립각을 세우던 총리실 산하 '중화학공업추진위원회 기획단'(단장 오원철)에서 가장 중추적인 역할을 해야 할 김재관 당시 중공업차관보를 배제하게 된다(위의 글). 그 결과 대한민국의 중공업에 기반한 산업화 성공 역사에서 오랫동안 KIST의 핵심적인 역할과 기여가 제대로 조명받지 못했다.

업에 참여하고자 하는 회사는 1973년 8월 5일까지 사업계획서를 제출 요망한다.

당시 프로그램에 참여할 정도로 능력이 증명된 아세아자동차, GM코리아 및 자동차산업에 관심을 보이던 기아산업(삼륜화물차 생산업체)은 모두 상공부의 제의를 거절한다. 이 회사들은 국내의 연간 자동차 수요가 전체 3만 대도 안 되는 시점에서 각 회사마다 5만 대의 고유 모델 양산을 위한 대규모 투자를 하는 데 대해 모두 무모한 정책이라고 반발하고 나섰다. GM코리아가 제일 먼저 고유 모델 생산 계획을 포기하고 독일의 부품 공급사 오펠의 부품을 수입해서 조립 판매하겠다고 선언했다. 뒤이어 기아산업 역시 경제성을 내세워 거부했다. 기아는 일본제 소형차의 부품을 수입해 브리사를 조립 판매하는 데 열중했다.

'자동차 차관보'

마지막으로 남은 현대자동차는 당시 자동차 제조업에 뛰어든 지 6년밖에 안 되었고 조립 실적도 연간 7천 대밖에 되지 않는 작은 회사였다. 정주영 현대자동차 회장은 포드자동차 회사와의 합작 계획이 1973년 초에 무산되어 고립무원의 처지에 있었다.

1973년 어느 날, 김재관 차관보는 정세영 현대자동차 사장을 광화문 정부종합청사에 불렀다. 정세영과 차 한 잔을 나눈 후 그를 정부청사 8층 창가로 데리고 갔다.

"정 사장, 저 창밖의 차를 보시오. 거의 대부분이 일본산 차입니다. 거리를 가득 메우고 있는 일본산 자동차를 국산차로 몽땅 바꿀 수 있도록 정 사장이 나서야 합니다. 정부는 정 사장이 국산차를 완성해서 서울시내 거리에 국산 자동차가 달릴 수 있도록 적극적으로 협조할 것이오."

정세영 사장과 함께 들어간 현대차의 간부들이 웅성거리기 시작했다. 조립 생산도 겨우 하는데 고유 모델 자동차를 만들라니, 모두가 말도 안 되는 얘기라고 생각하고 정 사장에게도 반대 의견을 제시했다. 잠시 생각에 잠긴 정 사장은 김재관 차관보에게 "하루만 시간을 주면 다시 와서 어떻게 할지 알려드리겠다"고 말했다.

정세영은 회사로 돌아와 간부회의를 소집했다. 역시 간부들 모두 반대였다.

"고유 모델은 불가능합니다. 현재 코티나를 조립하고 있지만, 그 조립 도면조차 제대로 카피도 못 하는 실력으로 어떻게 고유 모델을 설계해서 만들겠다고 그러십니까?"

당시 국내 최고의 기술자인 윤모 상무의 반박이었다. 일리가 없는 말도 아니었다. 자동차산업은 장치산업이다. 라인을 까는 데만 요즘 돈으로 5천억 원 이상이 들어간다. 거기다가 차 한 대에 2만 개의 부품이 제대로 만들어져 조립되어야 한다. 조립 라인의 사원 수천 명도 새로 교육시켜야 한다. 자칫하다간 현대그룹 전체가 도산할 수도 있는 모험이었다.

정세영은 형인 정주영 회장을 찾아갔다. 정주영은 당시 현대조선(오늘날의 현대중공업) 건설 현장을 진두지휘하고 있었다. 무려 70만 톤짜리 드라이독의 완공과 동시에 26만 톤 선박을 건조하느라 울산의 현장에서 바삐 뛰고 있었다.

정세영으로부터 사안을 전해 들은 정주영도 고민했다.

'조선회사 하나 만드는 것도 힘이 드는데 거기다가 자동차까지….'

정주영은 동생 정세영과 함께 정부종합청사로 들어가 김재관 차관보와 마주 앉았다. 자동차산업의 설계자인 주무 차관보의 의견을 직접 들어 보고 싶었던 것이다. 이날의 대화는 정세영 추모집 『포니정 나의삶 나의꿈』(2015)에 생생히 기록돼 있다.

김재관이 먼저 말문을 열었다.

"정 사장, 정주영 회장께서 우리의 숙원 사업이었던 조선을 시작했으니 정 사장은 우리 고유의 자동차를 만들어 내야 하지 않겠소?"

정주영은 묵묵히 듣고만 있었다. 기업가로서 너무나 큰 결단을 해야 하는 순간이었기 때문이었다.

'자동차 고유 모델 개발이라….'

정주영은 그 말이 얼마나 어려운 것인가를 포드 자동차와의 합작 실패를 통해 통절하게 깨달은 바 있다. 한국의 기술이 과연 그만큼 될 것인가….

"차를 만들자면 우선 금형 값이 많이 들 텐데, 금형 값을 절약하려면 모델을 변경하지 않는 차를 만드세요. 충분한 지원은 못 되더라도 정부가 해 줄 수 있는 지원은 최대한 해 드리겠습니다."

금속 전문가다운 김재관의 제안이었다. 자동차산업의 핵심은 금형이다. 독일의 명문 대학에서 금속학으로 박사학위를 받은 전문가의 제안이어서 정주영은 믿음이 갔다. 약속 자체도 구체적이었다. 형제는 김재관의 말에 큰 용기를 얻었다. 정주영이 말했다.

"차관보님, 우리가 해보겠습니다. 쉽지는 않겠지만 해보겠습니다."

세계를 주름잡을 대한민국 자동차산업이 탄생하는 순간이었다.

훗날 정주영은 그때의 결단이 인생에서 가장 성공한 결단이었다고 회고했다. 김재관 박사의 미래를 꿰뚫은 고유 모델 자동차 정책과 정주영·세영 형제의 결단이 오늘날 한국을 세계적인 자동차 대국으로 만든 것이다. 정세영 사장은 김재관을 "적지 않은 격려를 해 준 고마운 사람"이라고 회상하며, 그를 '자동차 차관보'라고 불렀다고 기억한다.

국민차 포니

다른 모든 회사와 현대의 중역들마저 반대한 데서 보듯 고유 모델 승용차를 만든다는 것은 선언으로만 되는 것이 아니었다. 무엇보다 기술력이 너무나 뒤처져 있었다. 당시 국내에는 자동차 설계와 디자인을 할 수 있는 인력이 없었다. 정부는 현대에게 영국의 바클레이스 은행과 프랑스 수에즈 은행으로부터 빌린 5,675만 달러의 차관에 대한 지급보증서를 발급하고, 외국의 자동차 설계 회사들을 연결해 주었다. 정부의 적극적인 의지 덕택에 현대 내부에서도 반대와 우려의 목소리가 잦아들었다.

현대차의 첫 번째 모델이 바로 국민차로 잘 알려진 포니(PONY)다. 포니라는 차명은 공모를 통해 정했는데 수출을 염두에 둔 이름이었다. 현대차는 포니의 개발 콘셉트를 1) 4도어 세단, 2) 1,200~1,400cc급 5인승, 3) 휠베이스 2,340mm, 4) 세계 표준 규격에 맞는 설계기준, 5) 국산 부품 사용의 다섯 가지로 잡았다.

정세영 사장은 디자인 문제를 해결하기 위해 자동차 디자인 선진국인 이탈리아의 토리노로 날아갔다. 그곳에서 이탈디자인(Italdesign)의 조르제토 주자로를 만났다. 주자로는 자동차뿐만 아니라 가전 등 여러 분야에서 활약하는 세계적인 디자이너로서 폴크스바겐, 피아트, 마세라티 등의 자동차를 디자인한 대가였다. 주자로는 이탈리아까지 날아와 직접 자동차 디자인을 부탁하는 정세영의 열정에 감동했고, 1973년 9월 자동차 디자인을 시작했다. 현대자동차는 또 영국 브리티시 레일랜드의 유명한 자동차 엔지니어 조지 턴불을 부사장으로 영입해 자동차 개발의 총괄책임을 맡겼다. 턴불의 영입에도 상공부 김재관 차관보의 도움이 컸다.

이러한 노력 끝에 현대자동차는 1974년 10월 이탈리아의 토리노 모터쇼에 최초의 국산 자동차 포니를 데뷔시켰다. 우리나라 초대 미스 코리아 출신으로서 당시 프랑스에 살고 있던 강귀희 여사가 대학생 딸과 토리노 행사장까지 날아왔다. 정세영 사장은 "토리노에서 그녀의 역할은 웬만한 외교관 이상이었다"라고 말했다.

"한복을 곱게 차려입고 세련된 매너와 유창한 프랑스어로 손님을 안내했는데, '한국 최초의 고유 모델 자동차'를 소개하는 '최초의 미스 코리아'는 실로 헌신적이었다."

세계 언론들은 포니에 대해 '선의 흐름이 수려한 차'라고 평했다. 한국인의 취향과 체격, 도로 사정에 맞는 차이면서 내구성도 좋다고 칭찬했다. 유럽의 3대 일간지이며 이탈리아에서 가장 많은 부수를 자랑하는 〈라 스탐파(La Stampa)〉는 1면 전체를 포니 관련 기사로 대서특필하면서 한 나라가 새롭게 고유 모델 생산국에 진입했다는 사실을 강조했다.

출시 당시의 포니(1976)

그로부터 2년 뒤인 1976년 정식으로 포니가 출시되었다. 포니는 출고되자마자 내수 시장의 50퍼센트를 석권했다. 첫해에 1만 726대가 팔렸고 에콰도르에 6대를 수출했다. 그리고 1978년 5만 44대 생산을 기록하며 「장기 자동차공업 진흥계획」의 목표였던 연산 5만 대를 3년 만에 달성했다. 포니는 이후 해외에서 한국의 이미지까지 제고하는 수출효자 노릇을 톡톡히 하게 된다.

한국의 마이카 시대는 이렇게 시작되었다. 포니 개발 성공은 전 세계에서 16번째, 아시아에서는 일본 다음으로 두 번째 고유 모델을 갖는 국가로 대한민국을 탈바꿈시켰다. 자동차 디자인 개발의 중요성에 눈을 뜨는 계기가 되었다. 부품의 국산화 및 수출산업화에도 크게 기여하였다. 현대차의 자동차 부품 국산화는 국내에서 생산되는 모든 자동차에 국산화된 부품이 공급되는 계기를 마련했다. 포니 자동차가 생산되던 초창기의 부품 국산화율은 60퍼센트대였으나, 1980년이 되면서 국산화율이 90퍼센트 수준에 이르렀다. 국내 모든 자동차회사가 거의 비슷한 수준이었다. 모든 것이 김재관의 구상대로 맞아떨어진 것이다.

포니 첫 출시 10년 만인 1986년 1월, 포니 엑셀 1천 대가 자동차의 본고장인 미국 시장에 수출되어 인기를 끌기 시작했다. 이때부터 한국산 자동차는 세계적으로 인정받기 시작했고 한국은 자동차도 만들 수 있는 공업국가라는 이미지를 얻었다.

고유 모델 정책이 성공할 수 있었던 배경으로 여러 가지가 꼽힌다.

첫째, 우리나라는 이미 1960년대부터 KIST에서 김재관 박사가 자동차산업 발전 정책을 연구했다.

둘째, 경제개발 5개년계획으로 제철, 기계공업 등 관련산업의 발전이 뒷받침되었다.

셋째, 경제개발계획의 성공으로 1인당 국민소득이 1974년 500달러를 넘는 경이적인 성장을 이루었다.

넷째, 국제 정치와 경제 상황이 한국에 유리하게 변화되었다.

그러나 그 무엇보다 가장 결정적인 성공 원인은 김재관 박사가 추진한 혁명적인 고유 모델 정책, 그리고 이를 실천에 옮긴 정주영 회장의 결단이었다.

외국의 경우 대만을 비롯해 캐나다, 멕시코, 브라질, 스페인 등의 나라들은 지금까지도 외국의 다국적 기업에서 부품을 사다가 생산하는데 그치고 있다. 한국이 그 당시에 자동차산업 독립을 이루지 못했다면 지금과 같은 자동차산업 발전은 불가능했을 것이다. 김재관의 고유 모델 자동차 비전과 정책은 대한민국 자동차산업의 역사를 바꾼다. 세계적으로도 자동차산업의 역사를 바꾼 사건이었다. 역사적으로 개발도상국이 고유 모델로 자동차산업을 시작한 적이 없고, 나아가 개발도상국의 자동차산업이 세계 4위의 자동차산업으로 성장한 사례는 더더욱 없었다. 한국 자동차산업의 쾌거는 개발도상국들에게 '해낼 수 있다'는 용기와 자신감을 심어 주는 대사건으로 기록될 만하다.

김재관은 KIST에서 대한민국 산업화의 핵심인 중화학공업의 기반을 마련하고, 4대 핵심공장을 기획하여 국방과학연구소에서 이를 무기 개발과 긴밀하게 연계시킴으로써 국방산업의 획기적인 성장의 발판을 마련하였다. 그리고 상공부 중공업차관보로서 중공업 정책을 구체적으로 추진하고, 고유 모델 자동차 정책을 실현시킴으로써 대한민국 산업화의 큰 그림을 완성했다. 그리고 그를 믿어 주는 박정희 같은 지도자, 그의 비전을 알아보고 호응한 정주영 회장과 같은 기업영웅들과 함께 대한민국을 일으켰다.

제7장

선진국 진입의 기반, 국가표준[32]

한국표준연구소와 국가표준 헌법

표준의 중요성

김재관 박사는 포항종합제철소의 설립을 성공적으로 이끌고, 4대 핵심공장과 조선산업을 포함한 중공업 발전의 기반을 마련하고, 자동차 산업의 핵심 근간을 마련하는 동안에도 끊임없이 '그다음'을 생각했다. '대한민국이 가난에서 벗어나 잘사는 국가가 되기 위해서는 무엇을 해야 하는가?'

김재관의 마음속에는 늘 조국을 발전시켜야 한다는 강한 사명감이 강박처럼 똬리 틀고 있었다. 그런 사명감이 아니었더라면 이 힘든 여정

---

32 이 장은 한국표준과학연구원, 『국민연구소 KRISS 40년, 40개 이야기』(행복에너지, 2015)의 내용을 참조하였다.

에 뛰어들 필요도 이유도 없었을 것이다.

당시 한국은 한 말, 한 되 단위로 쌀을 사고팔았다. 그러나 쌀가게마다 됫박의 크기가 조금씩 차이 났다. 쌀의 양을 속이기 위해 됫박을 작게 만든 가게들이 있었다. 당연히 소비자는 똑같은 돈을 주고도 실제 받는 쌀의 양은 적은 경우가 비일비재했다. 됫박을 속여 팔지도 모른다는 불신, 이것은 당시 국민경제의 크나큰 문제점이었다. 쌀뿐이 아니다. 공업제품인 전기계량기조차 불량품이 많아, 전기를 조금 쓰고도 많은 요금을 내는 가정이 있는가 하면 거꾸로 전기를 많이 쓰고도 요금을 조금 내는 가정도 있었다.

'산업화가 시작되어 포항종합제철이 생기고 중공업이 시작되고 자동차가 온 국토를 돌아다닌다고 하더라도, 선진국과 같이 정밀하고 정확한 첨단산업의 기반인 국가표준을 제대로 수립하지 않는다면 결국 산업화의 한계에 부딪혀 선진국이 되는 것이 요원해질 것이다.'

김재관은 뮌헨 공대에서 금속공학을 전공하면서 독일 산업 전반을 파악하고 있었다. 철강은 단순히 철강 제조에서 끝나는 것이 아니라 자동차, 항공기, 조선, 중공업 등 거의 모든 산업과 매우 긴밀하게 연계되어 있었고, 철강과 연계된 독일의 중공업, 메르세데스 벤츠와 BMW 등 유수의 자동차산업과 2차대전 당시 최고의 항공기를 제조한 항공기산업을 두루 파악하고 있었다. 그는 그곳에서 특수강을 포함한 철강의 중요성 이외에 또 다른 선진국 경쟁력의 숨겨진 핵심을 보게 된다. 바로 산업의 정밀성과 정확성을 가능하게 하는 국가표준 체계가 그것이다. 메르세데스 벤츠로 대표되는 독일 제품이 오랫동안 세계적으로 높은 인정을 받는 것도, 두 차례 세계대전 패배와 되풀이된 국가 체제의 변경에도 불구하고 100년이 넘는 긴 전통을 가진 '국가표준 제도'가 독일 제품의 높은 질과 신뢰성을 시종 뒷받침해 주기 때문이라고 보았다.

미국은 남북전쟁을 통해 표준의 중요성을 깨닫게 된다. 남군은 로버트 리 같은 탁월한 지휘관들의 지휘 아래 전쟁을 우세하게 끌고 가고 있었으나 1865년 4월 3일 율리시즈 그랜트 장군의 북군이 남부연맹의 수도 리치먼드를 함락하면서 4년에 걸친 전쟁에 종지부를 찍는다. 미국 역사상 가장 처절한 전쟁으로 꼽히는 이 전쟁에 반전을 가져온 것은 엘리 휘트니(1765~1825)라는 기술자였다. 휘트니에 의해 처음으로 소총에 '표준'이 도입됐기 때문이다. 당시는 육탄전을 병행하는 격렬한 전투 중에 소총이 고장 나거나 파손되는 경우가 많았다. 소총 제조에 표준을 도입하지 않은 남군은 소총이 고장 날 경우 부품을 쉽게 구할 수 없어 그때마다 소총 전체를 새것으로 대체해야 했다. 소총의 작은 고리 하나만 고장 나도 전체를 모두 버려야 하는 비효율적인 상황이었다. 휘트니가 도입한 표준을 적용한 북군은 격렬한 전투 중에 소총이 고장 나도 표준에 맞춰 제작 보급된 부품만 갈아 끼우면 재빨리 다시 전투에 나설 수 있었고, 덕분에 전세를 뒤집을 수 있었다. 종전 후 미국은 1901년에 국가표준국(National Bureau of Standards, NBS)을 설립해 20세기 눈부신 경제성장의 핵심 원동력을 확보한다.

독일과 미국 외에 영국, 프랑스, 소련 등 다른 산업화 선진국들도 모두 표준의 중요성을 인식하고 19세기 말부터 20세기 초에 걸쳐 국가표준 제도와 표준 기구를 설립하고 발전시키는 데 국가적인 노력을 기울였다. 국가표준은 일상생활은 물론이고 과학기술, 교통통신, 건설, 교육, 국방, 보건, 안전, 유통 모든 분야에 걸쳐 활동의 효율성을 확보하고 생산하는 물품의 질적인 고도화를 확보하게 하여 국민 역량을 효과적으로 집중시킴으로써, 국가경제의 총체적 생산성을 향상시키고 국제 교역을 증진시키는 등 국가경쟁력의 원천이 된다는 사실에 그들은 일찌감치 눈뜨고 있었다.

존슨 대통령의 선물

1965년, 미국 존슨 대통령이 박정희 대통령을 백악관으로 초대한다. 양국 대통령은 한국과 미국의 과학기술 협력에 관한 공동성명을 발표하여, 한국의 과학기술력에 미국이 지원을 강화할 것을 천명한다. 그리고 이듬해 1966년 존슨 대통령은 한국을 답방하면서 양국 간 과학기술 협력의 구체적인 사항이 진전을 본다. 이를 계기로 KIST가 설립된 것을 제3장에서 보았다.

한국 방문 때 존슨 대통령은 박정희 대통령에게 한미 협력의 상징으로 또 하나의 선물을 남기고 간다. 바로 미국 NBS가 제공한 도량형 표준기였다. 길이, 질량, 부피의 척도가 되는 원기元器 한 벌인데, 그중 질량 표준분동을 존슨 대통령의 과학기술특별고문 도널드 호니그 박사가 직접 박정희 대통령에게 전달한다. 반짝이는 스테인레스로 정밀하게 제작된 주먹만 한 표준분동을 본 박정희 대통령이 "깨끗하게 잘생겼다"며 만지려고 하자 호니그가 화들짝 놀라며 "안 됩니다, 대통령 각하! 표준분동은 아주 정밀해서 만지면 질량에 변화가 생기고 사용을 못 합니다"라고 제지하여 박 대통령이 겸연쩍게 손을 내린 일화가 있다.[33]

1966년 방한한 존슨 미국 대통령이 선물한 길이, 질량 표준분동

그때 받은 표준기는 그냥 상징성을 띤 선물이 아니라 미국의 NBS의 교정성적서까지 첨부된 진짜 교정기여서 후에 실제로 한국의 도량형 측정 표준을 수립하는 중요한 원기로 사용된다.

한미 협력을 상징할 중요한 선물로 존슨 대통령은 왜 그 많은 다른 선물들을 제쳐두고 도량형 표준기를 가져왔을까? 이미 언급했듯이 선진국들은 국가표준을 수립하는 일이 얼마나 중요한지 알고 있었고, 미국은 산업화를 넘어 과학기술 기반의 선진국가로 도약하는 데 국가표준의 수립이 중요하다는 메시지를 선물에 담은 것이다. 그만큼 미국도 한국의 발전 노력을 깊이 이해하고 있었고 진정으로 한국을 돕고자 한 것이다.

그다음 해인 1967년, 스티븐 파이저(H. Stephen Peiser, 1917~2005) 박사와 포리스트 해리스(Forest K. Harris), 로널드 에비(Ronald K. Eby) 등 세 명으로 구성된 미국 NBS의 조사단이 한국을 방문한다. 조사단은 한국의 시험, 표준 및 연구 제도를 조사한 후, 한국이 과학기술력을 기반으로

---

33 한국표준과학연구원, 『국민연구소 KRISS 40년, 40개 이야기』.

빠르게 성장하기 위해서는 국가 물리표준과 측정표준 체계의 수립이 시급하며, 표준 관련 기관을 통합하여 미국의 NBS와 같은 단일 기관을 설립할 것을 우리 정부에 건의했다. 그러나 미 조사단의 권고에도 한국의 표준 체계 수립은 한동안 더 표류하고 있었다. 당시 국가표준의 중요성을 이해하는 사람은 많지 않았다. 아직 산업화도 제대로 시작하지 못한 상황에서 누가 표준을 생각했겠는가.

1972년에 NBS 조사단의 2차 방문이 이루어지고, 한국이 목표로 하는 공업화를 이룩하는 데 가장 적합한 표준 제도 및 측정기술 체계에 관한 방안을 제시한다. 당시 한국은 중공업 진흥과 수출 중심의 정책을 추진하고 있었음에도 국제시장에서 한국 제품은 그다지 높은 평가를 받지 못하고 있었다. 바로 이 시기에 2차 조사단의 분석은 공업화와 수출 중심의 경제성장을 이루기 위해서 무엇이 필요한지를 지적하고 있었다. 2차 조사단의 제안은 1차 때와 달리 구체적인 후속 조치로 이어

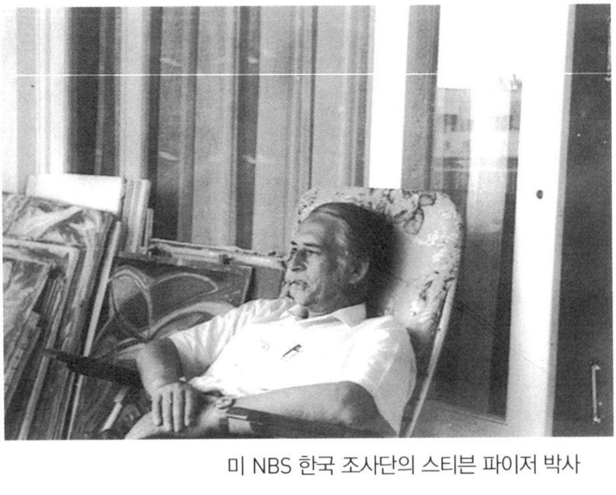

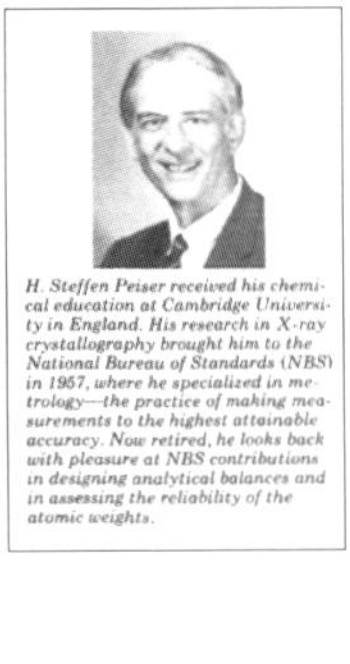

미 NBS 한국 조사단의 스티븐 파이저 박사

졌는데, 법정 계량과 표준화를 담당할 기구로 '공업진흥청'을 설립한 것이 그것이다.

NBS 2차 조사단의 보고서는 후에 한국의 국가측정표준기관인 한국표준연구소 설립을 위한 미국 국제개발처(AID)의 500만 달러 차관 도입의 근거가 된다. 1965년 KIST 설립에 미국이 1천만 달러의 원조를 했던 것을 감안하면, 한국표준연구소 설립에 500만 달러를 제공했다는 데서 한국의 국가표준 확립을 미국이 얼마나 중요하게 생각했는지 가늠할 수 있다.

이 일련의 과정을 주도적으로 수행한 사람이 미국 NBS 2차 조사단 대표 스티븐 파이저 박사였다. 당시 파이저는 미국 NBS 국제협력실장으로 있으며 한국의 국가측정표준 체계에 물심양면으로 지원을 아끼지 않았다. 또한 김재관 박사와도 아주 가까운 사이가 되어, 한국표준연구소 설립 초기는 물론 이후로도 여러 차례 한국을 방문하여 한국의 표준 제도 발전에 지대한 도움을 주었다.

파이저는 표준 시스템의 세계적 권위자였다. 그가 쓴 저서를 미국 대학의 항공우주공학과뿐만 아니라 러시아 등 외국에서도 교재로 쓸 정도였다. 미국 국적을 갖고 미국에서 일했으나 태생은 독일의 그뤼네발트 출신인 유대인이어서, 독일에서 공부한 김재관 박사와도 인연이 없지 않다. 베를린과 스위스 취리히에서 어린 시절을 보냈으나 대학은 영국의 케임브리지 대학을 다녔고, 1943년 화학으로 박사학위를 받았으나 그전에는 수학과 물리학을 공부한 다양한 이력의 소유자였다.

한국표준연구소 초대 소장

한국은 제3차 경제개발 5개년계획(1972~76) 기간의 마무리를 앞두고 수출을 위한 제품의 품질 보증과 관리가 중요시되던 시점이었다. 또한 산업 중심이 경공업에서 중공업 위주로 옮겨가면서 높은 정밀도 확보를 위한 측정표준 체계의 확립이 요구되고 있었다.

역사의 순리였을까, 김재관 박사의 선택이었을까? 김재관은 1974년 7월 상공부 중공업차관보에서 '국립공업표준시험소' 소장으로 자리를 옮긴다. 국립공업표준시험소는 당시 국가 공업표준의 시험, 분석, 감정 등을 다루는 기관이었으며, 앞으로 수출 중심의 대한민국 경제계획에서 막중한 역할을 담당할 기관이기도 하였다.

2개월 뒤인 1974년 9월, 국립공업표준시험소는 미국 제너럴 일렉트릭사의 테크니컬 밀리터리 플래닝 오퍼레이션(GE-TEMPO) 조사단에 '한국의 국가표준에 관한 타당성 조사'를 의뢰했다. 조사의 목적은 '한국표준연구소' 설립 타당성의 근거를 확보하고, 국가표준 체계를 구성하는 기존 및 신설 기관에 필요한 장비를 제시하며, 소요 인력 예측 및 훈련 방안 등을 제시하는 것이었다. 이때부터 김재관 박사는 한국경제가 '산업화'를 넘어 '선진화'로 도약할 기반을 만드는 새롭고 중차대한 일을 진두지휘하기 시작한다.

1974년 9월에 시작된 GE-TEMPO 조사단 활동은 1975년 8월 완료된다. 최종보고서는 경제기획원에 제출되었다. 최종보고서에 따르면 우리나라 국가표준 제도를 향상시키려는 계획은 지극히 타당한 것으로 나타났다. 그리고 측정에 관련된 기술자원을 좀 더 발굴하여 활용하고

한국표준연구소 설립을 위한 미국 국제개발처(AID) 차관 500만 달러 협정 조인(1975. 9. 9)[34]

현대적 측정 체계를 마련하여 공업국가들 사이에서 경쟁적인 위치를 유지하고 향상시킬 필요가 있다고 결론지었다. 보고서는 이러한 분석으로부터 주요 권고사항을 도출해 제시했는데, 주로 한국의 국가표준 제도를 개선하고 강화하라는 내용이었다. 권고사항들을 적시에 실행하려면 고도로 발달한 현대식 방식으로 바로 추진할 수 있는 계획이 필요하다고 지적했다.

김재관 박사는 GE-TEMPO 조사단의 조사 결과를 마냥 기다릴 수 없었다. 차관 도입이 거의 확실시되고 있는 상황에서 선진국 경제로 진입할 핵심인 첨단·정밀·정확의 측정표준을 다룰 국가표준연구소를 하

34 한국표준과학연구원(https://www.kriss.re.kr/introduce/view.do?pg=memorial).

루빨리 설립해야 했다. 가능한 한 빠르고 효과적으로 이 중요한 연구소를 설립해야겠다는 목표로 움직였다. ADD 부소장으로 있으며 대통령이 직접 챙기는 사업을 총괄했었기에, 그때 알아 둔 뛰어난 행정 실무진들까지 표준시험소에 영입한 상태였다. KIST 설립 당시 정관을 작성하고 「특정연구기관육성법」의 토대를 만든 ADD 행정부소장 도정섭을 비롯, 실력 있는 직원들을 특별히 영입해 한국표준연구소의 정관과 설립 인가 등을 맡겨 연구소 설립을 빠르게 추진시켰다. 이 일들은 모두 비밀리에 이루어졌다. GE-TEMPO 조사단의 최종보고서를 받기도 전에 연구소를 설립하는 것을 목표로 세운 것이었다.

GE-TEMPO 조사단의 활동 완료와 거의 때를 같이하여 드디어 1975년 8월 22일, 한국표준연구소가 특정연구기관으로 지정되고, 9월 9일에는 미국 AID와 500만 달러의 차관 도입 협정을 체결한다. 새로운 국가표준기관 설립 사업은 김재관 박사가 국립공업표준시험소장으로서 총괄하게 된다.

1975년 12월 17일, 김재관 박사가 한국표준연구소(Korea Standards Research Institute, KSRI) 초대 소장으로 임명된다. 연구소는 12월 24일 설립등기를 마치고 정식 출범을 알린다. 500만 달러라는 당시로서는 막대한 자금을 들인 한국표준연구소를 중심으로 이후 국가표준 체계 수립에 국가적 역량을 집중하게 되며, 연구소는 이후 1991년 한국표준과학연구원(Korea Research Institute for Standards and Science, KRISS)으로 개칭하여 오늘에 이른다.

김재관 박사는 한국표준연구소 설립을 준비하는 과정에서 GE-TEMPO 보고서의 내용들을 처음부터 끝까지 꿰뚫고 있었다. 보고서

한국표준연구소 초대 소장 취임(1975. 12. 17)

한국표준연구소 서울지소 현판식(1976. 2. 11. 오른쪽 김재관 박사)

는 국가표준기관을 설립하기 위한 기본 개념이나 계획은 물론이고 장비 구입에 필요한 목록도 권고하고 있었다. 그러나 김재관 박사는 이번에도 대한민국의 더 큰 미래를 보았다. 대한민국의 더 큰 희망을 위해, GE-TEMPO 최종보고서의 권고사항 일부를 받아들이지 않았다.

GE-TEMPO 보고서는 장차 설립될 한국의 국가표준기관을 '2차 표준기관'으로 설정하고, 2차기관이 갖추어야 할 장비 위주로 구비할 장비를 추천했다. 국제단위계에 정의된 기본 단위표준 확립과 함께 전 세계적으로 통용되는 국제표준을 확립하고 자체적으로 국내 장비를 직접적으로 교정해 줄 수 있는 기관이 1차 표준기관이고, 2차 표준기관은 1차 표준기관의 교정을 받아 주로 산업체를 지원하는 하위 표준기관이다. GE-TEMPO 보고서는 한국이 중공업과 수출 중심의 경제성장을 추구하면서 산업체 지원이 가장 중요한데, 미국의 NBS 같은 1차 표준기관을 설립하기에는 기반이 너무 열악하여 경제발전 자체가 지연될 수 있다고 판단하여 1차 표준기관 대신 2차 표준기관을 권고한 것이다. 그러나 김재관의 생각은 달랐다. 100년 앞을 내다보고 포항종합제철과 고유 모델 자동차 정책을 기획한 김재관이다. 2차 표준기관으로 시작하면 2차기관에 걸맞은 조직, 인력, 장비로 기관이 굳어져 세계적인 측정표준기관으로 성장할 수 없거나 뒤처지게 되고, 그러면 장기적으로 한국의 기술과 경제는 1차 표준기관이 존재하는 일본 등 타국에 예속될 수밖에 없다고 생각했다.

"대한민국의 미래는 표준에 달려 있다. 그리고 20년 뒤, 아니 10년 뒤 선진국과 대등하게 나아가기 위해서는 2차 표준으로는 부족하다."

김재관은 미 NBS 측의 책임을 맡고 있는 스티븐 파이저 박사를 찾아갔다. 독일이라는 공통 고리가 있는 두 사람은 자연스럽게 독일어로 대화를 나누었다.

"파이저 박사, 내가 보기에 GE-TEMPO 보고서를 그대로 따를 순 없소. 한국이 새로 만드는 표준기관은 1차 표준기관이 되어야 합니다. 한국은 앞으로 철강, 자동차, 조선, 중공업, 전기전자 등 모든 산업 분야에서 선진국과 경쟁하게 될 겁니다. 지금 출발을 2차 표준기관으로 한다면 앞으로 영영 기회가 없어질 겁니다."

"닥터 김, 생각해 보니 닥터 김의 의견이 맞는 것 같소. 지금 한국의 미래에 대해서 잘은 모르겠지만, 얘기를 들어 보니 닥터 김이 그리는 한국이 가능하리라 생각됩니다."

파이저는 김재관의 의견에 흔쾌히 동의해 주었고, 김재관은 시간이 걸리더라도 1차 표준기관으로 한국표준연구소를 설립하기로 결심을 굳힌다. 그리고 미 NBS의 도움을 얻어서 장비들의 스펙을 상당 부분 바꾼다. 350종 기기 가운데 약 120종을 바꾸었으니 쉽지 않은 결정이었다. 이 과정에서 스티븐 파이저 박사는 조언을 아끼지 않았다. 두 사람은 기회 있을 때마다 독일어로 대화를 나누며 의기투합했다.

김재관 박사가 1차 표준기관으로 국가표준기관의 설립을 고집하지 않았더라면 대한민국의 선진국으로의 도약은 몇십 년은 족히 늦춰졌을 것이며, 중공업, 자동차, 전자산업 등 모든 분야에서 오늘날의 한국은 요원했을 것이다. 모두 일본이나 미국 표준기관의 교정을 받아 가며 어렵사리 그들의 기술을 따라가야 했을 것이고 특히 최첨단 기술의 표준들은 엄두도 내지 못했을 것이다.

1차 표준기관으로 한국표준연구소 설립이 확정되고 1975년 12월 19일, 공업진흥청과 미 NBS는 한미 기술협력을 위한 자매결연 협정을 체결한다. 이 협정을 기반으로 NBS가 측정표준 분야의 인프라 구축과 설비 도입에 큰 도움을 준다. 또한 국내 우수 인력들의 전문교육을 담당하여 인재 확보에도 큰 힘이 되어 주었다. 미 NBS의 이러한 전폭적인 지지를 받을 수 있었던 것은 NBS의 대표인 파이저 박사의 김재관 박사에 대한 신뢰와 한국에 대한 지지가 있었기 때문이었다.

김재관 부부는 파이저 박사가 한국에 올 때마다 집으로 초청하여 융숭한 식사 대접을 하면서 친밀한 인간적인 관계로까지 발전했다. 파이

미국 국립표준원(NBS)의 킬로그램 표준분동 기증(1976. 9. 21. 오른쪽 김재관 박사)

한국표준연구소 기공식(1976. 9. 23)

저 박사는 과학자로서의 사명감은 물론 한국 과학자인 김재관 박사의 인간적인 친화력에 감동하여 자신이 할 수 있는 최대한으로 한국을 도와주었다. 신설 표준연구소의 본관 건물은 한번 짓고 나면 확장하기가 힘들기 때문에 처음부터 잘 지어야 한다고 조언한 것도 파이저다.

한국표준연구소 출범 9개월 만인 1976년 9월 23일, 국내 인사 200여 명과 파이저 박사가 참석한 가운데 대덕연구단지에서 한국표준연구소 기공식이 열렸다. 공사는 2년여에 걸쳐 정부 지원 24억 6천만 원, AID 차관 25억 원(500만 달러) 등 총 46억 6천만 원이 투입되어 1978년에 본관과 두 개의 연구동 및 각종 부속건물이 완공되고 다양한 표준장비들이 도입된다. 연구소는 그때까지 국립공업표준시험소에서 맡아서 하던 표준업무를 전담하도록 별도법인으로 설립되었으며, 1978년 연구동과 본관이 완성되면서 본격적으로 업무를 시작했다. 국가표준 체계의 확립, 측정 및 표준 연구, 산업 및 국방, 계량계측기기의 검사, 교정 등이 주업무이다. 한국의 국가표준 체계 확립을 위한 합리적 제도를 마련하고 이를 위한 중추 표준기관을 세우며, 조직적 표준 공급이 가능할 수 있도록 정밀계량·계측의 과학기술 역량을 확보하여 산업구조 고도화, 공업의 국가경쟁력 강화, 병기 장비 성능 극대화 등으로 연결시킨다는 목표를 세웠다. 대한민국 제2의 기적을 준비하는 산실인 셈이다.

지금은 10억분의 1미터인 나노미터(nm)를 흔히 얘기하지만 당시만 해도 선진국들이 고작 1천분의 1밀리미터(=100만분의 1미터=미크론μm)를 다투고 있었고 한국에서는 밀리미터라는 단위조차 다루지 않고 있었다. 과학의 기초를 확립하고 초超정밀성을 확보하려면 이러한 기초단위부터 체계를 잡는 것이 급선무였다. 그러나 표준 개념은 무게와 길이의 기준을 정하는 수준 훨씬 이상으로 복잡하다. 오늘날 한국표준과학연구원에는 7개의 커다란 조형물이 서 있다. 국제표준단위계의 7개 기본단위를 상징하는 것으로 화강암, 벽돌, 금속, 콘크리트, 알루미늄, 나무, 유리의 일곱 가지 소재로 제작되어 있다. 7개 기본단위를 소재의 물성을 달리하여 형상화한 것이다. 모든 소재는 그 물성이 모두 다르다. 물질량은 몰(mol), 절대온도는 켈빈(K), 시간은 초(s), 질량은 킬로그램(kg), 전류는 암페어(A), 길이는 미터(m), 광도는 칸델라(cd)로 각각 표기된다. 김재관은 그 7개 기둥을 모두 아우를 수 있는 뛰어난 학자들을 영입하고 그들의 역량을 마음껏 발휘할 수 있도록 한국표준연구소를 만들어 나가기 시작했다. 재외 과학자 35명을 포함, 288명의 최우수 과학자들을 영입했고, 그들은 표준계량 과학기술의 양적, 질적 보급 발전을

오늘날의 한국표준과학연구원(KRISS, 대전 유성구)

도모하는 특명을 받는다. 정원 박사(표준담당부소장), 이충희 박사(온도표준연구실장), 이광우 박사(화학표준연구실장), 정낙삼 박사(시간표준연구실장) 등이 당시 영입한 대표적 과학자들이다. 이들 연구요원 중에서 일부를 선발하여 미국 NBS에 보내 각종 기술 훈련을 받도록 하는 한편, NBS의 기술요원을 초빙하여 국내 요원의 훈련도 시켰다. 상호 기술 지원 및 정보 교환을 할 수 있도록 한국표준연구소와 NBS 간 자매결연 협약도 체결했다. 독일 유학 시절부터 철강, 금속, 자동차, 화학뿐만 아니라, 대한민국의 미래산업 전 분야에서 가장 필요한 기초는 국가표준을 바로잡는 것이라고 생각해 온 김재관이었기에 가슴 벅찬 나날의 연속이었다.

한편으로 미국 NBS의 경우를 참고하여 대덕연구단지에 100헥타르의 부지를 확보하려고 노력했다. 한국표준연구소가 장차 세계적인 연구소로 발전하려면 대덕연구단지 내에 들어와 있는 모든 연구기관들과의 상호 소통이 필요하고, 모든 연구기관들의 표준이 바로 표준과학연구소에서 설정되므로 한국표준연구소를 중심으로 업무상 협력을 원활하게 하기 위한 고려였다. 모든 연구기관의 중심에 '표준'이 있고 표준이 앞서 나가야 최첨단 기술을 개발할 수 있기 때문이다. 김재관은 한국표준연구소를 선진국에 버금가는 첨단 연구소로 도약시킬 것을 구상하고 있었다. 선진국의 표준연구소들은 하나같이 작은 도시 수준의 크기다.

그러나 한국표준연구소 100헥타르 부지는 정부의 강력한 반대에 부딪혀 63헥타르만을 확보하는 데 그쳤다. 김재관은 할 수 없이 주어진 규모 내에서 전체 건물 배치와 조경 등 연구소 장기 건설 계획을 정밀하게 하나하나 마련했다. 마치 포항종합제철을 기획했을 때처럼 10년, 20년, 그 이상을 내다보며 어느 정도 확장될 것인지를 충분히 고려해서 건설 계획을 수립했다.

한국표준연구소는 출범 초기 독일로부터도 많은 도움을 받았다. 특히 한독 협력 사업의 일환으로 1979년부터 1990년 후반까지 네 차례에 걸쳐 이어진 독일 연방물리기술청(PTB)의 기술 지원은 한국표준연구소의 역량을 세계 최고로 올려놓게 된다. 정밀측정 장비 무상 공여, 독일 전문가 방한을 통한 기술 자문, 연구원 파견 연수 등 독일은 한국의 표준과학기술 확립에 미국 NBS만큼이나 큰 기여를 한다. 그 배경에는 김재관 박사와 학창 시절부터 친분이 있던 독일 연방물리기술청 디터 킨트(Dieter Kind) 청장이 있었다.

독일 연방물리기술청장 킨트 박사

킨트 청장은 한국표준연구소 직원들이 독일로 연수를 오면 직접 집으로 초대해 환대할 정도로 한국표준연구소에 깊은 애정을 가지고 있었다. 킨트 청장은 또 국제도량형총회(CGPM) 산하 국제도량형위원회(CIPM)라는 상임위원회의 위원장이기도 했다. 킨트 청장은 한국표준연구소와 김재관 박사가 국제도량형위원회 정회원으로 참여할 수 있도록 물심양면으로 많은 자문과 도움을 주었다. 국제도량형위원회는 세계 표준 통일에 관한 기술 자문을 하는 매우 중요한 위원회로, 여기 정회원이 된다는 것은 곧 국제 표준 선진국으로 인정받는 것을 의미했다.

그러나 킨트 청장의 이러한 노력에도 불구하고 1979년 박정희 대통령 서거와 뒤이은 정치적 소용돌이 속에서 김재관 박사의 국제도량형위원회 참여는 불발되고 한국은 후임 소장 때야 위원회에 참여하게 된다. 설립부터 국제적 지원을 필요로 했던 한국표준연구소가 설립 후 오래지 않아 세계 선진국들과 어깨를 나란히 하게 된 것은 김재관 박사의 집념과 나라사랑이 있었기에 가능했다.

계량계측기의 정밀정확도는 과학기술의 발전뿐만 아니라 일상생활에서도 매우 중요한 문제였다. 당시 우리나라에서는 수백만 개의 자와 저울이 사용되고 있었지만 그 많은 자와 저울의 크기나 무게가 제각각이었다. 당시 조사에 따르면 국내에 사용되는 자와 저울의 86퍼센트가 정확하지 않은 것으로 나타났다. 따라서 우선 실생활에 사용되고 있는 자와 저울부터 정확하게 고쳐 나갈 필요가 있었다. 이를 위해서 세계적으로 통용되는 각종 원기 430종을 수입했다.

초기 연구 시설 확보 과정에서 최우선 순위는 국가 1차 측정표준 장비였다. GE-TEMPO 보고서와 달리 한국표준연구소를 1차 표준기관으로 설립했기 때문에 보고서가 제안한 장비 350종 중 120종을 교체 또는 새로 선정해야 했다. 분야에 따라서는 새로 주문 제작해야 하는 장비도 있었고 이 장비들은 도입되기까지 몇 년씩 걸리기도 했다. 이렇게 주요 측정표준 장비를 설치하며 연구하는 과정에서 한국표준연구소는 미국 NBS와 독일 PTB뿐 아니라 일본 계량표준총합센터(NMIJ), 영국 국립물리연구소(NPL) 등 선진국 표준기관들과 교류를 갖고 측정표준 공동체의 일원으로 활동하게 된다.

2015년 핵심 측정표준 국제비교 현황을 국가별로 보면, 한 건 이상 참여한 국가는 미국과 독일을 비롯해 영국, 일본, 프랑스, 한국, 러시아, 중국 등으로 모두 130개 정도이다. 한국이 참여한 건수는 한국표준과학연구원이 주관기관의 역할을 맡은 것이 68건으로 프랑스의 59건보다 많아 세계 6위권의 국가 측정표준 대표 기관이 되었다. 한국표준과학연구원은 초일류 측정 과학 연구기관, 신산업 기반을 창출할 수 있는 측정 융합 연구기관, 사회 이슈 대응 측정기술 공급기관, 일류 중소 및 중견기업을 만드는 기관 등 한국 과학기술 및 산업 발전에 중추적인 역할을 하고 있다.

대한민국 시간 독립

1983년 KAL기 피격사건은 대한항공 747 점보 여객기가 사할린 부근에서 소련의 전투기 미사일을 맞고 추락한 사건이다. 승무원과 탑승객 269명 전원이 사망한 이 국제적 참사는 당시 KAL기가 사용하고 있던 관성항법장치가 오류를 일으킨 게 화근이었다. GPS(Global Positioning System, 위성항법장치)가 없었기 때문이었다. GPS는 당시 미군만이 독점적으로 사용하던 최첨단 기술로 2000년까지 공개하지 않고 있었다.

흔히 GPS를 위치 제공 서비스로 알고 있지만, 위치란 시간이 먼저 정의되어야 비로소 정의되기 때문에 정확한 시간 체계는 GPS에 필수불가결한 요소이다. GPS 기술은 인공위성에 탑재된 정확한 원자시계에 기반하고 있으며, 이 원자시계가 전 세계 시간 원기와 정확하게 동기화하지 않으면 통신과 교통, 물류 등 지구상의 모든 활동에 엄청난 재난이 발생한다. 인터넷과 같은 통신과 교통뿐만 아니라 적기공급생산(just-in-time) 시스템, 초정밀 생산 시스템, 데이터의 공유에 기반한 은행·주식시장, 전력망, TV, 클라우드 컴퓨팅 등의 첨단 시스템들, 항공우주기술, 스마트폰 등의 첨단 전기전자기술은 모두 정확한 시간 동기화에 기반해서 작동하기 때문에 정확한 시간의 확보는 모든 산업의 경쟁력 확보에서 가장 필수적인 요소이다.

그러나 1978년 이전까지 한국에는 '한국 시간'이라는 게 없었다. 시간 표준을 확립하지 못했기 때문에 일본 방송국에서 울리는 시보時報를 받아 사용했다. 당시 라디오 방송은 매 정시가 되면 한국 아나운서가 "잠시 후 ○○시를 알려드립니다"라고 말한 후 일본의 시보를 받아 "띠,

띠, 띠, 띠—" 하는 하는 전자신호음을 들려주었다. 그조차도 전파 수신이 원활하지 않을 때는 적잖이 오차가 생기기도 했다. 한국표준연구소장 김재관은 이런 상황을 매우 부끄럽게 여겼다.

"국가가 자체적인 시간이 없다는 것은 말이 안 된다!"

김재관은 가장 먼저 시간표준 확립을 강력하게 추진할 것을 결심한다. 1978년 한국표준연구소 본관동이 완공되는 시기에 맞춰 장비가 도입되기 시작할 때 김재관이 제일 먼저 들여온 것은 시간표준 장비였다. 길이, 무게 등 기본적인 물리표준도 제대로 갖추어지지 않은 상황에서 우선 미국 퍼듀 대학교를 나와 미국 NBS 기술조종관으로 근무하던 정낙삼 박사를 유치과학자 1호로 뽑아 시간주파수실장으로 발령을 냈다. 정낙삼은 미국에서 한국의 3배 되는 봉급을 받고 있었으나, 김재관을 비롯한 예전의 KIST 유치과학자들이 그랬듯이 가난한 조국의 과학기술 발전을 위해 미국의 좋은 직장을 미련 없이 포기하고 한국으로 들어왔다. 정낙삼은 귀국하기 전에 우선 NBS에 들어가 미국 연구원들과 일하면서 그곳 전문가들과 시간주파수 표준에 필요한 연구 장비를 확정하고 연구실을 세팅했다.

수많은 장비가 필요했지만 그중에서도 원자시계 확보가 가장 시급했다. 1978년 초에 우선 AID 차관을 활용해 시간표준 원기인 세슘원자시계 두 대를 구입했다. 이로써 한국표준연구소는 세슘 133 원자에서 나오는 복사선이 91억 9,263만 1,770번 진동하는 데 걸리는 시간인 '국제원자시 1초'를 비로소 구현할 수 있게 되었다.

'시간'은 국제원자시로 확보했으나, 전 세계와의 교통 통신에 필수적인 '시각', 즉 협정세계시(Universal Time Coordinated, UTC)를 확보하는 문

박정희 대통령이 한국표준연구소 시간 주파수연구실을 방문해 김재관 박사의 안내로 손목시계를 맞추고 있다(1979).

제가 남았다. 그러던 중 미 해군 관측소의 이동용 원자시계가 1년에 한 번씩 주한 미군의 인공위성 통신센터가 있는 대구 성서 지역에 와서 시계를 교정하고 간다는 사실을 알게 되었다. 일명 플라잉 클록(Flying Clock)으로 불리는 이 이동용 원자시계는 비행기로 전 세계를 돌며 미군 장비가 정확한 시간을 유지할 수 있도록 동기화하고 있었다. 한국표준연구소는 플라잉 클록이 한국에 오는 때에 맞춰 한국표준연구소가 보유한 원자시계들도 동기화해 달라고 요청했다. 그 결과 협정세계시 1978년 10월 3일 00시 33분 00초(한국시간 09시 33분 00초)와 시각을 맞춤으로써 '시간'과 '시각' 두 측면 모두에서 국제 시간표준을 모두 확립할 수 있었다. 드디어 일본의 시간을 빌리지 않고 대한민국의 시간을 구현할 수 있게 된 것이다.

대한민국의 시간을 구현한 것은 대한민국 산업화 여정에서 매우 중요한 이정표이다. 위에서 언급했듯이 시간을 빌려 쓰는 국가는 첨단 산업으로 진출하기가 어렵다. 대한민국만의 시간표준, 즉 표준시간과 표준시각 구현은 앞으로 대한민국의 산업이 중공업 기반의 산업화를 넘어서 정밀·정확·첨단이 생명인 선진국의 첨단산업과 경쟁할 수 있는 가장 중요한 기반을 마련한 것이었다. 김재관 박사의 1차 표준기관에 대한 집념과 특히 '대한민국 시간'에 대한 선견지명은 훗날 대한민국이 선진국으로 도약할 수 있게 하는 중요한 초석이 된다. 오늘날 한국표준과학연구원 홈페이지 첫 화면이 '대한민국 표준시'로 되어 있는 것은 국가표준 중에서도 시간표준이 갖는 상징성을 잘 말해 준다.

시간을 비롯한 주요 기본단위 측정 표준 장비들이 AID 차관 자금으로 도입되어 30개 분야의 측정 표준이 착착 확립되었고, 추후 AID 추가 차관 800만 달러를 들여 기본 장비들을 보완했다. 김재관 박사는 1980년 7월까지 5년 7개월간 한국표준연구소 초대 소장으로서 대한민국 국가표준의 기틀을 잡고, 과학기술이 산업 혁신의 중심으로 자리 잡을 수 있도록 질량, 온도, 광도, 힘토크, 전기전자, 유량, 가스방사선 등 제반 물리 분야의 명실상부한 국제적 표준기관으로 한국표준연구소를 도약시키는 기반을 마련한다. 이후 한국표준연구소는 1988년 국제도량형위원회의 길이, 온도, 광도 및 복사도 측정 자문위원회 위원으로 선출되면서 국제적으로 역량을 인정받았다. 이는 선진 연구기관과 대등한 교류를 통해 연구소가 한 번 더 비약적으로 발전하는 계기가 되었다.

박정희 대통령의 마지막 방문

고대 로마에 이미 국가표준 제도를 상징하는 천칭(막대저울)이 존재했다. 정의의 여신상은 오른손에 칼과 함께 왼손에 천칭을 들고 있다. 진시황이 중국을 통일하고 처음으로 한 일도 도량형 통일과 문자 통일이었다. 조선의 암행어사는 유척鍮尺(놋쇠로 주조한 자)을 들고 다니며 탐관오리들이 제멋대로 만든 저울과 자로 부당하게 군포와 곡식을 거둬들이지는 않는지 확인하여 비리를 척결했다. 이처럼 표준은 국가와 사회의 정의와 공정, 복지를 세우는 중요한 기반이다. 그래서 세계 각국은 고대로부터 도량형 등 각종 계량단위의 표준을 수립하고 강력한 법제도로써 정의와 공정을 확보하고 사회 발전을 도모해 왔다. 동아시아는 척관법尺貫法, 영미권은 파운드·야드·인치법, 유럽은 미터법 등을 수립하여 강력한 통치와 사회 발전의 수단으로 활용했다.

우리나라는 고종 때인 1875년 '미터협약'에 가입한 바 있다. 그러나 당시 조선의 정세가 강화도조약 등으로 매우 어지러웠으므로 실제 시행은 뒤로 미루어져, 1894년 10월 내무아문의 관장 하에 새로운 도량형기가 전국적으로 시행된 것이 근대적 국가표준의 시작이다. 이어 1902년 평식원平式院이라는 관청이 설치되면서 길이 기준을 척尺(33분의 10m), 무게 기준을 냥兩(400분의 15kg)으로 하는, 척관법과 미터법을 겸용하는 도량형 규칙이 제정되었다. 현대화된 도량형인 미터법이 전면적으로 시행된 것은 훨씬 나중인 1961년의 일이다.

해방 직후인 1945년 9월 미 군정청 상무부 상무국에 '도량형소'가 설치된다. 한국인 소장인 이호식은 미군 책임자에게 부탁하여 1947년

4월 17일 킬로그램원기(No. 39)와 미터원기(No. 10c)를 일본 정부로부터 돌려받아 도량형기의 원본으로 삼는다. 이어 1948년 8월 대한민국 정부가 수립되면서 상공부 내에 '중앙도량소'가 설립되었다. 그러나 1950년 6·25전쟁이 일어나면서 원기들이 수난을 당하고 특히 킬로그램원기는 많은 상처를 입는다.

1953년 휴전이 되고 전쟁의 폐허로부터 복구에 어려움을 겪고 있는 상황에서도 이승만 대통령은 과학기술과 산업 발전을 위해 국제미터제도에 복귀하는 것이 필수적이라는 사실을 잘 인식하여, 변영태 외무부장관에게 지시를 내려 1954년 5월 28일 미터협약에 재가입하도록 함으로써 대한민국은 이 협약의 세계 37번째 회원국이 된다. 미터협약에 가입할 때는 그 나라의 인구만큼 가입비를 내도록 되어 있는데, 이승만 대통령은 남북한 인구를 모두 포함한 3천만 명으로 협약에 가입한다. 정전협정 1년이 채 안 된 당시의 남북관계를 생각할 때, 이승만이 한반도를 한 덩어리로 하여 미터협약에 가입한 것은 놀랄 만한 일이 아닐 수 없다. 남침의 패륜을 저지른 북한 지역까지 동일한 국제협약의 우산 아래 포용키로 한 것은 동독과 서독이 따로 미터협약에 가입한 후 마찰을 일으키는 것을 보고 내린 결정이었다.

그러나 고종 때 미터협약에 처음 가입할 때나 100년 뒤나 실질적으로 별 차이 없는 표준 제도에 대한민국 산업의 미래를 맡겨야 한다는 데 김재관 박사는 아찔했다. 종합제철소를 아무리 지어도, 고유 모델 자동차를 아무리 많이 만들어도 부품마다 산업마다 표준이 제각각이라면 결국 사상누각이 될 것이라는 생각에 더더욱 국가표준에 대해 운명 같은 책임감을 가지게 되었다.

"철강, 기계, 중공업 중심의 산업구조 전환 이후에 수출 중심의 경제 성장을 이루기 위해서는 과학기술의 발전이 핵심이며, 과학기술 발전의 핵심적 기반은 바로 '측정표준'이다."

김재관 박사는 과학기술은 아주 정밀하고 정확한 측정 결과를 바탕으로 진행되기 마련이며, 측정표준이 가장 앞서 첨단의 수준으로 가지 못하면 산업뿐만 아니라 과학기술의 발전 또한 어렵다고 보았다. 기존 계량법의 수준을 넘어서 첨단의 과학적 측정표준을 포함하는 광범위한 표준 체계가 필요했다. 공산품 생산은 우선 정밀하고 정확한 길이, 무게, 재료 성분 등을 측정하는 것에서부터 시작되며, 전국에 분산된 수많은 공장과 수백만의 일손에 의해서 만들어지는 수만 가지 부품과 재료들까지 모든 제품이 균일하게 높은 질적 수준을 향상시킬 때에야 비로소 국가경쟁력이 확보된다는 것을 꿰뚫어보았다. 그리고 이러한 정밀한 측정표준 데이터와 표준과학기술을 제도적으로 전국에 보급하고 수준 높게 준수하며, 주기적으로 점검 및 교정하고, 고도로 발전시켜 주는 '국가표준 제도'를 국가 본연의 업무로서 확립하는 것이 대한민국의 미래를 결정하는 필수불가결한 선결과제라고 믿었다.

김재관은 국가의 국가표준 수립 의무를 아예 헌법에 못박기로 결심하고, 이를 실현할 길을 백방으로 찾아 나선다. 포항종합제철의 설립, 중공업 플랜, 고유 모델 자동차 정책 수립 때보다도 더 심혈을 기울인다. 과거 고유 모델 자동차 정책을 수립할 때 자동차에 미친 '자동차 차관보'라는 별명이 붙었던 것처럼, '표준헌법'을 수립하기 위해 그가 만날 수 있는 모든 사람들을 만나서 설득했다. 우선 하루가 멀다 하고 헌법학자들을 찾아다녔다. 단어 하나, 구두점 하나까지 자문하면서 "국가측정표준이 제대로 확립되지 않으면 국가경제 성장에 한계가 있다"며 국가표준을 헌법에 넣어야만 하는 당위성을 헌법학자들에게 설득하고 다녔다. 정부 요인들, 국회 관계자들, 법제처 관계자들 할 것 없이 아침이고 낮이고 만날 수 있는 모든 사람들을 만나고 다녔다. 국회 경제과학위원회 소속 의원들이 바쁘다는 핑계로 만나 주지 않자 아침 7시부터 국회의원 집 앞에 가서 기다리다가 그가 나오면 서류를 보여 주고 설득하느라 김재관의 아침은 매일 바빴다. 30여 명의 국회의원을 일일이 집으로 찾아다녔다.

그러던 중, 1979년 10월 26일.

박정희 대통령은 오전에 충북도청 순시를 마치고 충남 당진 삽교천 방조제 완공식 현장으로 이동하던 중 갑작스럽게 대덕연구단지 종합상황실을 방문했다. 대덕연구단지는 1973년 국내 최초로 연구학원도시로 지정 고시된 후 건설이 한창 진행중인 가운데 연구소들이 속속 입주하고 있었다(1982년 완성). 대통령은 연구단지 건설 조감도 앞에 선 채로 입주 완료한 연구소 현황과 건설 진행 상황을 물었다. 그리고는 해외 유치과학자와 가족들이 불편하지 않도록 주택, 자녀 교육 문제, 초등학교 시설 등 후생복지 문제까지 지시했다. 당시는 초등학교에 수세식 변기가 설치되지 않아서 과학자 자녀들이 학교에서 공부하다 말고 볼일을 보기 위해 집에 다녀오던 시절이었다. 그만큼 세심하게 지시했고 그것은 연구단지 건설에 대한 대통령의 집념이 그대로 드러나는 대목이다.

종합상황실을 나선 박정희 대통령은 느닷없이 한국표준연구소를 향했다. 공식적인 예고나 특별한 경호원도 없이 김계원 비서실장과 차지철 경호실장만 대동했다. 대통령은 김재관 소장에게 연구소가 잘 돌아

1979년 2월 22일 한국표준연구소(현 한국표준과학연구원)을 방문한 박정희 전 대통령과 김재관 박사(가운데 손 든 이)

가고 있는지 묻고, 관내 연구시설들을 돌아본 후 같이 식사하자며 김재관 소장에게 차에 타라고 했다. 대통령이 뒷좌석 오른쪽 창가에 앉고 가운데 김재관, 왼쪽에는 오원철 경제2수석이 앉았다. 대통령은 연구소 안에서는 이것저것 묻는 말이 많았으나 막상 차 안에서는 입을 다물었다. 그렇게 점심을 함께 하고 헤어졌다. 대통령은 헤어질 때 뭔가 할 말이 많은 듯했다. 김재관의 손을 잡고 얼굴을 한참 보다가 손을 놓고 헬기를 타고 떠났다.

박정희 대통령은 과학과 공업의 발전만이 한국이 잘사는 국가로 나아가는 지름길이라고 믿었고, 일평생 그걸 밀어붙였다. 뮌헨에서 처음 만난 김재관을 유치과학자 1호로 불러들였고, 그를 중용했다. 포항종합제철의 기획을 맡기고, 중화학공업의 청사진을 맡기고, 국방과학연구소의 설립을 맡겼으며, 다시 중화학공업의 추진을 맡겼고, 국가표준을 맡겼다. 그만큼 김재관을 믿고 있었다.

그것이 마지막이었다. 한 달여 전 부마사태가 터져 정권의 안위가 심히 걱정되던 시절이었다. 궁정동의 총소리는 대한민국의 역사, 그리고 김재관의 삶에 몰아닥칠 거대한 소용돌이의 시작을 알리는 소리였다. 김재관은 멍했다. 뮌헨에서 처음 만난 이후로 손을 꼭 맞잡고 대한민국의 미래를 함께 꿈꾼 박정희 대통령이 아니었던가. 과학자를 아끼던 대통령, 국가 공업 발전을 토대로 대한민국을 잘사는 나라로 만들기 위해 불철주야 노력했던 대통령 박정희. 그가 세상을 떠나면서 이제 한 시대가 저물고 있었다.

세계 최초로 헌법에 국가표준 명문화

그러나 김재관은 주저앉아 있을 수 없었다. 그러기에 국가표준은 너무나 중요한 국가적 사명이었고, 김재관의 사명이기도 했다.

> 1979년에 박 대통령이 돌아가신 후에 극심한 정치적 혼란기가 도래하고 헌법까지 개정하게 되는 상황이었는데 나는 이때를 계기로 어떠한 정치적 상황에도 타격을 받지 않는 굳건한 국가표준 제도가 필요하다고 생각하게 되었으며 이를 헌법에 명시하는 일을 적극 추진했습니다. 나는 정치적인 혼란에 의해서 국가표준제도가 무너지면 우리가 힘써 이룬 한강의 기적도 무너질 수 있다고

생각했습니다.[35]

김재관은 박정희 대통령 서거 후에도 흔들리지 않고 국가표준을 헌법에 명문화하려는 노력을 계속해 나갔다. 그러나 헌법 개정은 본래 쉬운 일이 아니었다. 개헌 발의는 개인이 하는 것이 아니라 최소한 국회의원 10명이 일단 발의를 해야 한다.

'그래, 우선 국회를 이끌고 있는 김종필 씨와 김영삼 씨를 만나야 한다.'

김재관은 공화당 김종필 총재와 신민당 김영삼 총재를 만나 국가표준헌법이 얼마나 중요한지를 설득했다. 그러던 중, 후에 '제5공화국 헌법'으로 불리게 되는 헌법 개정안을 마련할 정부 헌법개정심의위원회가 구성되었다. 김재관은 대한변호사협회 회장을 지내고 헌법개정심의위 부위원장으로 있던 전봉덕을 만났다. 전봉덕 부위원장은 표준 제도의 중요성을 긍정적으로 이해해 주었다.

"표준 제도가 꼭 필요하지요. 시청에 시계가 있는데 그게 제대로 맞아야지요."

"네, 그렇습니다. 사실 시계라는 표준은 매우 중요합니다. 국민 모두가 그것에 따라서 행동을 하고 통신을 하고 교통을 해야 되는데, 그 시간 하나를 대한민국은 제대로 전국에 전달하는 제도가 없습니다."

그러면서 국가표준 제도의 중요성을 쉽게 설명하고 설득했다. 헌법개정심의위는 일주일에 두 번 개최되었는데, 김재관은 시간 되는 대로 심

35 한국기술경영연구원, 『70~90년대 주요 과학기술정책이 과학기술발전과 산업발전에 기여한 성과조사 분석』(2007).

의위에도 나가 국가표준 제도 관련 자료를 매번 만들어 제공했다.

정치적 혼란기에 쉽지 않은 발걸음이었으나 법무부장관도 만났다. 정부 헌법 개정은 법무부 소관이었기 때문에 어쩌면 가장 중요한 상대였다. 그러나 장관은 김재관 소장의 설명에 별 관심을 보이지 않았다. 국가표준은 그에게 당장 중요한 사안이 아니었던 것이다.

다행히 당시 권력 실세이던 신군부는 급변하는 정치 상황 속에서 국민의 불안감을 불식할 무언가를 찾고 있었다. 처음에는 공염불로만 들렸던 김재관의 주장이 점차 이들의 귀에 솔깃해져 갔다. 시대 상황이 변하고 있었던 것이다. '표준'은 공정의 다른 이름이기도 했고, 경제발전을 위해 과학기술, 특히 표준을 강조하는 것은 새로운 정책 어젠다로서도 매력적이었다. 신군부는 국가표준을 확립한다는 조항을 헌법에 넣어 공정한 사회와 함께 경제성장의 새 방향을 제시함으로써 국민들의 불안을 불식하고자 했다.

드디어 1980년 3월 8일, 「표준제도 조항의 헌법명문화 건의안」이 국회에 상정된 가운데 마침 4월 1일 최규하 대통령이 한국표준연구소를 방문하기로 했다. 김재관은 이때를 놓치지 않고 국가표준 제도의 중요성을 설득해 나갔다.

"대통령 각하, 한 나라는 하나의 시간을 가지고 그 시간에 맞게 교통, 통신, 생산 등 모든 국가의 활동이 이루어집니다. 그래야만이 국가는 효율성을 확보할 수 있고 경쟁력을 갖게 됩니다. 더 나아가 국가표준은 그 나라의 공정성을 바로 세우는 가장 중요한 제도입니다."

"김 소장, 맞아요. 나도 영국에 있을 때 버킹엄궁의 시계를 매일 쳐다보면서 나의 일정을 맞추었답니다. 대한민국에 아주 중요한 제도입니다. 꼭 추진해 봅시다!"

최규하 대통령은 아주 좋은 어드바이스를 해 줬다며 반색했다. 외교관으로 수십 년 잔뼈가 굵은 대통령은 영국에 근무할 때 국회의사당 표준 시보를 매일같이 듣던 일을 기억하고 있었다. 거기에 김재관의 열띤 설명과 설득에 국가표준 제도의 중요성을 이해하고, 김재관 소장을 적극적으로 도와주었다.[36] 당장 법무부장관에게 적극적으로 고려하라고 지시하여 일이 제대로 추진될 수 있도록 했다. 그러나 최규하 대통령의 짧은 재임기간(1979년 12월~1980년 8월) 중에는 헌법 개정이 이루어지지 않았다. 여전히 앞을 보기 어려운 정치적인 소용돌이 속이었던 것이다. 그런 가운데 또 다른 정치적 격랑이 일어난다. 5·18광주민주화운동이 일어나고, 석 달 뒤 8월 15일에 최규하 대통령이 하야하고 전두환 국가보위비상대책위원회(국보위) 위원장이 9월 1일에 제11대 대통령에 취임한 것이다.

마침내 1980년 10월 27일, 전두환 대통령은 유신헌법의 독소조항을 제거한 제5공화국 헌법(제8차 개헌)을 공포한다. 그 헌법 제9장 경제, 제127조 2항에 "국가는 국가표준제도를 확립한다"라는 '국가표준 헌법' 조항이 세계 최초로 명문화된다. 국민경제와 과학기술 분야 전체에 관한 제1항("국가는 국민경제의 발전에 노력하고 과학기술을 창달·진흥하여야 한다")에 이어 제2항에 국가표준 제도를 명문화한 것은 대단히 중요하고 의미 있는 일이었다. 이로 인해 대한민국은 산업화의 단계에서 선진국의 단계로 성장하기 위한, 그리고 보다 공정한 사회로 가기 위한 중요

---

36 앞의 글.

대덕 한국표준과학연구원 본관 앞의 국가표준 헌법 조항 표석

한 발판을 마련하게 된 것이다. 이 조항은 현행 헌법에도 같은 제127조 2항으로 유지되고 있으며, 과학기술을 더욱 강조한 제1항("국가는 과학기술의 혁신과 정보 및 인력의 개발을 통하여 국민경제의 발전에 노력하여야 한다")과 더불어 대한민국 과학기술 발전의 중요한 체제적 근간을 이루는 헌법 조항이다. 헌법의 '국가표준' 명문화는 이후 중국이 모방하여, 덩샤오핑(등소평) 주석 때 개혁·개방을 추진하며 헌법을 개정할 때 세계 두 번째로 헌법에 반영한다.

많은 개발도상국들이 대한민국 경제성장의 기적에 어떠한 비밀이 있었는지, 도대체 무엇으로 남들이 상상하지 못할 도약을 이루었는지 정확히 모르고 있다. 대한민국의 기적 뒤에는 국가표준 헌법과 같은 과학기술 기반 도약의 발판을 마련하려는 김재관 같은 헌신적인 과학자의 노력이 있었다. 대한민국에서도 당시는 김재관 박사 말고는 국가표준 헌법이 대한민국의 미래에 어떤 역할을 할지, 아무도 잘 몰랐을 것이다. 이 어마어마한 일을 주도적으로 추진한 김재관 박사 자신도 어쩌면 이 헌법 조항이 대한민국 미래의 거대한 물줄기를 산업화를 넘어서 과학기술 기반 선진국으로 바꾸게 될 것이라 실감하지는 못했을지 모른다.

각종 문명의 이기, 특히 오늘날 우리나라가 최고의 경쟁력을 갖고 있는 조선, 반도체, 자동차, 철강 등 수출 주력 상품은 물론 거의 모든 물품에 표준이 적용된다. 일례로, 1998년 국내 자동차 기업이 나사나 볼트의 조임 정도(토크) 불량률로 인해서 미국 시장에서 70퍼센트 가까이 매출이 폭락하는 일이 벌어졌다. 토크는 자동차 엔진 조립 공정의 90퍼센트 가까이를 차지하는 중요한 부분인데 이 기업의 토크 불량률이 매우 컸던 것이다. 이에 한국표준과학연구원이 엔진 조립 공정에 쓰이는 모든 측정기기를 국가표준에 맞추어 교정하고, 측정기술을 이전해 불량률을 0.5퍼센트까지 낮추게 함으로써 해당 기업이 미국 시장에서 다시 신뢰를 회복하고 매출을 회복할 수 있도록 했다. 이러한 측정 표준과 교정 역할로 대한민국의 자동차산업은 높은 신뢰성을 확보하게 되었다.

반도체도 마찬가지다. 나노미터급 낸드플래시 메모리 분야 초격차를 자랑하는 삼성전자 반도체도 이 같은 표준에 의하지 않고는 제조가 불가능하다. 반도체 제조 공정에 필요한 정밀교정 장비를 전량 수입하던 반도체 기업들이 지금은 한국표준과학연구원의 정밀측정 기술과 교정 덕분에 훨씬 적은 비용으로 뛰어난 정확도를 가진 제조기술을 확보하게 되었고, 오늘날 한국의 반도체 기술은 일본을 진작에 뛰어넘어 세계

1위로 도약하게 되었다.

김재관의 한국표준연구소는 한국이 세계 7번째로 국제원자시를 확보하는 데 기여하였고 한국표준연구소를 이은 한국표준과학연구원은 세슘원자시계를 대체할 제3세대 원자시계 후보 중 하나인 광격자시계를 개발하는 등 세계 5위권의 표준기관으로 자리 잡았다. 김재관이 내다본 대로다. 대한민국의 기업과 산업이 선진국과 대등한 수준을 넘어 선진국을 넘어서는 과학기술 경쟁력을 확보하는 데 한국의 국가표준기관이 선도적인 역할을 하고 있다.

> 국가표준은 산업과 경제성장의 혈관과도 같기에 과학기술과 산업에서 요구되는 모든 측정단위를 일치시켜야 합니다. 그리고 장기적으로 미국이나 독일, 일본과 경쟁해서 이기기 위해서는 이들처럼 아주 정확하고 정밀한 첨단 표준 기술을 갖추어야 합니다. 또한, 표준이 없는 사회는 정의와 복지를 이룰 수도 없습니다.

제8장

죽는 날까지 나라 사랑

대한국인 김재관

교단으로

시대는 냉혹하고 운명은 얄궂었다. 1980년 10월 27일, 세계 최초로 국가표준 제도가 명시된 새 헌법이 공포된 바로 그날 김재관 박사는 자신의 한국표준연구소장 면직 소식을 조간신문에서 확인한다. 전두환 대통령이 정부 산하기관의 기관장들을 대규모로 교체하던 때였다.

이미 자신의 소임은 다했다고 생각한 김재관은 자리에 연연할 이유가 없었다. 귀국 후 공직 생활로 일터보다 보낸 시간이 적은 집에서 모처럼의 칩거가 시작되었다. 50년 된 벚나무 가지를 치며 모처럼 한가한 시간을 보냈다.

어느 날, 미국 NBS의 스티븐 파이저 박사가 문득 김재관의 집을 찾아왔다. "이스라엘에 출장 갔다가 닥터 김이 보고 싶어서 왔다"며 천사

동상을 하나 선물했다.

"천사가 좋은 일을 만들어 줄 거예요. 지나간 일은 지나간 것이죠. 그동안 일 많이 했잖아요."

일 많이 한 것은 사실이었다. 김재관은 파이저가 준 동상을 시시때때로 바라보며 위안을 받았다.

그리고 파이저 박사의 말대로 좋은 일이 정말로 생겼다. 모교인 서울대 공대 기계과에서 교수로 와 달라는 요청이 온 것이다. 김재관은 고민했다. 평생 공학자로서 공학 발전을 위해 이바지한 김재관이지만, 교수로 있는 후배들이 불편할 수 있고, 대선배가 평교수로 부임하는 게 학장도 마음 편치만은 않을 것이었다. 그렇게 망설이고 있던 차에, 이번엔 인천대학교 백선엽 이사장으로부터 교수로 와 달라는 요청이 왔다.

당시 설립 2년째로 아직 무명이나 다름없던 인천대는 쟁쟁한 이력의 교수를 초빙하려 백방으로 노력하는 중이었다. 김재관은 인천대 재단인 선인학원의 백선엽 이사장을 공석에서 몇 번 본 일이 있긴 하지만 개인적으로 친분은 없었다. 그러나 모교인 서울공대보다는 인천대 교수로 가서 학생들을 가르치는 것이 더 낫다고 판단해 인천대 기계공학과 교수로 부임한다.

국가표준 정착을 위해

국가표준의 제도적 정착을 위한 김재관의 노력은 교단에 있는 동안에도 계속되었다. '국가표준헌법'을 명문화하기는 했지만 시행령 등 후속 법령들이 마련되지 않아 필요한 제도와 정책들이 아직 시행되지 못하고 있었던 것이다. 후속 입법 등 제도 정비를 주도해야 할 본인이 정작 표준연구소장에서 물러났으니 더 말할 것도 없었다. 그러나 김재관은 개의치 않았다. 비록 이제는 표준연구소 소장이 아니라 한 사람의 교수 신분이긴 했지만 상관없었다. 국가표준헌법에 걸맞은 제도와 정책을 온전하게 수립해야만 선진 대한민국의 미래가 보장될 수 있기 때문이었다.

김재관은 다시 움직이기 시작했다. 국가표준헌법의 취지를 살리기 위해서 만날 수 있는 모든 사람을 만나기 시작했다. 포항제철을 성공시키고, 중공업 정책을 설계하고, 자동차산업을 수립해 나갈 때 김재관을 믿고 밀어 준 박정희 대통령과 김학렬 부총리가 있었듯이, 이번에는 이상희 국회의원을 만나게 된다. 이상희 의원은 서울대에서 약학박사를 받고 변리사시험에 수석 합격하였으며, 이후 미 국무부 장학생으로 워싱턴의 조지타운 대학교 로스쿨에서 공부한 남다른 이력의 과학자였다. 후에 제11, 12, 15, 16대 국회의원을 지내고, 과학기술처장관, 국가과학기술자문위원장을 지내는 등 당시 과학자들이 흔히 밟지 못할 길을 걸으며 대한민국의 과학기술 수준을 한 단계 도약시킨 또 다른 선구자다.

김재관은 무작정 이상희 의원을 찾아갔다. 당시 재선으로 과학계를 대표하는 국회의원으로 주목받고 있던 이상희 의원은 다음과 같이 회상한다.

> 어느 날 김재관 박사가 의원실로 찾아왔어요. 국회의원실은 많은 사람들이 들락날락하고 많이 어수선해요. 대개는 20~30분도

못 있어요. 그런데 김재관 박사는 두 시간 반을 기다리고 있는 거예요. 그래서, 들어오시라 했지요.

그런데, 김재관 박사가 표준에 대해서 열정적으로 설명을 하는 거예요. 대개 교수들은 당장의 시급한 문제라든가 산업체의 지원을 받아서 할 수 있는 과제를 수행하는데, 표준은 산업체 과제 받을 일이 하나도 없어요. 눈앞에 코가 석 자인데 기업들이 표준에 신경을 쓰지 않지요. 교수들에게 업적이 되거나 일거리가 되는 분야가 아니었어요. 표준은 김재관 박사에게 해도 되고 안 해도 되는 그런 것이었음에도 불구하고 두 시간 반을 기다려서 제 앞에서 열정을 다해서 설명하는 것을 보고 '아! 이분을 도와주어야겠다'고 마음을 먹게 됩니다.

그런데 들어 보니 표준이 진짜 중요한 거예요. 선진국, 후진국의 차이는 표준에서 와요. 보이지는 않지만 모든 것에서 기초가 되는 기준을 가지고 해야 모든 분야가 고도의 발전이 가능해요. 표준이 없으면 고도의 발전을 못 해요. 표준은 하드웨어뿐만 아니라 영화, 음악 등 소프트 분야에서도 중요합니다. 이 부분에 대해서 나와 김재관 박사가 중요한 뜻을 함께하게 되었지요.

김재관 박사와 이상희 의원은 국가표준헌법의 후속 조치들을 마련하기 위해 힘을 합치게 된다. 당시 1987년은 6·10민주항쟁에 뒤이은 6·29선언으로 대통령 직선제 개헌을 추진하는 등 사회정치적으로 매우 어지럽고 복잡한 상황이었다. 행여라도 이번 개헌에서 국가표준 조항이 빠지기라도 한다면 지난 개헌 때 어렵사리 닦아 놓은 대한민국 선

김재관, 『국가표준제도의 위상: 헌법 제127조 2항의 구현』(정화출판사, 1991)

진화의 기틀이 무너지게 되는 상황이었다. 김재관 박사와 이상희 의원의 노력에 힘입어 1987년 10월 29일 공포된 개정 헌법에서 국가표준 조항은 계승되었고, 오늘날 대한민국이 선진국으로 도약하는 중요한 기반 노릇을 하면서 현행 헌법에서도 유지되고 있다.

과학은 창의적 사고, 합리적 사고, 미래 지향적 사고가 본령인데, 김재관 박사는 특히 미래 지향적인 사고의 모범이 되는 과학자였다. 국가표준을 수립한 일도 중요했지만, 과학자로서 김재관 박사의 뜻과 혼은 한 국가의 미래를 바꾸어 놓았다 해도 지나치지 않다. 김재관 박사의 업적보다 대한민국을 위하는 김재관 박사의 혼과 과학자 정신이야말로 후세대들에게 더욱 소중하리라.

과학자 김재관 박사가 성공시킨 철강산업, 중공업, 자동차산업에서의 업적보다, 어찌 보면 국가표준을 수립한 것을 더 큰 업적으로도 볼 수 있다. 왜냐하면 국가표준 수립이야말로 당시 대한민국의 미래, 선진국이 된 지금의 대한민국을 있게 한 요체이기 때문이다. 철강산업, 중공업, 자동차산업은 김재관 박사의 선구적인 기여와 동시에 박정희 대통령과 김학렬 부총리의 전폭적인 지원에다 정주영 회장과 같은 산업계의 영웅들이 함께했기에 가능했지만, 국가표준은 그때까지 아무도 신경을 쓰지 않은 분야였다. 오로지 김재관 박사 일개인의 혼과 정신이 만들어 낸 대한민국의 역사이고 대한민국의 미래였다.

묄렌도르프와 노르베르트 베버의 재발견

김재관은 인천대 교수로 부임해서 학생들을 가르치는 일 외에 또 다른 일을 하기 시작했다. 바로 대한제국 외교고문을 지낸 독일인 묄렌도르프의 전기를 번역하는 일이다.

대한제국을 선포하고 황제에 즉위한 고종은 피폐해진 조선 경제를 재건하고자 독일인 묄렌도르프(1848~1901, 한국명 목인덕)를 조선 황실의 경제 책임자로 임명한다. 묄렌도르프는 독일 할레 대학에서 법학과 동양어를 전공한 어학 전문가이다. 청나라 주재 독일 영사관에서 근무하다가 1882년 중국 최고 실력자인 북양대신 이홍장(리훙장)의 추천으로 조선의 관리로 부임했다. 처음에는 통리아문의 참의, 협판 등을 역임하면서 외교와 세관 업무를 맡았었다. 1884년에는 러시아 공사 베베르와 협조하여 한러 수호통상조약을 맺는 데 앞장섰다.

그 무렵 묄렌도르프는 조선 황실의 재정을 확보하기 위해 신식 주화를 발행한다. 그의 직책은 재정고문격인 전환국 총판이었다. 그는 총

김재관 박사가 번역한 묄렌도르프 전기 『묄렌도르프』(현암사, 1984)

판이 되자마자 1886년 독일로부터 조폐기계를 수입하고 이듬해 2월에 선혜청 별청 자리에 전환국 건물을 신축하여 신식 화폐를 발행한다. 1888년에 처음 발행된 1원 은화와 10문, 5문 적동화 등 3종의 신식 화폐는 실질적으로 거의 유통되지 못했고, 가뜩이나 어려운 조선 황실 재정에 조폐기계 수입, 신식 화폐 발행 등으로 또 한 번의 피해를 주었다고 평가되어 왔다. 그 뒤 조선 황실에서 해임된 묄렌도르프는 중국으로 돌아가 영파(닝보)에서 여생을 마쳤다.

묄렌도르프는 동양어 전공자답게 한국 역사와 만주어에 조예가 깊어, 『만주어 문전文典』 같은 저서로 동양학에 기여한 공이 오히려 크다. 그러나 경제에 관해서는 문외한이며, 그런 사람을 경제 책임자로 기용한 조선 황실도 문제가 있었다는 평가도 있다.

어느 날 김재관은 독일에서 살 때 헌책방에서 구했던 묄렌도프르 전기를 꺼내들었다. 그리고는 유학 경험을 살려 책을 번역하기 시작했다. 국역본은 1984년에 『묄렌도르프』라는 제목으로 출간되었다. 묄렌도르프 전기를 가지고 있는 사람도 국내에 드물던 시절, 잘잘못을 떠나 그를 한 명의 역사적 인물로 이해하고 그의 전기를 번역한 최초의 한국인이 김재관 박사였다. "묄렌도르프와 한국의 공업화"라는 제목으로 논문도 발표했다.

김재관에 따르면 묄렌도르프는 조선의 자주독립을 위해 공업화에 진력했다. 그는 중국 상하이에서 100만 원의 차관을 알선하여 조선의 광산 개발에 도움을 줬다. 같은 독일인 마르텐스로 하여금 서대문과 부평에 견직물 공장을 짓게 했고, 미국인으로 하여금 한강변에 널려 있는 흰모래로 유리공장을 차리게 하였으며, 중국인 도공을 불러들여 풍부한 고령토로 도자기 공장을 운영토록 했다. 또한 견직물(비단) 개량을 위해 10만 그루의 뽕나무를 수입하게 했고, 지하자원 개발을 위해 독일인 지질학 교수 고트셰를 초청하여 두 번에 걸쳐 전국적 지질 조사를 실시하게 하는 등 철광과 석탄채광업을 통해 조선의 국가이익에 기여하도록 조정했다는 것이다. 각종 공업 제품과 농수산물의 생산, 수출을 증대시키기 위해 산업박람회 개최를 권장하고 세계박람회에도 출품하도록 유도했다. 묄렌도르프는 나름대로 조선을 위해 애쓴 인물이라는 것이 김재관의 논문의 요지였다. 지금까지 알려지지 않았던 묄렌도르프에 대한 새로운 견해였다.

김재관은 묄렌도르프가 경험한 100년 전 고종 시대의 우리나라 산업구조가 자신의 시대와 별반 다르지 않았다는 것에 주목했다. 김재관은 묄렌도르프가 기록한 100년 전의 한국을 보면서, 준비되지 못하고 어수선한 그 당시 산업구조의 혼란상이 100년이 지난 오늘에도 별반 다르지 않음에 놀랐다. 그리고 묄렌도르프를 보면서 대한민국을 바꿔 나가기 위해서 무엇을 해야 하는지를 되돌아보았다. 묄렌도르프 당시의 한국 상황에서 오늘의 대한민국을 바꿀 힌트를 찾고 있었다.

묄렌도르프에 대한 김재관 박사의 관심은 당시 독일 문정관 라이퍼(Leifer) 박사를 만나면서 더욱 확대되었다. 라이퍼 박사도 한국을 매우 사랑했고, 문정관으로 한국에 나와 있으면서 묄렌도르프에 큰 관심을 갖고 있었다. 한국을 사랑하는 마음을 공유하는 둘은 묄렌도르프를 통해서 한독 간의 관계를 넓혀 가는 데 기여했다.

김재관은 역사학자가 아니다. 그저 유학 시절 익힌 독일어 실력을 발휘해 묄렌도르프의 덜 알려진 면모를 알리고 싶었을 뿐이다. 그가 번역한 묄렌도르프 전기는 국내 최초였고, 그의 논문과 더불어 조선 말의 경제와 공업화를 연구하는 학자들의 중요한 참고문헌이 되고 있다. 이후 한국에서 묄렌도르프에 대한 평가는 다양해져, 종래 조선의 경제를 파탄시킨 인물이라고만 알려져 있던 것이 최근에는 조선에 깊은 애정을 가지고 조선을 발전시키기 위해 노력했던 사람이라는 인식도 공감대를 얻고 있다.

묄렌도르프 전기 외에, 독일인 노르베르트 베버가 조선을 여행하며 견문한 문화와 전통을 당시론 드물게 사진과 함께 기록한 『고요한 아침의 나라에서』도 김재관이 독일 헌책방에서 건져낸 귀중본이다.

독일 시절 김재관은 휴일이면 헌책방을 둘러보는 취미가 있었다. 다른 데서는 볼 수 없는 희귀한 책, 흘러간 명작, 훌륭한 과거 인물들의 전기, 한때 찬란했던 홍보물 등을 책방에서 사거나 읽어 보는 것이다. 헌

김재관 박사와 양혜숙 교수가 다시 찾은 독일 루르 공업지대의 고서점

책방은 인간 세상의 모든 과거와 현실이 뒤섞인 별세계였다.

루르 공업지대에 있는 뒤스부르크시에 거주할 때다. 하루는 먼 곳까지 여행을 하기도 뭣하여 숙소 근처로 산보를 나갔다. 루르시는 공업지대라 사방에서 뿜는 각종 공장 굴뚝의 연기와 먼지가 너무 많아, 먼지의 색을 보고 공기의 냄새만 맡아도 그날의 풍향이나 날씨를 점칠 수 있을 정도였다. 그런 도시이니 문화 예술과 같은 인프라가 별로 없었다. 책방도 몇 안 되었다. 그런데 어느 조그마한 골목길에 다다랐을 때 헌책방 하나가 눈에 띄었다. 김재관은 자연스럽게 발길을 책방으로 옮겼다. 책방 안 비좁은 공간에 헌책이 무너질 듯 쌓여 있었다.

책들을 한쪽 벽에서부터 묵묵히 훑어 내려가는데, 한쪽 구석에 이르렀을 때 '朝鮮'이라고 크게 쓰인 한자가 번쩍 눈에 띄었다. 그 옆에 알파

노르베르트 베버가 1910년대에 한국을 소개한 『고요한 아침의 나라에서』 앞뒤 표지

벳으로 'CHOSUN'이라고 쓰고 독일어로 '고요한 아침의 나라에서(Im Land der Morgenstille)'라는 부제가 달려 있었다. 호기심에 책을 꺼내 보았다. 조선이 일본에 국권을 침탈당한 직후의 상황을 그린 것이었다. 책의 이전 소유자는 부유한 인텔리였는지, 꽤 오래된 책인데도 보존 상태가 좋았고 변색된 곳도 없었다. 한 장 한 장 책장을 넘겨 보았다. 총 469페이지에 달하는 최고급 인쇄지에 능숙한 독일어 문장, 색도 바래지 않은 24매의 진귀한 컬러사진과 300여 장의 흑백사진 외에도 수많은 그림과 스케치가 담겨 있었다. 자신은 한 번도 보지 못한 생생한 조선 말엽의 문물과 풍경이 당시를 말해 주고 있었다.

책을 꼭 사야겠다고 마음먹었지만, 유학생으로 수중에 돈이 얼마 없었기에 비싼 값을 부르지나 않을까 내심 조마조마했다. 무심한 척, 지나

가는 말처럼 책방 주인에게 책값을 물었더니 다행히 책방 주인은 김재관의 얼굴을 거들떠보지도 않고 단돈 5마르크를 불렀다. 예상 밖의 싼 값이었다. 책방 주인은 그 책을 흔해 빠진 싸구려 여행기 정도로 생각했던 것 같다. 무심한 무지가 가져온 뜻밖의 횡재였다. 김재관은 속으로 쾌재를 부르며 "당케 쇤(고맙습니다)"을 연발하며 얼른 돈을 치르고 집으로 달려왔다. 돌아와 알아보니 그 책은 한국에도 단 한 권밖에 없는 귀중한 책이었다. 경북 왜관의 베네딕도 수도원에 있다고 했다. 졸지에 희귀서를 소장하는 뜻밖의 행운을 누린 셈이다.

지은이 노르베르트 베버는 독일인 신부로 1911년에 부산부터 평양까지 여행하면서 당시 조선의 풍습과 문물을 사진으로 찍고 그림과 스케치를 더해 책으로 출간한 것이었다. 나중에 알았지만 베버는 쇄국정책 탓에 덜 알려져 있던 구한국의 문화와 생활을 그 책으로 유럽에 소개한 공로로 뮌헨 대학에서 명예박사학위까지 받았다고 한다.

김재관의 집에는 이렇게 독일의 곳곳에서 수집한 책들이 쌓여 있었다. 루르 공업지대에서 2년 말고도 그전 1957년 2월 독일 유수의 철강회사인 회슈 제철회사 실습, 1964년 9월 뮌헨 공대 금속연구원 시절 실습으로 여기저기 다니며 모은 책들이었다. 묄렌도르프 전기 외의 책들도 틈틈이 번역을 시작했다.

김재관은 또한 『직지심경』에도 깊은 관심과 애착이 있었다. 금속학의 대가인 김재관은 독일의 구텐베르크 성서보다 73년 앞선 1377년경에 금속활자로 『직지심경』을 찍은 우리 역사에 더할 나위 없는 자부심을 가졌던 것이다.

그는 세상을 떴으나, 우리와 함께 있다

인천대 교수로 학생들을 가르치면서, 틈틈이 번역을 하면서, 한국정밀공학회 회장을 맡으면서 세월은 흘러갔다.

2017년 12월 25일 오후 1시 50분, 김재관은 서울대학교병원에서 향년 89세로 유명을 달리했다. 한국표준연구소가 설립된 날이 1975년 12월 24일이니 날짜도 공교롭다.

많은 사람이 빈소를 찾아 애도했다. 왕년의 KIST 동료 윤여경, 김훈철, 김희재, 김은영 박사 등도 조문했다. 윤여경 박사는 이 책을 집필하는 중 2019년 3월 9일, 향년 85세로 오랜 동지 김재관 곁으로 갔다.

김재관의 유해는 마지막 공직이었던 대전의 한국표준과학연구원을 찾아 노제를 지낸 후 고향인 경기도 화성시 안석리 선산에 묻혔다.

김재관은 일제시대에 태어나 대학 재학 중 6·25 동란을 만났고, 1956년 서독 정부 초청 장학생으로 도독, 뮌헨 공대와 데마크 철강에서 철강, 금속학, 재료공학, 공업경영 등을 연구하고 현장 경험을 쌓은 후 한국 산업과 과학계의 발전을 위해 귀국하여 KIST 제1연구실장, 국방과학연구소 부소장, 상공부 초대 중공업차관보, 한국표준연구소 초대 소장 등을 지내며 국가에 크게 이바지하였다. 공직에서 물러난 후 인천대 기계공학부 교수와 대학원장을 지내며 후학을 양성했다.

김재관은 한국의 철강, 중공업과 표준의 발전을 위해 평생을 노력했다. 대한민국을 사랑했고, 오로지 대한민국의 발전을 위해 살았다. 우리나라 최초의 종합제철소 포항제철의 기획과 설계, 조선산업 기획, 자동차산업 국산화 플랜, 무기 현대화, 그리고 국가표준 체계의 확립과 한국표준연구소 설립, 국가표준 헌법 명문화 등 대한민국 산업과 과학기술 전 분야에 걸쳐 공헌했다.

그의 1주기인 2018년 12월, 인천대학 기계공학부 제자들이 십시일반으로 기계공학부 학생들에게 주는 '김재관 장학금'을 만들었다. 기일인 12월 25일에는 고향인 남양읍의 유지들이 화성시청 대강당에 모여 '김재관기념사업회'를 발족시켰다.

그는 세상을 떴으나, 그는 우리와 함께 있다.

그는 갔으나 그가 만든 공업과 과학 발전의 불씨는 지금도 훨훨 타오르고 있다.

한국은 2020년 1인당 GDP 3만 달러를 넘어 세계 9위로 올라섰다.

여기까지 오기 위해 5천만 대한민국 사람이 노력했다.

서독으로 외화를 벌기 위해 나간 간호사, 광부,

베트남의 전쟁터에서 봉급을 보내 온 파월 용사들, 그리고 기술자들,

중동의 사막에서 고생한 근로자들,

구로공단, 구미공단, 마산수출자유공단에서 일했던 우리의 여공들,

애국심을 가지고 국가가 나가야 할 방향을 정확하게 이끈 박정희 대통령과 우수한 관료들,

국가과학과 공업발전을 설계한 KIST와 카이스트의 세계적인 석학들,

그리고 우리나라 철강, 중공업, 자동차, 무기, 조선 등 산업의 설계와 국가표준의 확립에 이르기까지 공헌한 김재관 박사.

참 많은 분들이 대한민국의 발전을 위해서 노력했다.

그 결과 대한민국은 1948년 1인당 국민소득 35달러에서 2018년 그 1천 배에 가까운 3만 달러를 돌파하여 세계 9위의 경제 강국이 되었다. 2차대전 이후 원조 받는 최빈국에서 선진국으로 올라간 경우는 전 세계에서 한국이 유일하다.

우정宇靜 김재관金在官(Kim, Zae-Quan) 박사 약력

김재관 박사 기념관(zaequankim.org)

고 김재관 박사는 신라 제56대 경순왕敬順王(897~978)의 후손이며 안동安東 김金씨 충렬공忠烈公 휘諱 방경方慶 23세손, 익원공翼元公 휘 사형士衡 19세손이다.

아호 '우정'은 집 우宇, 고요 정靜자로, 온 우주의 균형이 잡히면 고요하다, 즉 표준의 역할을 뜻함과 동시에 큰마음과 성품을 내포하였다.

1933. 4. 19	경기도 화성군 남양읍 안석리(현 화성시 남양읍 안석리)에서 부친 김도묵과 모친 윤신녀의 3남 2녀 중 장남으로 출생(실제 1928년생)
1965. 3. 7	양혜숙(1936~)과 결혼. 선영·선우·원준 1남 2녀를 둠
2017. 12. 25	서울대학교병원에서 별세(향년 89세)

학력

1944~1950	중앙중고등학교
1950~1956	서울대학교 공과대학 기계공학과
1956~1958	서독 뮌헨 공과대학교 기계공학 석사(Dipl.-Ing.)
1958~1961	서독 뮌헨 공과대학교 기계공학 박사(Dr.-Ing.)

경력

1956. 4~1956. 10	한국산업은행 기술부 근무
1958. 8~1961. 12	서독 뮌헨 공과대학교 기계과 근무
1962. 3~1964. 8	서독 데마크(DEMAG) 기계공업(주) 및 IPCO사 근무
1964. 9~1967. 8	서독 뮌헨 공과대학교 금속(기계재료)연구소 연구원 뮌헨을 방문한 박정희 대통령에게 대한민국 종합 제철산업 육성 건의
1967. 9~1972. 3	한국과학기술연구소(KIST) 제1연구부장 겸 특수기재연구실 실장 포항종합제철소 최초 설립 프로젝트 추진 주역 및 연산 103만 톤 설계 대한민국 산업화의 기원인 「중공업 발전의 기반」 정책 설계 대한민국 최초 고유 모델 자동차산업 건의 및 기획
1968. 4~1968. 10	미국 바텔기념연구소(Battelle Memorial Institute) 연구원
1972. 3~1973. 1	국방과학연구소(ADD) 부소장
1973. 1~1974. 7	상공부 초대 중공업차관보

	고유 모델 자동차산업 정책 수립 및 추진
1974. 7~1975. 12	국립공업표준시험소 소장
1975. 12~1980. 7	한국표준연구소 초대 소장
1976~1982. 8	한독협회 사무총장(회장 안호상 박사)
1977. 10~1981. 9	태양에너지학회 부회장
1977. 10~1983. 9	운용과학회 부회장
1980	국가표준 제도의 헌법 명문화를 국회, 법제처 등에 건의 헌법개정안(당시 제118조 1항)에 국가표준 제도 명문화 국가표준 제도(제127조 2항) 명시한 헌법개정안 국민투표 확정
1980. 8. 20~1998. 8 31	인천대학교 기계공학부 교수(1988. 4~1990. 2 대학원장)
1998. 9. 1~2003. 8. 31	인천대학교 기계공학부 명예교수
1982. 9~1992	한독협회 부회장(회장 방우영 조선일보 사장)
1985. 11~1989. 11	한국정밀공학회 회장
1987	국가표준 제도(제127조 2항) 유지한 헌법개정안 국민투표 확정
1992. 4~1994. 5	한국과학기술연구원 동문회 회장
1993~1999	한독협회 부회장(회장 김우중 대우그룹 회장)
1997	「국가표준기본법」 제정을 국회에 건의
1999	「국가표준기본법」 의원입법으로 제정, 발효

상훈

1971	국민훈장 동백장
1988	5·16민족상
2001	과학기술훈장 혁신장

저술

1. 철강 및 중공업 분야

한국종합제철 주식회사 울산제철소의 예비계획서(DKG연합체, Duisburg, 1962)

Proposal for Development of Iron and Steel Industry in Korea (한국의 철강공업 육성방안)(T. U. Munich, 1964)

포항종합제철 건설 및 한국 철강공업 개발 연구조사보고서(경제기획원, 1969)

한국기계공업 육성방향 조사연구보고서(한국과학기술연구소, 1970)

중공업 발전의 기반: 한국의 기계 및 소재공업의 현황과 전망 분석(상)(하)(한국과학기술연구소, 1970)

장기 조선공업 진흥계획(상공부, 1973)

2. 자동차공업 분야

장기 자동차공업 진흥계획(상공부, 1973)

한국형 고유모델 승용차 공업정책의 기적(『한국자동차공학회지』 제17권 6호, 1995)

3. 국가표준 제도 분야

Metrology Plan for Korean Industrial Development (US NBS, Washington DC, 1976)

국가표준제도의 현대화(한국표준연구소, 1978)

국가표준제도의 발전유형에 관한 연구(1985)

National Standards System of Korea (IDRC, Ottawa, 1986)

국가표준제도의 국제비교연구(1986)

국가표준제도의 확립방안 연구: 국가표준기본법 제정의 기본방향(한국과학재단, 1987)

2000년대의 국가표준제도(학술진흥재단, 1988)

국가표준제도의 위상: 헌법 제127조 2항의 구현(정화출판사, 1991)

선진국가표준제도의 확립 연구(1998)

4. 국제협력 분야

인도네시아의 국가표준제도와 셀퐁과학원(UNESCO, 1984)

Indonesia 국가표준제도와 Serpong 과학기술원(SIT) 설립 건의서(UNESCO/UNDP 보고서/78/073, 1988)

Development of Industrial Standards and Quality Control System of Papua New Guinea (파푸아뉴기니의 공업표준과 품질관리 제도)(ADB 보고서, Manila, 1990)

Standardics: The Integrated Discipline for all Science, Technology, and Industry (APMP-Seminar, Asia-Pacific Metrology Program, 1992)

공적 요약

■ **대한민국 제1호 유치과학자**

1967년 대한민국 제1호 유치과학자로 초청되어 귀국한 김재관 박사는 당시 불모지였던 대한민국의 중화학공업 발전 기반 확립, 자동차산업 육성 방안 추진, 국가표준 기반 마련 등 대한민국 산업화의 초기 설계자로서 대한민국 과학기술과 산업발전의 중요한 기틀과 그 기반을 마련함.

■ **한국 중화학공업 발전의 기반이 되는 종합제철소 건립 제안 및 기획을 통해 건립 계기 마련**

귀국 전인 1964년, 서독을 방문한 박정희 대통령에게 한국 공업 발전의 기반을 마련하기 위해서는 100만 톤 규모의 종합제철소가 필요함을 건의(「한국의 철강공업 육성방안」 제안서, 1964)하여 포항종합제철소(현 POSCO) 건설의 계기를 마련하는 데 공헌함.

귀국 후 KIST 초대 제1연구부장으로서 종합제철소 설계 및 기획을 맡아 중화학공업 발전의 기반이 될 국제적 규모(103만 톤)의 포항종합제철소 청사진을 제시하고, 해외 차관 유치(대일청구권자금)를 성공시켜 종합제철소 건립을 위한 중요한 기반을 마련함.

■ **한국 산업 발전의 초석이 되는 '중화학공업 육성 정책'의 최초 밑그림을 그림**

1970년, 대한민국 중화학공업 육성의 최초 밑그림이 되는 '중화학공업 발전방안' 마련의 실무책임자(KIST)로서 한국 산업 발전의 중요한 밑그림을 제시함. 「중공업 발전의 기반」(1970) 보고서를 통해 제철, 조선, 전자, 중화학, 자동차산업 등 대한민국 주요 산업의 최초 육성 방안을 기획·설계하고 이들 산업 탄생의 밑그림을 제시하여 한국 산업 발전의 초석을 마련하는 데 크게 기여함.

■ **국방과학연구소 초대 총괄부소장으로서 국가 방위산업 발전의 기반 확립에 기여**

기술주권에 의한 자주국방을 위해서 설립된 국방과학연구소(ADD)의 초대 총괄부소장으로 국방과학기술 개발의 기틀을 마련하고, 대한민국 국방기술과 방위산업 발전, 자주국방의 기반을 마련하는 데 기여함.

■ **'고유 모델 자동차산업 육성 방안'을 추진하여 한국 자동차산업 발전의 기반을 마련**

1973년 초대 상공부 중공업차관보로 재임하며 고유 모델 자동차산업 육성 방안을 제시하고 정책적으로 추진함.

당시 제시한 고유 모델 정책은 한국이 개발도상국으로서는 유일하게 국제적 규모의 자동차 제조 산업을 가지게 되는 중요한 기반이 됨.

■ **한국표준연구소 초대 소장으로 과학기술 및 국가 선진화의 뼈대가 되는 국가표준의 기반을 마련**

1975년 한국표준연구소(현 한국표준과학연구원, KRISS) 설립을 추진하고 5년 7개월간 초대 소장으로 재임하며 독자적 국가표준 시간·시보 제도 확립, 국가표준의 측정·개발·운영의 토대를 마련하여 한국 과학기술 및 산업 선진화의 핵심적 기반을 마련하는 데 크게 공헌함.

■ **국가표준 제도 헌법 명문화(제127조 2항) 및 「국가표준기본법」 설계, 건의, 입법에 기여하여 대한민국 과학기술과 대한민국 선진화 및 지속 가능성을 위한 국가적 기반을 마련**

한국표준연구소 소장 재임시(1980) 국가표준 제도의 헌법 명문화를 국회 및 법제처에 건의하고 추진하여, 제5공화국 헌법 및 현행 헌법 제127조 제2항 "국가는 국가표준제도를 확립한다"라는 조항을 마련함으로써 오늘의 국가 과학기술과 산업의 고도화를 통한 대한민국의 선진화 및 지속 가능한 발전의 기반을 마련하는 데 중요한 공헌을 함.

1997년 「국가표준기본법」 제정을 국회에 건의하여 법 제정에 기여하고 국가표준 제도 확립의 국가 제도적 기반을 마련하는 데 공헌함.

참고문헌

곽기호, "우리나라 중공업 정책의 창건자, 한국과학기술연구원", 『기술혁신연구』 제27권 5호(2019), 155-187쪽

______, "한국 자동차 산업의 태동과 KIST: '장기 자동차공업진행계획'과 승용차 고유모델 '포니'의 탄생을 중심으로", 『기술혁신연구』 제27권 5호(2019), 39-73쪽

국가기록원, "기록으로 보는 경제개발 5개년 계획", http://theme.archives.go.kr/next/economicDevelopment/primary.do

김의석, "산업추격관점에서의 한국과학기술연구원의 역할: 1960-1970년대 우리나라 중공업발전 사례를 중심으로", 『기술혁신연구』 제27권 5호(2019), 189-208쪽

김종현·이용길, "한국 조선산업의 초기 발전과정과 KIST의 역할", 『기술혁신연구』 제27권 5호(2019), 99-121쪽

문만용, "'KIST모델'의 형성과 변천: 설립에서 1980년까지를 중심으로", 『기술혁신연구』 제27권 5호(2019), 123-154쪽

박기주 외, 『한국 중화학공업화와 사회의 변화』(대한민국역사박물관, 2013)

송성수, "한국과학기술연구소(KIST)의 철강공업 초기 발전에 관한 기여 분석: 포항제철소 건설사업의 기획 및 지원을 중심으로", 『기술혁신연구』 제27권 5호(2019), 75-98쪽

송재열, "'재독 한인총연합회'의 모태에 관하여", Aug. 1, 2009, www.eurasiatour.info/index.php/en/europe/170-wine-tours-in-germany-2?tmpl=component&print=1

이성은, "이승만에서 시작된 '한독 경제협력", 미래한국 2017. 1. 6.

전국경제인연합회, 『기적의 50년을 넘어 희망 100년으로(전경련 50년사)』(2011)

조갑제, 『내 무덤에 침을 뱉어라』(조선일보사, 2011)

______, "50년 전 박정희 대통령의 부자 나라 독일 방문기", 조선뉴스프레스 2014. 3. 31

포니정재단, 『포니정 나의삶 나의꿈(정세영 추모집)』(2015)

한국과학기술연구원, 『KIST 30년사: 창조적 원천기술에의 도전, 1966-1998』(1998)

한국과학기술연구원, 『KIST 50년, 잊히지 않을 이야기』(2016)

한국기술경영연구원, 『70~90년대 주요 과학기술정책이 과학기술발전과 산업발전에 기여한 성과조사 분석』(2007).

한국표준과학연구원, 『국민연구소 KRISS 40년, 40개 이야기』(행복에너지, 2015)

KAIST 산업미래전략연구센터, 『KIST, 대한민국 산업발전의 초석: 대한민국 산업발전의 기반은 어떻게 세워졌는가?』(2019)

Kirk, Ashley, "Nobel Prize winners: Which country has the most Nobel laureates?", *The Telegraph*, Oct. 12, 2015.

"Korean Science Institute: A Model for Developing Nations?" *Science*, Mar. 6, 1970

"부산 미 하야리아부대 내일 공식 폐쇄," 문화일보 2006. 8. 9

"김재관 전 KIST 실장, '포항 1기 103만톤은 KIST의 독자적 설계안… 자부심 느껴'(남기고 싶은 이야기 42)", 포스코신문 2014. 12. 4
"산업화 거목들 'KIST'서 국산차·반도체 미래 설계", 디지털타임스 2016. 1. 18
"윤여경 전 KIST 경제분석실장, 종합제철 건설계획 경제적 타당성 분석한 KIST 1세대 연구원(남기고 싶은 이야기 71)", 포스코신문 2016. 8. 8
"이승만에서 시작된 '한독 경제협력'", 미래한국 2017. 1. 6
"박정희가 처음 불러들인 '유학파 과학자' 김재관 박사 별세", 중앙일보 2017. 12. 26
"양윤세 전 동력자원부 장관, KISA '한국의 종합제철 꿈, 더 멀어지게 했다'(남기고 싶은 이야기 95)", 포스코신문 2018. 2. 28

쓰고 나서

이 책을 위해 인터뷰를 하던 도중 김재관 박사님께서 별세하셨다. 박사님의 명복을 빈다.

인터뷰에 응해 주신 김훈철 박사님, 고 윤여경 박사님, 김희재 선생님, 정낙삼 박사님, 김달수 선생, 박찬복 선생, 협조해 주신 한국표준과학연구원 관계자분들께 깊은 감사를 드린다.

이제 아버지 세대의 어른들이 한 분씩 돌아가신다. 기댈 언덕이 사라지는 기분이다. 애통석하고 아쉽다.

마지막으로 김재관 박사님께 한말씀 올리고 싶다.

"아버지! 조국을 위해 정말 애쓰셨습니다. 이제 편안히 쉬세요. 고맙습니다."

홍하상 배상

대한민국 역사에 과학 깃발 휘날리며

개인적 삶의
다난한 인생행로에
의연해 하시고

우리 사회 갈등의
기쁨, 슬픔, 외로움에도
따뜻한 미소 짓고

산업의 골격인
철강산업의 꿈에
역사의 씨앗 뿌리시고

디지털 표준화를 위해
표준법 제정의
횃불이 되시고

역사의 풍상에
초연하는 바위
산정의 바위 되어

대한민국 역사 속에
과학 깃발 휘날리며
축복 속에 영원하소서.

이상희(대한민국헌정회 국가과학기술헌정자문회의 의장, 전 과학기술부장관)

한국의 자랑, 세계의 희망의 역사

고 김재관 박사의 평전 『뮌헨에서 시작된 대한민국의 기적』이 발간된다는 소식을 접하고 내심 매우 기쁘고 다행스럽게 생각한다. 이것은 비단 김재관 박사 개인의 평전을 넘어서 지난날 우리나라 과학기술과 산업 발전 발자취의 일부이기 때문이다.

우리나라는 지난 반세기 동안 세계 역사상 유례를 찾아보기 힘든 압축성장을 이룩하여 일인당 GNP 60~70달러의 시대에서 3만 달러 시대를 넘어 이제 4만 달러 시대를 눈앞에 두고 있다. 1960년대와 '70년대 초 우리나라의 수출 주종 품목은 와이셔츠, 가발 그리고 합판이었으며 이것이 수출 상품의 삼총사였다. 경제는 자립을 하지 못한 상태였고 과학과 기술도 불모지나 다름없었다. 그런 바탕에서 출발하여 우리는 그 짧은 시간 안에 세계인이 놀랄 기적을 만들어 낸 것이다. 무엇이 이와 같은 기적을 가능하게 하였을까? 물론 여러 가지 요인이 있을 것이지만 그중 가장 중요한 요인은 과학기술의 역할이었다.

그러나 우리 과학기술인들이 구체적으로 무엇을 어떻게 기여하였느냐는 질문을 받으면 답이 궁색해지곤 한다. 그 이유는 지난 반세기 우리가 이루어 온 축적에 대한 정리와 기록이 부실한 탓일 것이다. 이런 맥락에서 이번에 발간되는 『뮌헨에서 시작된 대한민국의 기적』은 비록 일부이긴 하지만 그간의 우리나라 발전에 과학기술이 어떤 기여를 하였는지에 대한 구체적인 사례들을 기록으로 남긴다는 점에서 매우 중요한 의미를 지닌다고 본다.

김재관 박사와 필자와의 인연은 필자가 1959년 뮌헨 유학 생활을 하면서 시작되었다. 김재관 박사는 대학 선배이고 필자가 뮌헨에 도착했을 때는 이미 뮌헨 공과대학 박사과정에 있던 시기여서 필자의 유학 생활에 많은 도움을 주었다. 이국 만 리에서 4·19혁명, 장면 정권, 그리고 5·16혁명으로 이어지는 정치적 소용돌이를 현지 신문 기사와 잘 들리지 않는 단파방송에 의존하여 접하며 함께 나라 걱정을 하던 사이였다.

내가 본 김 박사는 항상 웃음을 잃지 않으면서도 강인한 의지력과 꺾이지 않는 집념을 지닌 분이었다. 지금도 잊혀지지 않는 일화 중 하나는 박정희 대통령의 독일 방문 때의 일이다. 박 대통령은 유학생이 가장 많았던 뮌헨을 방문하여 유학생을 숙소 호텔에서 접견하고 위로하는 시간을 마련했는데 당시 약 30여 명에 달하는 유학생들이 일렬로 서서 한 사람씩 차례로 인사를 나누는 시간을 가졌다. 그때 김 박사가 나보다 서너 사람 앞이었는데, 그의 차례가 되자 그는 손수 제본한 두꺼운 책을 대통령에게 전하면서 긴 시간 동안 무언가 열심히 이야기를 주고받는 것이었다. 나중에 알고 보니 그 서류뭉치가 바로 철강공업 건설에 관한 청사진, 「한국의 철강공업 육성방안」이었다. 그 당시 김재관 박사는 학위를 마친 후 북독일 철강회사 데마크에 취직해 있을 시기였는데 그곳에서 우리나라 미래를 위해 철강산업을 위한 청사진을 만들어 낸 것이다. 이렇게 해서 시작된 김재관 박사의 뮌헨에서의 꿈은 박정희 대통령의 관심사로 이어졌고, 훗날 김 박사도 귀국 후 KIST에 재직하며 이 꿈의 실현을 위해 노력을 이어 나갔으며 우리나라 철강산업의 근간인 포항제철 설립에 결정적인 역할을 하였다.

김재관 박사는 우리나라 철강산업뿐만 아니라 자동차산업에도 크게 기여하였다. 초기에는 외국의 자동차 모델을 도입하여 발전시키려는 움직임이 있었지만, 당시 상공부 중화학공업차관보로 재직하던 김 박사는 국산 고유 모델을 주장하였으며, 오랜 논쟁 끝에 결국 국산 첫 모델인 '포니'를 탄생시키는 데 기여하였다. 이외에도 미국의 해리 최 박사, 이경서 박사 등과 함께 우리나라 기계공업 육성 방안을 입안하는 데 참여했으며, 훗날 한국표준연구소 초대 소장으로 우리나라 국가표준을 확립하는 데 크게 기여하였다.

이러한 훌륭한 업적들이 잊히기 전에 이 책을 통해 기록으로 남게 된 것은 참으로 다행스러운 일이 아닐 수 없다. 이 책 발간이 그동안 우리 세대가 이룩해 놓은 수많은 과학기술 역사와 업적들을 잘 정리하는 노력으로 확대되어 미래 국가경쟁력의 밑거름으로 이어지는 계기가 되기를 기대한다.

채영복(전 과학기술부장관)

나라 사랑과 실천, 아직도 눈에 선한데

공사간에 항상 미소로 대해 주시던 김재관 박사님의 모습이 지금도 눈에 선한데 하늘나라에 가신 지 벌써 4년 가까이 되어 가는군요!

김재관 박사님은 제가 미국에서 공부를 마치고 사회생활을 시작한 첫 직장인 한국표준연구소(KSRI, 현 한국표준과학연구원) 소장이셨습니다. 저는 1976년 7월 1일자로 KSRI에 입소하면서 바로 미국 국립표준국(NBS, 현 NIST) 주재 기술조정관으로 발령이 났습니다. 주 임무는 NBS 전문가에 자문해 표준 장비를 선정하고, 입소한 연구원들의 NBS 연수 계획을 수립하고 시행하는 일이었습니다.

한국의 산업과 과학기술 발전에 표준이 얼마나 중요한지를 그 누구보다 잘 아신 김 박사님은 온 힘과 정성을 다해서 국가표준을 세우고자 하셨습니다. 특히 시간표준의 필요성과 중요성을 이미 알고 계셨고, 이에 필요한 장비를 우선적으로 도입할 수 있도록 조치하셨습니다. 여기에는 30만 년에 1초 정도의 오차밖에 나지 않는 원자시계와 이를 전국에 보급할 송신 장비가 포함되어 있었습니다. 표준의 표준이라고 할 수 있는 가장 중요한 시간표준이 대한민국에 확립된 것입니다. 세종대왕 이후에 대한민국의 시간을 다시 수립한 중요한 의미를 가지며, 대한민국 산업과 경제가 세계시간과 연동되게 함으로써 산업화의 기반을 마련한 역사적인 일이었습니다.

김재관 박사님은 항상 남들이 보지 못하는 먼 미래를 내다보고 결정하시는 분이었습니다. 당시 당면 과제 중 안테나 설치를 위해 직경

100미터 정도의 평탄한 부지를 선정 확보하는 일이 있었는데, 여기저기 물색해 보았지만 여의치 않아 결국 연구소 내 산 하나를 깎아서 조성하기로 했습니다. 이는 처음 연구소를 설립할 때 김 박사님께서 백년대계를 위해 표준연구소의 부지를 넓게 확보한 덕택에 가능했습니다. 연구소 부지 선정 당시 김 박사님이 한국기계연구원과 바로 인접한 100헥타르(30만 평)를 확보하려고 하자 당시 정부 주무부처인 공업진흥청에서 "무슨 연구소가 골프장만 하냐"며 허락하지 않아 63헥타르밖에 확보하지 못했습니다. 김 박사님이 웃으며 "골프장이 30만 평인 것 처음 알았네!" 하시던 모습이 지금도 눈에 선합니다. 그래도 연구단지에서 가장 큰 부지를 확보한 것이며, 이 덕택에 후에 높은 산 위에 국가표준 전자파 야외시험장을 설치할 수 있게 되었습니다. 비단 시간표준에서뿐만 아니라 한국표준연구소 설립, 국가표준 제도 확립 등 김재관 박사님은 대한민국 산업화와 선진국 진입에 필요한 것을 언제나 남보다 앞서 내다보는 분이었습니다.

김 박사님은 새로운 일에 도전하기를 주저하지 않을 뿐 아니라, 모험심도 아주 강한 분이었습니다. 아시아개발은행(ADB)의 의뢰로 파푸아뉴기니의 표준화 제도 확립을 도와주는 과제를 수행하는데, 고려대 통계학과 이재창 교수와 제가 참여하게 되어 김 박사님을 모시고 현지를 방문했을 때 일입니다. 안내를 맡은 현지인으로부터 "이웃 마을에 가면 악어 고기를 맛볼 수 있다"는 말을 들었습니다. 그 지역은 당시 치안이 불안해 낮에도 나다니기 조심스러운 곳이었는데 김 박사님께서 "저녁에 한번 가 보자"고 하시는 게 아닙니까! 저는 겁이 많은 편이라 속으로 좀 걱정이 되던 차에 마침 여차저차 사정이 생겨 갈 수 없게 되자 김 박사님이 많이 아쉬워하셨습니다. 엉뚱한 에피소드인지 모르나, 새로운 것에 대한 그런 호기심과 도전 정신이 있었기에 폐허가 된 대한민국에 포항종합제철을 구상하고, 고유 모델 자동차 정책을 세우고, 중공업 정책을 세울 수 있었던 것 아닌가 합니다.

연구소를 그만두신 김 박사님이 어느 날 불쑥 전화를 주셨습니다. "날더러 '용퇴'하라고 전화가 왔었네" 하시고는, "용퇴라는 말을 이번에 처음 알게 되었네" 하셨습니다. 담담한 음성 속에서 특유의 잔잔한 미소를 떠올리며 저는 아무 말도 할 수 없었습니다.

김재관 박사님이 품으셨던 나라 사랑과 실천의 모습을 가까이서 접할 수 있었던 것은 제 일생의 큰 도전이었고 또한 행운이었습니다. 크나큰 영광으로 생각하며 하나님께 감사드립니다.

정낙삼 (한국표준과학연구원 명예연구원)

대한민국 근대화의 숨은 영웅

박정희 대통령, 정주영 회장과 함께 '한강의 기적'을 기획한 김재관 박사. 이 책은 한강의 기적이 어디서 시작되었고 어떻게 기획되었는지를 보여 주는 숨겨진 이야기입니다. 대한민국 100년을 바라보며 기획한 한국의 철강, 자동차, 조선, 그리고 국가표준. 한 과학자가 있었기에 지금의 대한민국이 있을 수 있음을 이 책은 밝혀 주고 있습니다.

김명자 (전 과학기술단체총연합회 회장, 전 환경부장관)

한 과학자의 통찰은 어떻게 기적을 이루었는가

한국종합제철소의 시작을 견인하고, 중공업과 자동차산업을 기획했으며, 국가표준을 수립하여 한국 선진화의 기반을 마련한 김재관 박사.

이 책은 한 과학자의 미래를 바라보는 통찰력과 열정과 헌신이 한강의 기적 성취에 어떻게 기여했는지 생생하게 밝혀 주고 있습니다.

신성철(전 카이스트 총장)

뮌헨에서 시작된 대한민국의 기적

한국 산업화의 설계자 김재관

펴낸날	초판 1쇄 2022년 1월 3일 초판 4쇄 2023년 10월 11일
지은이	홍하상
펴낸이	김광숙
펴낸곳	백년동안
출판등록	2014년 3월 25일 제406-2014-000031호
주소	경기도 파주시 광인사길 22
전화	031-941-8988
팩스	070-8884-8988
이메일	on100years@gmail.com
ISBN	979-11-86061-85-5 03800

※ 값은 뒤표지에 있습니다.
※ 잘못 만들어진 책은 구입하신 서점에서 바꾸어 드립니다.